Pilar Baumeister

Frauenstimmen im Weltraum

Fünf Kurzromane

© 2016 Pilar Baumeister

Herstellung und Verlag:
BoD - Books on Demand, Norderstedt

Umschlaggestaltung:
Angelika Acker

ISBN 978-3-7412-5273-0

Inhalt

Die Menschen, mit denen ich lebte…
Eine „Göttliche Komödie" des 21. Jahrhunderts 9
   I Mein Aufenthalt auf der Erde 9
   II Auf dem neuen Planeten angekommen -
      und das vergangene Leben 21
   III Fegefeuer oder Limbus? 71
   IV Märchenfiguren 84
   V Das Land der Selbstmörder 98
   VI Auf der 43. Etage 114

Rimbaud, ich und die Untreue 143

Unerwartetes Glück, die Geschenke
Drei Aufzüge und ein Epilog 195
   Love 195
   Freundschaft 199
   Family 216
   Epilog 222

Der Augenblick der Entscheidung 223
   Abgetragene Kleider 223
   Musik und die fremde Freundin 225
   Veronika 230
   Thomas 235
   Die anderen Lebenswege 240

Gespräche mit dem unbekannten Schöpfer
der kleinen Malvisi 247

Zu der Autorin 275

Die Menschen, mit denen ich lebte...
Eine „Göttliche Komödie" des 21. Jahrhunderts

I Mein Aufenthalt auf der Erde

In der letzten Zeit, die ich bei ihnen verbrachte, hatte ich bereits ein unweigerliches Gefühl von Trennung... Aber ich wollte ihnen nichts sagen.
„Mach dir keine Sorgen, du wirst doch nicht sterben. Du bist unsterblich, sagten die Menschen."
„Macht ihr euch keine Sorgen, ihr werdet es auch nicht. Ihr seid unsterblich."
Ich bin aller erdenklichen Abschiedszeremonien überdrüssig geworden. Wenn es sich vermeiden ließe, hätte ich am liebsten keine Beerdigung, keine Pensionierung in einer Firma, keine Amtsübergabe an einen neuen Kandidaten auf einer Versammlung. Abschied ist nur sinnvoll, denke ich, wenn man sich sehr gut mit einem Menschen verstanden hat und noch letzte Worte oder Erbstücke für die Zukunft in irgendeiner Form übertragen werden sollen. Aber in meinem Fall kann von Verständnis nicht die Rede sein. Die Anstrengung eines Abschieds lohnt sich nicht, wenn man nicht einmal aufgenommen, wahrgenommen und richtig identifiziert worden ist.
„Hör zu, ich gehe... Ich bin traurig. Es tut immer weh, eine Aufgabe nicht fortsetzen zu können. Hiermit vermache ich euch meine Aufgaben, meine Sorgen und meine Liebe."
So sagte ich gerührt, als mein Tod sich nicht mehr verschieben ließ. Aber die Menschen waren wie immer dumm und unempfindlich mir gegenüber.

Jemand fragte mich auf meiner letzten Vereinsversammlung: „Wer ist diese Dame, die gesprochen hat? Hast du sie je gesehen?"
„Ich glaube ja, einmal, bei einer ähnlichen Veranstaltung wie dieser. Die unbekannte Dame weint, wahrscheinlich vor Rührung, weil sie etwas für sie Wichtiges erreicht hat. Ich vermute, sie ist auf Postenjagd wie die meisten hier, wie Frau Rubens zum Beispiel, die sich innerhalb von zehn Minuten für drei verschiedene Positionen hat wählen lassen, als Delegierte, stellvertretende Delegierte und als Vertreterin im Ausländerrat... Ich denke in Bezug auf Frau Rubens und ihre Jagd nach Posten, dass sie Recht haben, all diejenigen, die ihre Eitelkeit kritisieren."
„Innerhalb kürzester Zeit hat sie sich tatsächlich drei verschiedene ehrenamtliche Funktionen einverleibt. Ihre Anhänger, eine ziemlich große Gruppe, schlagen sie unfehlbar für alle vor, und sie meldet sich einfach mit ‚ja' zu allen möglichen Positionen, ohne genau zu wissen, worin ihre Aufgaben bestehen werden."
Im Grunde beneide ich sie nicht darum. Immer dieses Herumsitzen in langweiligen Versammlungen, wofür man nicht einmal ein kleines Anerkennungshonorar bekommt, höchstens irgendwann eine Laudatio, um der Formalität willen, so ein abgegriffenes, hohles Dankeswort, wenn man verschwindet, und einige bekommen nicht einmal das. Sie wird keine Zeit mehr haben, um sich der Familie zu widmen und gemütlich zuhause zu bleiben.
Diese Vereinstätigkeiten sind sehr anspruchsvoll, wenn man sie ernst nimmt. Von einer Karrierefrau kann eigentlich nicht die Rede sein, sie bleibt nur eine ehrenamtliche Helferin, die mit unbelohntem eisigem Fleiß eine graue Existenz der Selbsttherapiehobbys und kleinen Machtkämpfe in Ausschüssen, Stiftungen und Vereinen führt, während andere viel klügere Vorstandsmitglieder mit nur wenigen Minuten

Anwesenheit und einem von den Helfern für sie angefertigten Vortrag einen großen materiellen Gewinn erzielen. Sei nicht so froh über die Posten, Frau Rubens, die bringen wirklich nicht so viel, ein paar gesellschaftliche Kontakte schon, aber die sind meistens enttäuschend."
Frau Rubens kannte ich von anderen Versammlungen. Wir waren zusammen in der „Gruppe der durch den Krieg verwaisten Kinder" und auch in der der „in Deutschland zugewanderten Musiker, Künstler und AutorInnen". Jetzt war sie auch in dem Arbeitsausschuss unserer Firma, der die Kündigung von Frau Harms besprach. Frau Rubens arbeitete nicht bei uns, aber sie kam als Gewerkschaftsvertretung. Oder war sie von irgendeiner religiösen Einrichtung geschickt worden?
Ich blickte nicht mehr ganz durch. Ich wusste nur, dass sie überall war. Dann erinnerte ich mich an die erste Versammlung, als sie ihre ersten drei Positionen bekam. Ich war auch eine dieser sich freiwillig verpflichtenden Damen, die sich hin und wieder für irgendeine Funktion berufen glauben, irgendetwas zu organisieren und sich für irgendwelche Minderheiten einzusetzen. Aber eine kleine Laudatio zu meinem Engagement schulden mir die Menschen noch, mit denen ich lebte.
Und wie viel Zeit verschwendeten wir alle mit den Wahlen per Akklamation oder geheim mit vielen Zetteln voller Namen! Manchmal waren die Stimmen ungültig und es musste erneut gewählt werden. Ich habe bestimmt über 300 Stunden meines Lebens auf Versammlungen und Wahlkampagnen für mich selbst oder andere geopfert. Manchmal hatte man das Gefühl etwas Nützliches getan zu haben und gelegentlich auch ungekehrt: Ich hatte oft das Gefühl, nur dem Schein nach die Rituale der Demokratie zu erfüllen und in Wirklichkeit nichts-sagende Alibifunktionen zu besetzen.

Deshalb auch konnte Frau Rubens drei Posten auf einmal eintreten, weil diese sich auf ihr Erscheinen in wichtigen Sitzungen und ihr ständiges Zuhören (statt Handeln) beschränkten. Zeitverlust, Heuchelei, Machtverteilungsmechanismen... Bei einigen war die Macht unbestritten, und es war alarmierend, dass sie ins Uferlose und ins Übermäßige ging; bei anderen dagegen erfolgten nur nominale Auszeichnungen, schwache Blitze von Macht, die am darauffolgenden Tag schon vergessen wurden. Ja, über 300 Stunden verbrachte ich in den verschiedenen Kreisen, in dem der verwaisten Kinder, in dem der zugewanderten Künstler, im Betriebsrat meiner Firma.
Dabei muss ich einräumen, dass ich ziemlich lange mit den Menschen lebte, sage und schreibe 89 Jahre, keine Kleinigkeit... und dabei fallen diese Stunden, innerhalb von so vielen Jahren verteilt, gar nicht so sehr ins Gewicht. Sie sind wenig im Vergleich mit den vielen Stunden, die ich in Cafés und Konditoreien verbrachte, vor allem in Schulen, am Schreibtisch, in Bibliotheken, in meinen verschiedenen Betten mit Schlaf oder Schlaflosigkeit beschäftigt...
Trotzdem sind 15 Tage schon eine Menge an Zeit. Manchmal schien es mir, als würde ich ununterbrochen wählen und als hätte ich nur als Kandidatin oder Stimmberechtigte eine permanente Daseinsform gefunden. Ununterbrochen hob ich meine Hand, nahm den Stimmzettel zu mir, gab diesem oder jenem meine Stimme, und dann war ich erschöpft... bis zum nächsten Mal, da ich wieder aktiv und mit erneuter, wilder Energie an einer Wahl teilnahm.
Für mich war eine Wahl kein Spiel, sondern ein radikaler und echt empfundener Akt, denn ich zeigte damit, dass ich mir selber etwas zumutete, dass ich jemandem mein Vertrauen schenkte oder mein Misstrauen gegen

jemanden artikulierte. Da ich aus einer Diktatur kam und meine Stimme viele Jahre lang nicht gefragt war, nahm ich meine Wahlpflichten umso ernster. Ich war äußerst pedantisch im Nachzählen der Stimmen und beteiligte mich gerne an Wahlkommissionen. Es beunruhigte mich, dass öfters nur per Handzeichen gewählt wurde. Daran konnte man messen, welche Positionen schon wichtig waren und welche nicht, denn nur die wichtigen erforderten eine Geheimwahl. Die unwichtigeren kamen meistens zum Schluss, als alle schon des Wählens überdrüssig waren und es schnell hinter sich bringen wollten, per Handzeichen, um die Qual nicht zu verlängern.

Auch da herrschte die ewige Ungleichheit. Viel loyaler wäre es gewesen, hätten sich alle dem gleichen Verfahren unterworfen. Die Wahl per Handzeichen war an sich eine wunderbare Erfindung, dachte ich; dadurch wurden Konflikte offenbart und jeder bekannte sich öffentlich ohne Feigheit zu etwas. Ich fand es nicht so toll, dass es immer diese zwei Ebenen gab; nur die unwichtigeren Funktionen wurden derart abgehandelt, frivol und kaum ohne Bedenkzeit, während die wichtigeren doch das Recht auf Geheimnis und Feierlichkeit der schriftlichen Äußerungen bewahrten.

Und meistens war der Sieg eines Kandidaten durch Absprachen von den Vorständen schon im Voraus präpariert worden. Oft war es so, dass es nur einen Kandidaten für eine Position gab, sodass in den meisten Fällen mehr Zwangswahlen als wirkliche Wahlen stattfanden. Man konnte es nicht mehr unterscheiden und gewöhnte sich daran, automatisch zu bejahen, wenn irgendjemand sich finden ließ, der sich um eine Aufgabe kümmern wollte. Und wenn sich ausnahmsweise zwei Kandidaten gleichzeitig meldeten, dann musste man eine gewisse Unruhe der Entscheidung durchstehen, aber es

passierte sofort und ohne viele Kopfzerbrechen. Bei der nächsten Runde, der noch unwichtigeren, das heißt, der stellvertretenden Delegierten, bekam dann der zweite Kandidat, der seine Funktion als Delegierter nicht erreicht hatte, doch die zweite Position des Stellvertreters als Trostpreis.
Demokratie hin und her... Man analysierte wenig, man nahm an, was es noch zu haben übrig blieb. Man sah meistens immer die gleichen Namen, denn im Laufe der Jahre meldeten sich immer wieder die langjährigen Prädestinierten, die sich schon so gut in der Materie auskannten.

Die Menschen, mit denen ich lebte, irrten sich meistens über mich und verkannten meine Absichten, gewöhnlich aus Gleichgültigkeit, denn sie dachten nicht viel über mich nach. Es gab immer etwas anderes, das ihre Aufmerksamkeit mehr anzog, so wie an dem Tag, als die ältere Frau Harms mit 60 aus der Firma herausgeekelt wurde und all die Kollegen und Kolleginnen sich gezwungen fühlten, sich aus Sympathie mit ihr zu solidarisieren und großes Mitleid mit ihren Tränen zu zeigen. Meine Tränen dagegen wurden nicht im gleichen Maße beachtet, obwohl sie, chemisch gesehen, aus der gleichen Substanz bestanden.
Ja, ich behaupte es hiermit, egal ob es zu pathetisch klingt: Meine Tränen habt ihr immer missdeutet oder schamlos übersehen und nicht registriert. Liegt es vielleicht daran, dass ich mich mein ganzes Leben lang falsch ausgedrückt habe? Meine Formulierungen waren für meine eigenen Ohren deutlich genug und unmissverständlich, das Gegenteil von irreführenden, vagen Ausdrücken... Und ich dachte, ich beherrsche die Regeln unserer gegenseitigen Sprache. Aber

irgendetwas war mit meiner Sprache nicht in Ordnung, denn es geschah mir ständig und mit allen Menschen. Es geschah an jenem Tag mit meinen Arbeitskollegen wieder, als wir über die bevorstehende Entlassung von Frau Harms diskutierten. Allmählich hatte ich sie satt, die jammernde und unproduktive Solidarität mit Frau Harms Schicksal. Plötzlich sagte ich produzierend und sehr laut: „Frau Harms will unser Mitleid bestimmt nicht. Wir sollten lieber versuchen, dass sie ihre alte Stelle behalten kann."
Aber die anderen hörten mir nicht zu und redeten weiter unter sich.
„Frau Harms ist die Seele der Firma, und wenn sie verschwindet, dann geht jede Menschlichkeit bei uns verloren."
„Sie verkörpert die besten Tugenden unserer besten Zeiten, als wir alle noch jünger waren."
„Es kann sein, dass ihre Leistungsfähigkeit nicht mehr so hoch wie am Anfang ist, aber sie war immer so eine gute Mitarbeiterin!"
„Wir können es Ihnen natürlich nicht schriftlich geben, aber sie war wie eine Mitbegründerin der Firma."
„Durch das an ihr angewendete Verfahren fühlen wir uns auch manipuliert und schlecht behandelt."
Dann sagte ich mit schriller Eindeutigkeit, wie mir schien: „Wir streiken. Wir fordern eine offene Auseinandersetzung mit dem alten und mit dem neuen Personalchef."
Aber die anderen schwiegen verlegen, als hätten sie mich nicht ganz gut hören können oder als hätte ich das Unpassende hervorgebracht, die Diskussionsebenen verwechselt und einen falschen Akkord getroffen. Denn hier ging es nicht um Arbeitskampfpläne, sondern um „Menschlichkeit".
Ich habe immer einen Drang zur Vereinfachung gespürt, und vielleicht ist das auch mein Problem, dass ich vieles

als schon Bekanntes für selbstverständlich hielt und mich nur auf den Kern der Dinge konzentrieren wollte. Dass wir überall leicht manipulierbar sind, dass die Wahrheit oft vertuscht wird... und dass die Menschlichkeit meistens abhanden gekommen ist, das wissen wir schon; damit konnte ich wenig anfangen.

Die anderen waren viel subtiler als ich und konnten sich in ein spielerisches Labyrinth von Differenzierungen und Schattierungen semantischer Feinheiten köstlich ergehen; ich dagegen wollte den direkteren Weg und neigte oft zu einem sicherlich sehr naiven, vereinfachenden Aktionismus: Wenn ein Arbeitgeber sich ungerecht verhält, dann muss man etwas gegen ihn unternehmen; wenn jemand in einem Verein wegen des Alters diskriminiert und zugunsten eines Jüngeren von seiner Position verdrängt wird, dann muss man harte Kritik üben, und sollte diese gar nicht helfen, dann bleibt nichts anderes übrig, als aus dem Verein auszutreten; wenn Eltern, Ehemann, Kinder... die Familie insgesamt oder die Freunde, einen sehr gravierend enttäuschen, dann muss man sofort nach neuen Beziehungen suchen oder sich daran gewöhnen, ganz allein ohne Kontakte zu leben. Letzten Endes ist alles mit Handlungen verbunden, auch das Nichthandeln.

Wir saßen, redeten, Frau Harms weinte, ich rief vergeblich nach einem Streik, die anderen verteidigten den alten Zustand verlorener Zeiten, beklagten den Verlust ihrer Jugend mehr als dass sie sich persönlich zu Frau Harms bekannt hätten. Es war wie die Inszenierung eines Theaterstücks zur Zierde und Unterhaltung der Gesellschaft, eine mündliche Kostbarkeit von schönen, hochtrabenden Worten. Einmal Frau Harms den Raum verlassen würde, würden sie alle sie schon vergessen haben.

Im Grunde sollte ich unserer älteren, abgeschobenen Mitarbeiterin dankbar sein, denn die Menschen waren so sehr mit ihren Tränen beschäftigt, dass sie meine nicht sehen konnten oder nicht wollten. Und mitten im Unglück war ich froh darüber, dass ich keinen Grund zu einer weiteren Inszenierung meines Leidens bloß zur Hervorhebung anderer lieferte. Aber was mich ärgerte war, dass mein Aufruf zur Tat nicht beachtet wurde oder als nicht passend empfunden wurde, was fast das gleiche ist. Diverse Kommentare flossen in alle möglichen Richtungen:
„Man kann doch nicht verlangen, dass sie von so wenig Geld lebt, denn ihre Rente wird sehr klein sein, wenn sie so früh aufhören muss zu arbeiten."
„Wir jüngeren machen uns keine Illusionen in Bezug auf unsere Rente. Wir wissen, dass wir in Zukunft mit noch weniger abgespeist werden. Es ist kaum noch Geld in der Rentenkasse. Ich meine damit, Frau Harms wird wenigstens eine bessere Rente beziehen, als ich sie je bekommen werde."
„Trotzdem... Sie will ja noch arbeiten. Warum soll sie so früh aus dem Verkehr gezogen werden?"
„Wir sind alle dafür, dass sie bleibt, selbstverständlich. So ein wunderbarer Mensch! Und sie hat ja schon über 30 Jahre ihres Lebens der Firma geopfert."
„Auf jeden Fall, jetzt ist die Möglichkeit gegeben, dass Sie sich nicht mehr zu opfern brauchen, liebe Frau Harms. Für so eine Bande, für so eine Firma, lohnt es sich wirklich nicht. Sie sollten viel reisen und ganz von der Arbeit abschalten. Der Kontakt mit den Kollegen bricht sowieso nicht ab, wir werden Sie gelegentlich besuchen oder Sie besuchen uns hier."
„Aber wie kann sie reisen, wenn sie kein Geld hat? Wenigstens sollte sie eine dicke Abfindung bekommen."

„Die Menschlichkeit, die gesunden Traditionen des Unternehmens in der Vergangenheit und unsere gemütliche Zusammengehörigkeit, all das wird uns weggenommen, wenn sie uns verlässt. Dann herrscht nur Anonymität, Globalisierung und Profitgier."
Die Menschen, mit denen ich lebte, waren sehr übertrieben, nur auf Sprüche bedacht, sehr feige. Letzten Endes würden sie nichts tun und für sie kämpfen. Es war eine Angelegenheit für den Betriebsrat. Es hatte mit Gesetzen zu tun und nicht mit philosophischen Worten der Rührung. Aber sie hatten zu viel Angst um ihr eigenes Weiterkommen, als dass sie wirklich gehandelt hätten. Außerdem schienen auch die Gesetze gegen Frau Harms zu sein, denn es gab eine so genannte „sozialverträgliche Regelung", wonach einige Leute noch dankbar sein mussten, dass sie gegen ihren Willen mit kleinen Begünstigungen in den frühen Ruhestand geschickt wurden.
Es gibt einen Wettbewerb von Ratschlägen, klugen Hinweisen und verschiedenen Meinungen: Die einen sind mehr an der Geldfrage interessiert, die anderen an existentiellen Fragen wie Arbeitskultur, Identitäts- und Kommunikationsverlust usw. Aber warum nehme ich die Gegenwart, als wären sie jetzt gerade noch bei mir? Ich muss das Präteritum benutzen, mich an das Präteritum gewöhnen, obwohl die Gegenwart immer meine Lieblingszeit gewesen ist. Doch es geschah wirklich damals, als ich noch mit den Menschen lebte.
Die einen interessierten sich für die Gerechtigkeit im Allgemeinen, die anderen spekulierten im Geheimen über die eigenen Risiken, sie konnten schwer ihr Entsetzen unterdrücken, dass ihnen auch so etwas passieren könnte.
„Das ist sehr ungerecht. Sie sind ja erst 56 geworden, Frau Harms! Dabei sind der Papst und auch so viele

Politiker schon uralt. Es bedeutet kein Hindernis für ihre Tätigkeit. Das offizielle Rentenalter wird immer für später angesetzt, doch immer nur in der Theorie. Angeblich sollen wir bis 67 arbeiten. Aber in der Praxis sehen wir schon, wie die Firmen verfahren, wir sehen das Beispiel unserer guten Frau Harms. Warum werden einige bis über 80 noch gefördert und andere dagegen völlig ausgeklammert. Alte Könige und Präsidenten dürfen ihr Land noch mit Würde repräsentieren. Doch wir sind keine Könige."

Frau Schmitt-Becker, die einen Tag in der Woche nur Obst aß, um nicht dicker zu werden, gab, wie immer an ihren Obsttagen, besondere Anzeichen der Blässe und Schwäche. Sie sagte mit einem Seufzer der Niederlage, wie jemand, der schon alle Schicksalsfügungen angenommen hat: „Ich bin bereits 52 Jahre alt."

Frau Weiß und Frau Gronau, die erst Mitte 30 waren, kicherten gemütlich und unbeteiligt. Frau Zelinsky, die sich immer durch ihre Kühle und Sachlichkeit auszeichnete, sagte etwas pikiert und nervös: „Bei aller Liebe zu Frau Harms... die Firma benötigt eine Veränderung, wir müssen uns an die neuen Zeiten anpassen. Man ist überall von ihrer Arbeit begeistert und stolz auf sie, wie ich gehört habe. Aber es scheint, sie wollen einen neuen Mitarbeiter einstellen."

„Das ist der Punkt: Warum soll man einen neuen einstellen, wenn sie ihren Job schon richtig macht?"

„Mein ganzes Wesen sträubt sich gegen Manipulationen", sagte Herr Angermann, der größte Theoretiker, den wir in der Gruppe hatten.

„Wir streiken, demonstrieren, verteilen Blätter", sagte ich rasch, aber schon in der Gewissheit, dass sie nicht auf mich hören würden.

Alle lächelten und wendeten sich ab; es war ihnen viel zu einfach, was ich gesagt und gedacht hatte. In einer

Gruppe von Theoretikern ist derjenige, der die Schichten der Komplexität vernachlässigt, besonders verachtungswürdig. Wieder habe ich mein Präteritum verloren und komme auf die Gegenwart zurück, wie es immer meine Gewohnheit „war". Mein Präteritum, ich muss es mit dir versuchen, besser gesagt, ich musste es damals mit dir versuchen. Die Vergangenheit, die so vieles umfasst, ist an sich die wichtigste der grammatikalischen Zeiten in vielen Sprachen. Die meisten verfügen über mehrere Formen, um Vergangenes zum Ausdruck zu bringen. Das Gegenwärtige dagegen lässt sich so direkt und ohne verwirrende Richtungen mitteilen. Deshalb liebte ich, liebe ich, die Gegenwartsform viel mehr noch als die Zukunft, die mir auch zu kompliziert erscheint.

Sie haben meinen Ruf zur Tat für Frau Harms als „unpassend" gefunden. Meine Tränen damals bei der Sitzung hatten sie missverstanden, falsch interpretiert. Und das sind nur zwei Beispiele; davon könnte ich viele mehr nennen. Ich fühlte mich als Revolutionärin vereitelt, denn ich hatte keine Nachfolgerschaft, keine Möglichkeit, die Menschen mit denen ich lebte, zu beeinflussen. Als heilige Nonne oder als rauschgiftsüchtige Diebin hätte man mich vielleicht mehr wahrgenommen; dann hätten sie sich darum kümmern müssen, meinen Predigen als Autoritätsträgerin zuzuhören oder mich in eine Entzugsanstalt oder in ein Gefängnis zu stecken. Ich war eine gescheiterte Rosa Luxemburg, die immer nur gegen die Wand sprach und sich umsonst bemühte, etwas für sich selbst und für die anderen zu tun.

II Auf dem neuen Planeten angekommen - und das vergangene Leben

Als ich nach meinem Tod auf einen sehr weit entfernt gelegenen, von Lebewesen bevölkerten Planeten kam, war ich von dem Wunsch besessen, irgendjemandem meine Biographie zu erzählen; mehr als über mein eigenes Leben zu reflektieren, wollte ich gerade Porträts von den Menschen zeichnen, mit denen ich gelebt hatte.
Auf diesem Planeten unterschieden sich die neuen Wesen gar nicht von den Menschen, nur in dem einen Punkt doch... Sie waren alle intelligent, es gab keine Dummen. Das brachte mir einige Erleichterung. Aber ich war mir noch nicht im Klaren, was für eine Art von Intelligenz sie besaßen, ob eine zerstörerische, eine gute, eine einzelgängerische oder eine sozial veranlagte, eine eher geistig-wissenschaftliche oder naturwissenschaftlich aufgebaute Intelligenz...
Ich war auch ziemlich überrascht, denn ich hatte entweder eine Wiedergeburt auf Erden erwartet oder mit der klassischen Erscheinung Gottes und des Teufels gerechnet. Aber diese neuen Geschöpfe hatten Körper wie meinen und waren keine Geister. Sie sprachen auf Deutsch, obwohl ich merkte, dass es nicht ihre Muttersprache war, denn sie machten einige Fehler. Aber da sie so intelligent waren, korrigierten sie sich selbst sofort und gaben sich große Mühe, immer richtig zu sprechen.
Die Frauen waren sehr schön, wie Sirenen, auch die Männer wirkten verführerisch auf mich, und ich hätte mich in jeden einzelnen verlieben können. Die Alten und die Kinder machten ebenfalls einen intelligenten Eindruck, das heißt, die Alten waren nicht senil und die Kleinen wussten bestimmt so viel oder noch mehr als ich. Ihre Reife fiel mir als erstes auf und zog mich

unwiderstehlich an, eine Reife ohne Bitterkeit, voller Festigkeit und Verständnis für alles. Deshalb suchte ich mir gerade ein Kind als Zuhörer meiner Geschichte aus. Die neuen Wesen, besonders die Erwachsenen, imponierten mir ihrer Intelligenz und Schönheit wegen, und mit den kleinen Geschöpfen kam ich irgendwie besser zurecht, obwohl ich auch ihre Überlegenheit mir gegenüber anerkannte.

Ein zwischen elf und zwölf Jahre altes Mädchen schlich sich sanft in meine Nähe und berührte unmerklich meine Schulter. Sofort fing ich an mit ihr zu reden und empfand unbeschreiblichen Genuss dabei, als hätte ich plötzlich einen süßen Likörtrüffel in meinem Mund.

„Ich komme von der Erde. Wissen Sie, wo die Erde liegt?"

„Ja, ich habe davon in Büchern gelesen."

„Die Wissenschaftler haben euch lange gesucht, aber nicht gefunden; sie machten sich immer Gedanken um das Rätsel eines bewohnten Planeten. Ich meinerseits war so dumm, dass ich nie richtig an euch geglaubt habe. Ich habe an alles Mögliche geglaubt, an Gott, den Himmel, das Nirwana... nur nicht an diese, sagen wir mal, Fortsetzung des irdischen Daseins. Doch ihr seid eine viel vollkommenere Gesellschaft, denke ich, und es lohnt sich, euch zu sehen, denn die Menschen, mit denen ich lebte..."

„Menschen? Ja, unsere Vorfahren in der Geschichte, ich habe davon gehört. Erzählen sie von den Menschen. Bisher habe ich noch keinen Kontakt mit einem erlebt."

Sie schien viel neugieriger als ich zu sein, auf das, was sie über uns erfahren könnte, während ich... Ich war gar nicht neugierig auf die Bewohner des neuen Planeten. Ich hatte nur Lust, über meine Vergangenheit zu erzählen. Vielleicht hatte so ein tief greifendes Ereignis wie der Tod mich apathisch und passiv gemacht, meine

Kräfte verbraucht und meinen Forschungstrieb eingeschläfert. Auf jeden Fall stellte ich keine Fragen über die neue Zivilisation, darüber, wie sie sich die Zeit vertrieben, ob sie auch rauchten und Tee tranken, ob der Tod auch für sie existierte. Science-Fiction war nie mein Lieblingsgenre gewesen.

In meiner eher metaphysisch veranlagten Natur neigte ich dazu, diesen neuen Planeten nur als ein vorübergehendes Stadium zu sehen; deshalb interessierten mich die materiellen Gewohnheiten der Bewohner recht wenig, um wie viel Uhr sie zu Mittag aßen und ob sie schöne oder hässliche Häuser besaßen. Ich spürte nur das Bedürfnis, über das Erlebte zu reflektieren und meine menschlichen, tierischen oder pflanzlichen Erscheinungen der Erde zu analysieren, mit denen ich mich bisher so tief verbunden geglaubt hatte. Ich wollte es dem Kind sehr laut erzählen und damit etwas Distanz gewinnen, indem ich es nach draußen aus meinem Innern herausgrub.

„Ich glaube nicht, dass die Menschen mich sehr vermissen werden. Wäre ich jünger verstorben, dann vielleicht eher. Dann waren noch meine Eltern, Geschwister, mein Ehemann und meine eigenen kleinen, neu angepflanzten Bäume, die Töchter, in voller Lebendigkeit da. Das hat man davon, wenn man zu lange bleibt. Dann sind die Beziehungen gar nicht so frisch und neu, sondern übermüdet und abgenutzt oder unsere Lieben sind uns vorausgegangen und nicht mehr existent, um unseren Verlust zu beklagen. Wäre ich mit ungefähr 50 weggegangen, dann hätte ich besonders im Reich der Familie mehr Resonanz gefunden, diese Familie, die mich noch verklärte und mich für mehr hielt, als was ich wirklich war. Dann hätte ich nicht nur diese eine respektvolle, aber sehr dünne Minute des sich auf einer Versammlung Erhebens gehabt, in der die aus der

Ferne bekannten Mitglieder mit stiller Feierlichkeit honoriert werden, bloß eine Minute im Jahr und noch durch mehrere Todesfälle geteilt...
Trotzdem, ich beschwere mich nicht darüber, dass ich so lange gelebt habe. Diese fast 40 Jahre danach würde ich nicht mehr missen wollen, denn so lernte ich viele Leute kennen und erhielt die Möglichkeit, die Einsamkeit sowie das Zusammenleben mit anderen auszuprobieren. Da ich immer noch weiter lebte, musste ich die verschiedensten Modelle ausprobieren.
Diese verschiedenen Modelle des Zusammenlebens mit anderen habe ich erschöpft. Am Anfang war es nur mit der Familie, aber in diesen letzten Jahren auch mit fremden Menschen. Zum Teil bin ich stolz auf diese Vielfalt der Erfahrung, selbst wenn ich mich manchmal über einige beklage. Es war eine Reife in mir und meinen Kontakten, als hätte ich die ganze Erde durchquert und bereist. Erst im späteren Alter, wenn wir mit einem Menschen leben, lernen wir ihn wirklich kennen. Trotz meiner Enttäuschungen behielt ich meine Offenheit und war immer wieder bereit, es mit einem neuen Menschen ein paar Wochen, Monate, sogar zwei oder drei Jahre zu versuchen."
„Was heißt ‚die Erde bereisen'? Wo sind Sie gewesen? Und haben Ihre Bekannten alle Deutsch gesprochen?"
„Ja und nein. Ich habe eine multikulturelle Vergangenheit, und in dieser Hinsicht würde ich mit keinem tauschen, denn das machte mich viel reicher, beweglicher und frei von Vorurteilen aller Art. Ich hatte einen spanischen Vater und eine australische Mutter, und auch noch ungarische Vorfahren seitens meiner Mutter. Nur das jüdische Element, das für mich den Höhepunkt des Kosmopolitischen und Mehrsprachigen bedeutet, fehlte in meinem Blut. Als Jüdin wäre ich bestimmt noch reicher gewesen, doch hätte ich mir damit viele Schwierigkeiten

und Bitterkeit zugezogen. Unser intellektueller Hintergrund mit so vielen interessanten Vermischungen genügte mir. Vater sprach mit meinen Geschwistern und mir Spanisch, die Mutter Englisch, und dadurch dass wir viel Zeit in Frankreich verbrachten, wo die ungarischen Großeltern und Tanten lebten, sprachen wir auch Französisch."

„Wie faszinierend! Hier ist es ein wenig langweilig, wir sprechen ja nur eine Sprache."

„Aber du sprichst doch Deutsch mit mir!"

„Nein, bei uns wird alles maschinell übersetzt, doch so schnell durch die Luft transportiert, dass Sie es gar nicht merken."

„Ach, so ist es, die Technik! Und wir haben uns jahrelang so sehr den Kopf zerbrochen mit phonetischen Zeichen, mit Semantik und den geeigneten lexikalischen Ausdrücken! Französisch war die Sprache, die ich am besten beherrscht habe, noch besser als die Sprachen meiner Eltern."

„Waren Sie nie in Australien oder Spanien?"

„Doch. Zweimal waren wir jeweils im Urlaub und zu Besuch bei fernen Verwandten. Aber nach der Zeit in Frankreich integrierten sich die Eltern vollkommen in Deutschland und sprachen selten von der Heimat. Nur die Geschwister und ich interessierten uns gelegentlich für diese Länder. Ich hatte zwei Schwestern und einen Bruder. Ich hieß damals Selena Larra Wilson. Ja, Larra, wie der berühmte Schriftsteller, der sich mit 23 aus Liebe und anderen Gründen umbrachte. Aber wir waren gar nicht mit ihm verwandt. Heiße ich auch so auf diesem neuen Planeten?"

„Ich glaube nicht. Alle Toten werden hier umgetauft, damit sie besser leben können."

„Sehr vernünftig. Das verstehe ich. Vielleicht werde ich auch alles bald vergessen, was bisher mein Leben

gewesen ist. Aber bevor es geschieht, möchte ich es dir alles erzählen. Du bist sympathisch und flößt mir Vertrauen ein."
"Das freut mich, Selena. Noch darf ich dich so nennen, denn ich weiß auch nicht, welchen Namen sie dir geben werden. Die Übersetzungsmaschine hat mir gerade gesagt, dass ich auch ‚du' sagen kann, solange du ‚du' zu mir sagst."
"Das ist schön. Wie heißt du übrigens?"
"Maida."
"Lebst du auch mit deinen Eltern?"
"Nein. Hier lebt jeder allein für sich in einem kleinen Appartement. Mit zehn Jahren sind wir schon volljährig."
"Ja? Das kommt wahrscheinlich daher, dass du schon so reif und klug bist. Bei uns war man sehr spät volljährig. Manche erreichten nie eure Volljährigkeit. Vielleicht hätte ich auch so wie ihr allein leben sollen; dann hätte ich nicht so viele Meinungsverschiedenheiten und Reibereien mit anderen gehabt. Andererseits lernt man flexibler zu sein und Kompromisse einzugehen, wenn man die eigenen vier Wände mit anderen teilen muss. Meistens war es nicht aus finanziellen Gründen, dass ich mit anderen lebte, sondern einfach weil ich das Bedürfnis hatte, vor der Einsamkeit zu flüchten.
Aber sicherlich... In der ersten Zeit, als ich ein Kind war und noch bis zu meinem 26. Lebensjahr geschah es nicht aus eigener Wahl, dass ich mit anderen zusammenlebte. Es war ein unvermeidlicher und naturgegebener Zustand. Doch um so schwerer fiel es mir danach auf dieses Zusammenleben zu verzichten und mein ganzes Bestreben war nur, das alte Muster in irgendeiner Form zu wiederholen. Das alte Muster lässt sich nicht immer ohne Schaden wiederherstellen, sodass mein hartnäckiges Unternehmen meistens fehlgeschlagen ist. Mein erster Austausch mit den anderen im Leben war bei

Weitem der interessanteste gewesen. Je länger ich lebte, umso weniger inspirierend, originell und aufregend wurden die Begegnungen mit Menschen für mich. Sie schienen zwar manchmal wie große Sterne, die mich mit Hoffnungen erfüllten, aber meistens waren sie von kurzlebiger Wirkung.
Ich weiß nicht, was ich mir von ihnen erwartet hatte. Es bleibt mir immer noch ein Rätsel, warum die ersten Erfahrungen mir so viel Freude brachten, während die anderen eher scharfsinnige Kritik in mir wach riefen. Vermutlich hat es mit dem Altwerden zu tun. Jede senile, geschwächte Hoffnung verabschiedete sich bald und dann musste ich sie mit anderen neuen ablösen. Komischerweise, je älter ich wurde, desto häufiger wechselte ich die Menschen, mit denen ich zusammenlebte. Ich hatte immer weniger Geduld und trotzdem suchte ich noch immer eifrig nach dem richtigen Partner. Im Grunde war ich für eine Existenz in der Gemeinschaft gemacht, und nur wenn es nicht anders ging, lebte ich allein."
„26 Jahre mit der Familie, sagst du... Und war alles in Ordnung? Keine Beschwerden?"
„Es gab schon einige Unvollkommenheiten. Unsere australische Mutter war ziemlich widersprüchlich. Sie liebte Kinder weniger als Erwachsene. Erst später als Erwachsene konnten wir uns mit ihr verstehen und sie als eine Art Freundin betrachten. Sie rauchte, arbeitete, reiste zu viel; sie schrieb Reisebücher und sang in einem Chor. Ihr Haupthobby war Kulturveranstaltungen, Konzerte und Ausstellungen zu organisieren. Die richtige mütterliche Figur bei uns zuhause wurde der Vater, der uns zärtlich behandelte und sich intensiv mit uns beschäftigte.
Er, Marcos Larra, war nicht typisch männlich; er plauderte sehr gern, besonders mit meinen Schwestern

und mir, aber auch mit dem Bruder, nur dass dieser wenig gesprächig und äußerst trocken war. Wir saßen stundenlang am Frühstückstisch und plauderten. Nachmittags arbeitete der Vater als Buchhalter in einem Heizungsunternehmen, dann mussten wir ohne ihn auskommen. Aber meine Schwestern und ich plauderten einfach weiter. Ich glaube, wir haben mehr gesprochen als sonst etwas anderes im Leben getan. Nur in der Schule mussten wir uns etwas zurücknehmen, doch auch da sprachen wir unaufhörlich miteinander.
Durch so viel Gespräch hatten wir wahnsinnigen Spaß. Wir waren richtig mitteilsame und einfältige Geschöpfe, singende Vögel ohne schlechte Gedanken, ohne die Schläue der Zurückhaltung. Es gelang uns deshalb unser Verhalten ziemlich gut zu analysieren, weil wir jede Einzelheit kommentierten und alles in Worte fassen konnten. Verbal waren wir unschlagbar in unserer Argumentation und Lebendigkeit.
Doch kamen andere Leistungen bei uns dadurch zu kurz, dass wir unsere Zeit mit Winken und unnötigem Erzählen vergeudeten. Aus dem Grund habe ich einige alarmierende Schreibfehler in meinen Briefen oder Arbeitsberichten bis zum Lebensende nicht loswerden können. In letzter Zeit habe ich es dank den Rechtschreibprüfungsprogrammen einigermaßen vertuschen können, aber ohne sie wäre ich ganz verloren gewesen und meine Fehler hätten mich weiter gequält."
„Was für eine Schulausbildung hattest du? Warst du in einem Gymnasium? Gab es schon Abitur? Meine Maschine übersetzt nicht nur, sie hat auch über dich recherchiert und gibt mir deine Lebensdaten. Du bist 1915 in Frankfurt am Main geboren, 2004 mit 89 in München gestorben."

„Es stimmt tatsächlich. Deine Maschine ist indiskret und weiß viel... Aber sie ist unsichtbar, ich kann sie nicht sehen. Wo hast du sie denn?"
„Sie wurde mir bei der Geburt in die linke Brust neben das Herz eingebaut. Ich hatte sie bisher noch nie genutzt. Sie ist ja nur für... wenn jemand von der Erde kommt oder von anderen Planeten."
Ich will hauptsächlich über uns vier Geschwister weiterreden: „Wilhelmine wurde Krankenschwester, Mary Anne Tierärztin, Raymond wurde Friseur und ich Sekretärin. Dass meine Schwestern beide mit Krankheiten konfrontiert wurden, fand ich schon beunruhigend. Zwar nahmen sie es am Anfang nicht sehr ernst, aber ich merkte schon, dass sie mit der Zeit von ihren Berufen stark geprägt wurden, besonders als Wilhelmine sich der Alterspflege widmete und sogar auf der Sterbestation eines Krankenhauses arbeitete. Und Mary Anne liebte mit der Zeit die Tiere mehr als die Menschen und hatte hysterische Anfälle, wann immer eine Katze, ein Hund oder ein Pferd umkamen.
Aber die Krankheit verfolgte mich auch als Sekretärin. Ich hatte drei Vorgesetzte, die alle nacheinander gesundheitlich sehr unstabil und folglich meistens schlecht gelaunt und düster waren. Viele Jahre später, als meine Kinder schon groß waren, sah ich mich wieder nach einer Anstellung als Sekretärin um; aber ich hatte wieder Pech: Meine neue Chefin war sehr krank und starb an Lungenkrebs.
Man sollte wirklich keine Stelle annehmen, bis man ein Gesundheitszeugnis des Arbeitgebers bekommt. Es klingt lächerlich, ich weiß. Keiner würde es uns geben wollen; nur der Arbeitnehmer muss für seine Gesundheit und Leistungsfähigkeit garantieren. Na ja, jetzt nicht mehr, jetzt bin ich schon tot... Und vor vielen Jahren, mit 65 hörte ich auf zu arbeiten.

Raimund war der erste, der das Elternhaus verließ. Doch änderte das kaum etwas am Zusammenleben der übrigen, denn er hatte ja immer ziemlich abseits gestanden. Er war apathisch und verschlossen, und doch in vielen Dingen fleißig und gutmütig. Dann ging ich selbst aus dem Haus als die zweite der Kinder."

„Richtig. Du heiratetest im Jahre 1941 mit 26, nicht wahr?"

„Deine Maschine irritiert mich, sie weiß gar nichts über Nuancen, Gefühle und Zwischenräume. Welche anderen Daten hast du von mir?"

„An sich ist die Info ganz knapp, wie ein kurzer Lexikoneintrag: Geburts- und Sterbedatum, Datum der Hochzeit, Geburtsdatum deiner Töchter Elise und Ianthe, Scheidungsdatum nach 26 Jahren Ehe, wann du nach München gingst... und wann du in Zusammenarbeit mit noch einer Frau einen Essay zum Thema ‚Das Zusammenleben mit anderen Menschen' herausbrachtest. Das ist alles."

„Ja, es ist nicht viel. Unglaublich wenig ist es, was von einem Menschen nach 89 Jahren noch geblieben ist. Und wäre es nicht der Essay gewesen, den man nicht meinetwegen sondern wegen des schon bekannten Namens meiner Freundin veröffentlichte, hättest du nicht einmal meine Lebensdaten."

„Dann wärest du nicht so irritiert, dann wüsste ich gar nichts von dir."

„Warum haben sie das Datum unserer Scheidung hinein geschrieben? Im Grunde waren wir nie ganz getrennt. Was du von mir aus diesen leeren Daten weißt, ist nur verfälschte und grotesk verkürzte Wirklichkeit. Ich finde es sehr mangelhaft, dass nur ein paar Ereignisse aus meinem Leben für die Allgemeinheit selektiert wurden, während andere viel wichtigere für immer verschwiegen werden."

„Du hättest dich ausführlicher im Internet vorstellen sollen, dann hätte ich viel mehr Material über dich."
„Nichts steht über meinen Charakter und meine Gewohnheiten geschrieben. Alles ist zu kompliziert. Natürlich habe ich auch den Drang zur Vereinfachung, den ich von meiner Mutter mit ihrem telegraphischen und grammatisch sehr übersichtlichen Englisch erbte. ‚Simplify, simplify...' Aber wie? Vereinfachen, das wollte ich damals auch auf der Versammlung, als wir den schicksalhaften Vorruhestand von Frau Harms besprachen und ich voller Überzeugung nach Streiks, nach Demonstrationen rief. Man will so viel wie möglich unter einen Begriff bringen und so wollte ich es auch. Aber oft platzt der Begriff unter dem exzessiven Gewicht und ist nicht imstande, alles zu transportieren, auszudrücken. So kann man unmöglich den ganzen Rest meines Lebens ab meinem 52. Jahr allein mit dem Begriff ‚Scheidung' zusammenfassen wollen."
„Aber du lebtest mit diesem Mann genauso lange zusammen wie mit deinen Eltern und Geschwistern, nicht wahr? 26 Jahre. Es ist ein interessanter Zufall."
„Ja und nein. Mit gewissen Einschränkungen, meine ich. Auch da gibt es verschiedene Einstufungen und Schattierungen des Zusammenlebens; so lebte ich mehr mit den Schwestern als mit den Eltern, mehr mit dem Vater als mit der Mutter, mehr mit der Mutter als mit dem Bruder. Wirklich mit André allein lebte ich nur ein Jahr, und dann kamen die Töchter, zuerst Elise und nach einem Jahr die andere; wir lebten zu viert... Eine traditionelle Familienstruktur, die mich besonders an meine Geburtsfamilie erinnerte.
Und in den letzten fünf Jahren lebte ich fast ausschließlich allein mit den Töchtern. Er ist Franzose und heißt André Girodoux. Er hatte einen Sohn aus erster Ehe, der nicht mit uns lebte, aber uns hin und

wieder besuchte. Erstaunlicherweise hat mich André überlebt, obwohl er schon 97 ist und vor 25 Jahren für so gut wie tot erklärt wurde; er hatte damals die letzte Ölung bekommen und rief mich zu sich, um sich mit mir zu versöhnen.
Er lebt jetzt in einem Pflegeheim. Ich bin froh, dass ich bis zuletzt in meiner Wohnung habe bleiben dürfen und dass ich nur teilweise und nur in geringem Umfang auf fremde Hilfe angewiesen war. Wie ist es mit den alten Menschen hier, den neuen alten Einwohnern eures Planeten? Ich nenne sie einfach so... Leben sie auch allein?"
„Ja, das macht keine Probleme; sie sind sehr fit, und es gibt viele Maschinen zur Sicherheit, damit ihnen nichts passiert."
„Ein wenig langweilig scheint es mir schon, dieses Alleinleben. Dann hat man keinen neben sich im Bett liegen, man kann nicht mitten in der Nacht mit einem anderen reden und das Frühstück für jemanden vorbereiten."
„Dagegen ist nichts einzuwenden, wenn wir wollen. Wir können mitten in der Nacht Besuch empfangen, mit jemandem telefonieren oder frühstücken; wir können sogar eine ganze Woche einen Gast haben; das machen einige Ehefrauen mit ihren Männern. Aber nicht länger als eine Woche... Nicht weil es nicht erlaubt wäre, sondern weil wir einfach nicht die Geduld aufbringen würden.
Außerdem ist es eine Selbsterhaltungsmaßnahme: Wir wissen, dass wir uns früher oder später auf uns selbst verlassen müssen. Grundsätzlich ist das Alleinleben die gesündeste Form, denn es beseitigt alle möglichen Streitigkeiten, Stresssituationen und Spannungen."
Was sie erzählt überzeugt mich nicht ganz. Was ist, wenn man keinen spontan gewünschten Besuch

bekommt? Nicht immer kann man nach Wunsch auf kurze Zeit begrenzte Gäste haben. In den Perioden, als ich allein leben musste, fühlte ich mich wie tot, unfehlbar versteckt und stumm, als würde ich gar nicht existieren. Dadurch, dass ich mit keinem sprach, hörte ich meine eigene Stimme nicht und ohne Stimme empfand ich mich als Krüppel. Man könnte zwar laut mit sich selbst reden, aber das wäre ein Zeichen von Verrücktheit.

Das Kind setzt mit Stolz seine Beschreibung fort: „So wie ich gelesen habe, habt ihr nur fünf Sinne auf Erden. Wir dagegen haben sieben: Der sechste Sinn ist der intime Kontakt mit den Maschinen, die wir seit Geburt in unsere Körper eingepflanzt bekommen, und der siebte ist gerade der Autonomiesinn, der das Alleinleben am Ende für uns so vollkommen und schmackhaft macht. Ohne das, wären wir nur die Hälfte von dem, was wir jetzt sind. Müssten wir mit anderen zusammenleben, dann hätten wir dadurch nur Depressionen und einen Energieverlust."

„Du hast Recht, meine kleine Maida, deine Weisheit ist fast göttlich. Ich hätte mir viel Ärger und Missverständnisse erspart, wenn ich immer allein gelebt hätte. Trotzdem war es interessant... und das andere eher einfallslos. Was konnte ich von mir selber lernen und mit mir anfangen? Ich brauchte immer die Gesellschaft, besonders in der ersten Zeit.

Die Menschen schienen mir immer wie eine faszinierende Entdeckung, als hätte man mir zwei Edelsteine neben meinen Suppenteller gelegt, wobei ich es natürlich bevorzugte, anstatt sie zu essen, diese Edelsteine lange zu betrachten. So wie jetzt... Wir beide sprechen und es kommt mir vor, als hätte ich ein Stück Schokolade im Mund. Das Gespräch ersetzt mir das Essen, wie du weißt."

„Deshalb siehst du so abgekämpft und abgemagert aus. Hoffentlich bist du nicht an Hunger gestorben."

„Auch mit dir könnte ich zusammenleben. Ich habe eben daran gedacht... Du erinnerst mich besonders an meine Tochter Ianthe. Der Kontakt wäre noch besser, da du von einem neuen Planeten kommst. Es wäre eine phantastische Symbiose; wir würden uns die Hand reichen und uns gegenseitig verwöhnen. von deiner hohen Intelligenz könnte ich vieles lernen und ich würde deine Neugier auf die Erde mit endlosen Geschichten befriedigen."

„Danke Selena, aber bei uns ist es verboten. Wir können uns sporadisch auf der Straße treffen und ein paar Minuten miteinander reden, so wie jetzt."

„Nur ein paar Minuten? Willst du schon weg?"

„Ja. Ich muss zur Arbeit. Ich war gerade in der Mittagspause."

Ich wundere mich nicht, dass sie schon mit zwölf arbeitet; da sie so reif ist, kann sie alles Mögliche tun. Ich frage mich nur, ob sie eine Sekretärin ist wie ich; oder ist sie Rundfunksprecherin, Angestellte in einer Apotheke oder in einem Bestattungsinstitut?

„Für wen arbeitest du? Und was für eine Arbeit machst du?"

„Für Gott und die Maschinen. Gott besucht uns einmal in der Woche höchst persönlich, und die Maschinen müssen sorgfältig aufbewahrt werden, damit alles in Ordnung bleibt. Ich muss mir auch die Anweisungen Gottes aufschreiben und nach alphabetischer Reihenfolge sortieren."

„Gott und die Maschinen... Ich hätte nie gedacht, dass die beiden zusammen gehören. Aber ehrlich gesagt, es interessiert mich wenig, wie das Leben hier ist. Ich wollte dir von den Menschen erzählen, mit denen ich gelebt habe."

Obwohl ich weiß, dass sie so wenig Zeit hat, beginne ich meine Biographie zu erzählen.

Nach meiner Trennung von André lebte ich ungefähr ein halbes Jahr mit meiner älteren Tochter Elise und meinem Schwiegersohn zusammen. Es war eine Notsituation. Einfach so, weil ich mich vor der Einsamkeit fürchtete. Ich hatte viel Platz und sie suchten gerade nach einer Wohnung. Aber es war eine sehr nervenaufreibende Zeit, ohne Freude und nur mit Eifersuchtsszenen.

Das Leben zu zweit oder zu viert geht ja noch, aber zu dritt hatte es sich immer als problematisch für mich erwiesen; nur mit meinen Schwestern zusammen wie in den alten Zeiten hätte es vielleicht geklappt. Aber nicht mit meinem Schwiegersohn. Die ironische und überlegene Haltung dieses jungen Mannes verletzte mich ständig. Er war noch dazu ein Pfuscher, ein falscher Heilpraktiker ohne richtige Ausbildung, er beschwindelte die Patienten und experimentierte gern mit Geheimritualen, mit der langen Prozession der Kranken, die nach einiger Zeit meine Wohnung total in Beschlag nahmen.

Elise an seiner Seite veränderte sich völlig, sie wurde kalt und berechnend, war nicht mehr als meine schöne, verträumte Tochter von damals zu erkennen. Am Ende überließ ich ihnen die Wohnung und flüchtete wie von allen Geistern verfolgt in eine Pension, in der ich mir ein Zimmer nahm und mich darauf vorbereitete, knapp und minimalistisch mit dem unbedingt Notwendigsten zu leben.

Aber dann kam Madame Girodoux, meine Schwiegermutter, und bat mich darum als Gesellschaftsdame bei ihr zu wohnen. Sie war eine sehr nette Person, ebenfalls sehr einsam und sie brauchte dringend kleine Hilfen für ihre eigene Pflege und die ihrer Tiere. Sie hatte drei Papageien und zwei Katzen.

Ich hatte bis dahin noch nie mit Tieren gelebt und es war eine ganz neue Erfahrung für mich; aber bald gewöhnte ich mich daran. Die Katzen mochte ich nicht, die Papageien schon, und vor allem die Ruhe, die wir zwei Frauen miteinander hatten. Wir zankten uns nie. Wir waren harmonisch und voller Frieden in einer sehr ehrlichen Zufriedenheit. Wir besuchten gemeinsam Konzerte, Vorträge, Restaurants und Japanischkurse. Außerdem hatte ich noch meine wieder aufgenommene Arbeit draußen als Sekretärin bei einer großzügigen Chefin, bei der ich viel verdiente und die zum Zeitpunkt noch nicht krank geworden war.

So lebten wir ungefähr ein ganzes Jahr, meine Schwiegermutter Luise und ich. Es war keine besonders berauschende Gemeinschaft bei der älteren Dame und bei den Tieren. Aber nach der Entfremdung von André, den stürmischen Auseinandersetzungen mit meinem Schwiegersohn und dem kalten Verrat der Tochter, empfand ich Dankbarkeit gegenüber der schönen Ruhe mit Luise.

Bis sich eines Tages eine neulich verwitwete Cousine meiner Schwiegermutter als Gast bei uns meldete und nicht mehr vertreiben ließ. Madame Girodoux konnte ihr nicht nein sagen. Sie hatten in der Jugend eine lesbische Beziehung miteinander und jetzt reklamierte die unglückliche Verwandte und einstige Freundin ihre Altersrechte. Nach zwei Wochen der Hysterie von ihrer Seite und der hässlichen Worte dieser Frau, die mich nicht leiden konnte, flüchtete ich.

Dieses mal nahm ich mir eine kleine Wohnung mit der Absicht, zum ersten Mal doch ganz allein zu leben. Ich sehe alles noch vor mir, alles geordnet, sauber, mit hellen Farben an den Wänden. Ich brauchte mich nach keinem zu richten. Ich konnte spät nach Hause kommen, laute Musik spielen; ich benötigte keine diplomatischen Regeln, an die ich mich halten sollte, wie zum Beispiel

Gäste zu vermeiden, die Elise und ihr Mann nicht mochten.
Ich brauchte nicht mehr vorsichtig und unbemerkt Andrés Weinflaschen zu verstecken, damit er weniger trank; die schlechten Nachrichten in der Nachbarschaft vor meiner Schwiegermutter zu verheimlichen; die Einkäufe meiner Schwestern zu loben, selbst wenn sie mir nicht gefielen; Raimunds Fehler nicht bloß zu stellen, damit er sich nicht gekränkt fühlte; die Mutter nicht mit zu vielen Fragen zu überwältigen und so weiter. Das war alles überflüssig geworden.
Es gab keine riskanten Handlungen mehr, mit denen ich meine Mitbewohner gestört hätte. Ich konnte die ganze Nacht duschen, wenn ich wollte, mit Menschen telefonieren, Bilder malen, Blumen pflanzen, Likör trinken oder vor dem Spiegel tanzen. So viel plötzliche Freiheit verwirrte mich und widerstrebte mir. Vielleicht kam sie auch zu spät. Mit 54 genießt man sie weniger als mit 22. Oder liegt es vor allem an meiner individuellen Natur?
Ich bin (ach, wieder vergaß ich das Präteritum), ich war nicht der Freiheitstyp, sondern eher der nachgiebige und kompromissbereite Mitbewohnertypus. Ohne Mitbewohner machte alles keinen Spaß. Ich suchte überall in den Räumen nach den Spuren von anderen Menschen, meine eigenen waren mir zu eintönig, alles zu leer...
Es war nicht gut für jemanden wie mich, die ich jahrelang Kinder in den Armen gehalten hatte... die ich jahrelang im eigenen Bett einen Mann wach küsste, beseelt und von der unglaublichen Wärme eines Männerkörpers überströmt... die ich jahrelang mit Schwestern geplaudert und gelacht habe...
Dieses trockene, einzelgängerische Leben ohne den wunderbaren Morgengruß am Frühstückstisch, an den ich von klein auf so gewöhnt war, konnte ich nur fünf

Monate und eine Woche ertragen. Dann ergriff ich die erste Gelegenheit, die sich mir bot, um wieder mit jemandem zusammen zu leben.
Ich hätte beinahe jeden Menschen auf der Straße anhalten können und fragen: „Eh du, willst du nicht mit mir leben? Ich bin eine ganz nette Partnerin und stelle keine großen Ansprüche. Die Hauptsache ist, ich weiß, dass jemand in meiner Nähe atmet, schläft, sich bewegt." Aber natürlich sollte dieser neue Mitbewohner oder die Mitbewohnerin wenigstens vertrauenswürdig sein. Heutzutage gibt es so viele gefährliche Verbrecher und Psychopaten, und man kann sich nicht jeden Unbekannten ins Haus holen. Am Ende entschied ich mich für eine Freundin meiner Tochter Ianthe, Ludmila, eine russische Studentin, von der ich sicher wusste, dass sie sehr ehrlich und gar nicht geldgierig war. Sie würde mir nie etwas wegnehmen oder hinter meinem Erbe her sein.
Sie verachtete jede Form von Komfort und Reichtum, sie sprach immer die Wahrheit, sie war das Gegenteil von faul und träge. Das waren ihre Haupttugenden. Dafür aber war sie nicht besonders fröhlich und mitteilsam. Sie war meistens mürrisch, hart zu sich selbst und zu den anderen; sie hatte großes Heimweh, aber wollte es nicht zugeben und verschloss sich immer mehr. Dass sie charakterlich schwierig war, hatte ich von vornherein gewusst, doch ich hatte gehofft, sie würde mit der Zeit etwas mehr Zärtlichkeit und Freude zeigen.
Natürlich hätte ich viel lieber meine Tochter Ianthe bei mir, aber diese lebte im Ausland und hatte schon eigene Kinder. Ludmila dagegen hatte keine Familie und keine Freunde. Eigentlich brauchte sie sie gar nicht... Sie sprach kaum, bedankte sich nie, war kalt und ausdruckslos. Sie interessierte sich nicht im geringsten

für mein Leben. Sie kam und ging schweigsam, fast ohne Gruß in einer unhöflichen Gleichgültigkeit.
Ein wenig Austausch miteinander fand nur dann statt, wenn ich ihr Deutsch beibrachte - denn sie hatte viele Verständigungsprobleme wegen der Sprache - und wenn sie einmal im Monat etwas für uns beide kochte, was sie anscheinend besonders motivierte. Im Großen und Ganzen war ich nach kurzer Zeit über unser Zusammenleben enttäuscht.
Das war also meine Strafe, weil ich mir zu viel Lebendigkeit und Kontakt von einem Fremden versprochen hatte. Ihre Trauer und Lustlosigkeit deprimierten mich; ich brauchte eher muntere Menschen um mich, und nicht gerade diesen Schatten, der nicht einmal ein Geschlecht besaß, der weder Mann noch Frau war und trotz der Jugend kaum noch zu leben schien. Was hatte ich davon, dass sie manchmal mit mir aß, dass ich sie ständig in Büchern blättern sah und dass sie im Nebenzimmer schlief?
Unsere Kommunikation blieb stockend, trübe und asthmatisch, mit einem erschwerten Atem. Außerdem hatte ich einen inneren Konflikt in Bezug auf sie, der sich von Tag zu Tag verschärfte. Nach welchem Maßstab sollte ich mich verhalten? Sollte ich sie nur als einen zahlenden Gast behandeln oder eher als eine Adoptivtochter und Freundin?
Sie war zu stolz, um bei mir kostenlos zu wohnen und wollte unbedingt ihren Betrag zahlen. Andererseits war die Versuchung bei mir sehr stark, die Rollen auszudehnen und etwas mehr als nur eine Geldbeziehung in dieser Untermieterin zu sehen. Am Anfang wollte ich ihr alles geben, sie bemuttern und beschenken. Aber allmählich, als ich ihre Trockenheit sah, verlor ich die Lust dazu. Ich wurde eigensüchtig und weniger großzügig.

Am Ende kam ich zu dem Ergebnis, dass es wenig Sinn hatte, geistige oder materielle Anstrengungen in so eine nichts-sagende Beziehung zu investieren. Ich fühlte mich genauso einsam, als wäre die junge Studentin nicht bei mir. Die Tiere meiner Schwiegermutter hatten mir wenigstens mehr Zuneigung gezeigt und damit die emotionale Ebene in mir befriedigt, aber Ludmila sah in mir nur die Lösung ihres Unterkunftsproblems und sonst keine Gemeinsamkeiten.
„Hattest du Streit mit der Russin?", fragte Maida.
„Nicht wirklich. Nach anderthalb Semestern verkündete sie mir, dass sie das Fach und die Universität wechseln wollte. Sie wollte in eine andere Stadt ziehen und die Zeit bis zum Semesteranfang mit einem Job als Kellnerin in der Gaststätte einer Freundin überbrücken. Wir trennten uns ohne Schmerz."
Und wieder verbrachte ich ein paar Monate allein, das heißt, ohne Menschen, nur mit Blumen... mit schönen Dekorationsgegenständen, die ich mir gerne kaufte und in der ganzen Wohnung verstreute. Aber noch besser als diese Sammlung waren die zwei Lebewesen, die ich mir später an meinem 55. Geburtstag besorgte, zwei fröhliche Kanarienvögel. Die konnte ich wenigstens bemuttern, mich an ihrem Glück im paradiesischen Käfig und ihres Gesangs erfreuen. Doch blieb mir diese Vogelsprache, trotz meiner Freude am Gesang, fremd und suspekt, zu beschränkt und eintönig, unausreichend für einen Menschen.
Ich wollte nicht unbedingt mein ganzes Leben lang nur mit einem Vogel reden. Dann würde ich diese gefährlichen Eigenarten von älteren Menschen annehmen, die geistig halb verwirrt nur in der Lage sind, mit sich selbst und mit ihren Haustieren zu sprechen. Die Verwechslung der Tier-Existenz mit der menschlichen schien mir doch bedrohlich. Man konnte leicht

durchdrehen und sich endgültig mit einer Abstufung der Mitbewohnerkategorien einverstanden erklären.

War es nicht so? Als Ersatz für die zwei echten Familien hatte ich erstens den rücksichtslosen Schwiegersohn angenommen, dann den versöhnlichen aber traurigen Stillstand mit der älteren Dame, dann die kalte und anonyme Fremde, und jetzt einen Vogel. Doch konnte man aus dieser Gemeinschaft mit den Vögeln auch einiges Positives gewinnen: Da ich ihnen mein Herz nicht ausschütten konnte, gewöhnte ich mich daran, ihnen zuzuhören und es war beruhigend. Kontakte mit der Außenwelt hatte ich noch genug, so dass ich nicht das Risiko einging, die Sprache mit den Menschen zu verlernen.

Es war keine schlechte Zeit, harmlos und schmerzlos, doch fade, ohne Glanz. In der Nacht litt ich an Schlaflosigkeit und manchmal an Angstzuständen. Ich vermisste meine so familiengeprägte Vergangenheit noch stark: Meine Kindheit, die Töchter, als sie klein waren, Andrés' Körper, als er mir noch treu war. Deshalb hieß ich wieder die Veränderung willkommen, die sich schicksalhaft von selbst für mich ergab.

Mein nächstes Opfer (oder ich war ihr Opfer) war meine Chefin, Charlotte Spencer. Mehr als eine sentimentale Gemeinschaft handelte es sich um ein Arbeitsarrangement. Wegen ihrer in letzter Zeit zunehmenden Behinderung war es ihr kaum möglich, ihre Wohnung zu verlassen, und aus dem Grund bat sie mich darum, als Sekretärin und Pflegerin meistens bei ihr zu wohnen. Da ich keinen anderen Menschen hatte, für den ich sorgen musste, blieb ich bei ihr...

Meine Wohnung behielt ich zur Sicherheit noch und auch um meine ganzen Habseligkeiten besser zu lagern. Manchmal besuchte ich meine eigenen vier Wände an einem Wochenende und redete, erfreut über das

Wiedersehen, mit meinen neuerworbenen Büchern, CDs und Bildern aus den verschiedensten Ländern. Die zwei Kanarienvögel durfte ich natürlich zu uns nehmen. Im Grunde sollte ich dankbar sein, denn ich hatte durch meine Veränderung eine dreifache Verbesserung erreicht: Eine Lebenspartnerin, eine Gehaltserhöhung, eine noch bessere Unterkunft.

„Aber es muss sehr komisch sein, mit einem Chef zusammen zu leben. Diese Geduld würde ich nie aufbringen können."

„Es war schon eine komplizierte Beziehung. Und besonders am Anfang war ich ziemlich eingeschüchtert und gehemmt."

Ich hatte Charlotte immer bewundert und deshalb wollte ich nichts Falsches machen. Sie überforderte einen gern und ich ließ mich leicht ausbeuten, ich wollte ihre Anerkennung mehr als ihr Geld. Ich arbeitete wirklich länger und konzentrierter, als meine Verpflichtung es mir auferlegte. Aber solange es auf acht oder zehn Stunden am Tag begrenzt war, ließ es sich noch ertragen. Jetzt hatte ich Angst vor der unendlichen Zeitspanne mit ihr gemeinsam, einen ganzen Tag... voller Herausforderungen und Aufgaben; von morgens bis abends nicht ganz abschalten dürfen und immer wieder, verkrampft, diszipliniert wie ein gehorsames Kind, die Fehler und Lücken meines Intellekts vertuschen zu müssen.

Doch war es in der Praxis bei Weitem nicht so schlimm, wie ich gedacht hatte. Allmählich freundeten wir uns auch dadurch an, dass wir nicht nur zusammenarbeiteten sondern die Freizeit miteinander teilten, mit Lektüren, Musik, Sherry- und Champagnerstunden im Garten. Ich gewöhnte mich an den reichlichen Kontakt, und dieser machte mich nicht mehr nervös. Ja, wir tranken ziemlich

viel, nie hatte ich so viel Sherry und Champagner getrunken wie zu jener Zeit mit Charlotte.
Damit feierten wir unsere intellektuellen Siege und Fortschritte, die wohlverdiente Entspannung nach der ausgedehnten Anstrengung des Denkens. Danach schliefen wir zufrieden in unseren Betten ein, und am nächsten Tag waren wir nüchtern, fleißig und leistungsorientiert.
Ich habe den Verdach, dass Charlotte nicht nur trank, sondern auch Rauschgift nahm, um ihre Schmerzen zu lindern und sich das Leben angenehmer zu machen. Morgens bei der Arbeit merkte man es ihr gar nicht an, dass sie zu solchen Mitteln griff, aber allein durch ihren schlechten Gesundheitszustand war sie schon drogenabhängig geworden, und dann entdeckte sie die Freuden der Betäubung, die sie aber teilweise in Schach hielt und streng kontrollierte, denn sie wollte unter keinen Umständen ihre Intelligenz völlig auslöschen.
Sie war eine deutsch-englische Literaturwissenschaftlerin, die viele Jahre an Universitäten gearbeitet hatte und jetzt Essays und Rezensionen schrieb. Zwei- oder dreimal im Jahr hielt sie einen Vortrag in irgendeiner Stadt, zu der ich sie zusammen mit einem Chauffeur begleitete. All die Menschen, mit denen ich bisher verkehrt hatte, standen ungefähr auf einem gleichen Niveau wie ich, so zum Beispiel meine gesprächigen Schwestern, der oberflächliche André, meine durchschnittlich begabten Töchter, die am Ende zu Hausfrauen und Müttern wurden, die inkonsequente Ludmila, die immer ihre Fächer und Unis wechselte...
Für mich bedeutete Charlotte einen intellektuellen Höhepunkt. Ich lernte viel von ihr, indem ich alle ihre Schriften tippte, überprüfte und dann mit ihr besprach. Dann kamen wir auf die Idee, in Zusammenarbeit einen

Essay zu schreiben. Das Thema, das mich am meisten interessiert hatte, war ja dieses des Zusammenlebens mit einem anderen Menschen. So entstand unsere kleine Schrift, die uns viel Spaß machte und unsere Intimität besonders aufleben ließ.

Wir korrigierten uns gegenseitig. Charlotte hatte keinerlei Vorurteile über Sekretärinnen, die ihrer Meinung nach genauso gut wie andere imstande sein konnten, eigene Werke zu verfassen.

„Was habt ihr denn alles über das ‚Zusammenleben' geschrieben?"

„Ach, ich weiß nicht genau. Es ist schon viele Jahre her... 34 Jahre vor meinem Tod war es. Das meiste hat sie geschrieben, glaube ich. Ich gab ihr Anregungen, ich hatte Einfälle, Ideen und nach irgendwelchen Argumenten gesucht, um zu beweisen, dass das Zusammenleben mit Menschen trotz mancher negativen Erfahrungen faszinierend sei. Wie du siehst war nichts Originelles darin und ich war nicht geschult genug, um alles in glänzenden Formulierungen zu verpacken, wie sie es zu tun vermochte.

Aber es war eine schöne Zusammenarbeit mit all dem, was dazu gehört. Sie diktierte, wir hielten an, um Einzelheiten zu besprechen... Dann las ich alles vor und an entschieden gelungenen Stellen applaudierten wir uns gegenseitig. Ich hatte den Reiz einer solchen Zusammenarbeit mit jemandem noch nie erlebt. Die vorangegangenen Chefs hatten meine Meinungen nicht beachtet und auch im Betriebsrat einer Firma, in der ich ein paar Jahre gearbeitet hatte, hörte man die Vorschläge kaum, die ich vorbrachte.

Deshalb war es für mich wie ein Wunder und eine neue Entdeckung, die Erweiterung meines geistigen Horizonts durch diese Frau, die so sensibel, vornehm und mit allen möglichen Begabungen des Inneren ausgestattet war.

Sie konnte viele Sprachen sprechen, auch Klavier spielen, und sie entzückte mich mit ihrer Musik oder mit ihren Erzählungen über die vielen Reisen, die sie in ihrer Jugend unternommen hatte, nach Indien, China und anderen Ländern Asiens oder Lateinamerikas."

„Meine Geographie der Erde ist nicht so gut. Wo liegt Asien ungefähr?"

„Du müsstest deine Maschine fragen. Ich weiß auch nicht genau, wo wir jetzt sind, ob die Erde im Norden oder im Süden von uns liegt. Auf jeden Fall war Charlotte, meine Chefin und Freundin, sehr anziehend, auch angenehm zu betrachten, immer duftend, vorteilhaft angezogen und geschminkt, auch wenn wir meistens nur zuhause saßen. Ich hätte mich beinahe in sie verlieben können, hätte sie lesbische Neigungen gezeigt.

Aber sie war schon zu krank und schien sich nicht mehr für die körperliche Liebe zu interessieren. Seit meiner Scheidung hatte ich auch selbst kein Bedürfnis nach sexuellen Begegnungen, und seitdem ich mit Frauen lebte, noch weniger. Charlottes apathische Keuschheit übertrug sich auf mich, sodass ich sie ohne quälende Leidenschaft liebte wie meine eigenen Schwestern und Töchter."

„Dann war diese nach deinem Elternhaus und deiner Ehe die erfolgreichste Beziehung."

„Ja. Leider dauerte sie nicht so lange, nur drei Jahre. Schon im dritten Jahr wurde Charlotte sehr krank und musste sich mehreren Krankenhaus- und Kuraufenthalten unterziehen. Durch die vielen Trennungen entfremdeten wir uns; unsere schöne Routine war gebrochen. Als sie für kurze Zeit zurückkam, wurde ich immer mehr zur körperlichen Pflege als zur geistigen Mitarbeit gebraucht. Sie verlor immer mehr von ihren geistigen Eigenschaften, die mich verlockt hatten; ihr fröhliches Selbstbewusstsein und ihre klare Intelligenz

litten unter den Schmerzen und der Angst vor dem Tod. Sie wurde sehr nervös und fand ihr Gleichgewicht nicht mehr.
Einer Krankheit kann man nur in ihrem Anfangsstadium als etwas Poetisches ansehen. Oder man nimmt sie nur als ein kurzes, rührendes Bild für eine Schau im Fernsehen, meistens um die Opferbereitschaft der Pfleger zu unterstreichen. Eine mehrmonatige Krankheit mit all den alltäglichen Sorgen, Streitigkeiten und Lügen seitens der Pfleger oder der Patienten vernichtet früher oder später den schönen Zauber der Verführung, den es am Anfang noch gegeben hat.
Sie durfte keinen Sherry oder Champagner mehr trinken, keine Vorträge mehr vorbereiten, wodurch sie sehr bitter wurde, schweigsam und in jeder Hinsicht misstrauisch, auch mir gegenüber. Wie schwach ist das Zusammenleben mit anderen tatsächlich! Es kommt eine Krankheit, für die keine der Beteiligten etwas kann, und schon ist die Beziehung zerstört.
Wahrscheinlich war meine Kindheit noch glücklich gewesen, weil keiner in der Familie krank war. Wäre einer meiner Schwestern, mir oder den Eltern unwohl gewesen, dann hätten wir nicht so positiv, ungezwungen und auf gleicher Ebene miteinander reden können. Was mich wundert ist, dass Charlotte sich nicht das Leben nahm, sondern sich eher daran klammerte und mit beinahe religiöser Geduld ihr Ende abwartete. Es war wirklich ungerecht, dass sie so jung starb, während ich... die ich mir nie so viel aus dem Leben auf Erden gemacht habe, noch so lange leben musste."
Sie schaffte noch weitere fünf Jahre, aber wir lebten nicht mehr zusammen.
Ich musste mich nach einer neuen Arbeit umsehen, doch mit 57 war es nicht leicht etwas zu finden. Mir geschah es gleich der armen Frau Harms, einer Dame, die wegen

des Alters aus einem Betrieb, in dem ich auch eine Zeit lang angestellt war, herausgeekelt wurde. Zum Zeitpunkt jener für mich sehr wichtigen Versammlung war ich 40 gewesen und lebte noch mit meiner zweiten Familie. Danach hatte ich jede Spur von Frau Harms verloren. Aber später traf ich sie wieder und erfuhr, dass sie sich mit ihren Ersparnissen einen kleinen Reformhausladen gekauft hatte. Kräuter und Bioprodukte, das passte irgendwie zu ihr, gesundes Leben, Obstsäfte, Joghurt, bitterer Kakao ohne Fettstoffe, makrobiotische Suppen und viele Pflanzen.

Als ich mich selbst so allein und arbeitslos sah, freute ich mich riesig, sie gefunden zu haben. Es war ein Teil der Vergangenheit und jetzt auch meiner Gegenwart. Sie brauchte eine Vertrauensperson, eine Verkäuferin für ihren Laden, denn sie war schon eine kränkliche und zerbrechliche Oma geworden, obwohl viel munterer, lebenslustiger und in besserer Laune als meine Schwiegermutter oder meine bisherige Chefin. Ich bot ihr sofort an, mit mir zusammen zu leben, und sie nahm gerne an.

Sie war genauso einsam wie ich und hatte viele Jahre sehr unzufrieden in einer anonymen, ungemütlichen und unbeheizten Pension gewohnt. Diese neue Phase zeichnete sich besonders durch viel Teetrinken und häufiges Spazieren aus. Frau Harms war nicht gehbehindert wie Charlotte und so konnten wir unendlich laufen, manchmal auch Fahrradfahren. Es war die Phase des Sports, des Gesundheitsbewusstseins, der Yoga-Übungen und Massagen. Wir kochten sehr einfallsreiche, vegetarische Gerichte und entwickelten eine Besessenheit für unweltfreundliche Artikel und Homöopathie. Gelegentlich gingen wir auch in die Kirche oder in ein nettes Café.

Unsere war eine recht gute Beziehung; wir hatten absolutes Vertrauen zueinander und sprachen viel, besonders über unsere Kunden im Reformhaus, die Kirchengänger oder unsere alten Zeiten in der Firma.
„Mir scheint, du bist sehr anpassungsfähig: Du nahmst immer die Gewohnheiten der Menschen an, mit denen du lebtest."
„Im Grunde schon. Mit Charlotte war es das euphorische Trinken im Garten und die geistige Arbeit; mit Frau Harms teilte ich die unschuldige Neugier, die Kunden zu beobachten, von ihren Abenteuern zu erfahren und für uns beide das hartnäckige Ziel, so viel wie möglich abzunehmen. Wir machten einen richtigen Konkurrenzkampf daraus, unsere Gewichtsergebnisse zu kontrollieren und miteinander zu vergleichen, bis wir am Ende zu zwei mageren und nicht mehr so gesund aussehenden Gespenstern wurden.
Aber wir waren doch gesund. Ich hatte keine Migräne mehr, wie ich sie sonst mein ganzes Leben lang gekannt hatte; ich fühlte mich auch nicht mehr so müde und schwach, sondern voller Jugend und Kraft. Vermutlich waren es die ständigen Naturprodukte, die Pflanzen, die ich in allen möglichen Variationen unter der Anleitung meiner Meisterin zu mir nahm."
Gewöhnlich war ich nicht diejenige, die das Zusammenleben mit anderen beendete, sondern das Schicksal; in meiner alten Feigheit der Vergangenheit hätte ich womöglich treu und kompromissbereit weiter zu jeder Beziehung gestanden. Ich hätte auch mit Frau Harms bis zum Ende so weiter leben können. Aber wieder kam das Schicksal dazwischen. Diesmal waren es die zwei Enkelinnen der älteren Dame, die plötzlich neidisch auf mich wurden und Angst bekamen, ihr Erbe an mich zu verlieren.

Wir waren noch kein ganzes Jahr zusammen, als eine der Enkelinnen heiratete. Die Unverheiratete setzte sich dann in den Kopf, Frau Harms unbedingt bei sich aufzunehmen. Nach einer ziemlich langen Überredungsarbeit gelang es ihr schließlich. Ich arbeitete noch weiter im Laden, aber blieb wieder allein.
Was sollte ich jetzt mit meinem Leben machen? Das war eine Frage, die ich mir oft gestellt hatte. Hätte ich Verwandte oder Freunde in New York gehabt, hätte ich sie wahrscheinlich sofort besucht, um mich abzulenken. Alles um mich herum waren schon fertige, ohne mich laufende Konstellationen. Die Eltern lebten mit meiner Schwester Mary Anne weit weg in einer Stadt, die ich nicht mochte. Sie hatten sich daran gewöhnt, ohne mich zu leben, und hätten es als sonderbar empfunden, wenn ich an ihrer Tür geklopft hätte; nur zu besonderen Jubiläen wurde ich für kurze Zeit eingeladen.
Meine andere Schwester, Wilhelmine, mit ihren verzogenen, unerträglichen Kindern, die sie schon sehr spät fast als 50-Jährige bekam... Meine ältere Tochter Elise mit ihrem Heilpraktiker als Mann... Ianthe im Ausland mit ihren immer wechselnden Liebesbeziehungen... Mein geschiedener, untreuer André, im Moment mit einer Rechtsanwältin als Freundin... Die Schwiegermutter mit ihrer Cousine... Frau Harms mit ihrer Enkelin...
Nur mir war eine vollkommene Freiheit gegönnt, die ich ohne Einschränkungen hätte genießen können. Selena ist endlich frei und kann gehen, wo sie hin will. Nur wo sind die Eingänge? Mit 58 erschreckte mich meine Ziellosigkeit. Wieder wollte ich allen auf der Straße meine Selbstzerfleischende Bitte vortragen: „Kommen Sie zu mir und leben Sie mit mir! Ich will nicht allein sein, ich mag die leeren Räume nicht und das stundenlange Nicht-Sprechen-Können."

Maida gibt ein Zeichen der Ungeduld: „Ich muss bald weg. Zehn Minuten hast du noch."
„Vielleicht reichen sie ja auch. Vielleicht sind zehn Minuten hier länger als auf der Erde. Ich hoffe sehr, dass ich noch Zeit haben werde."
Zum ersten Mal dachte ich an einen Mann, da die Frauen bisher auch keine zuverlässigere und beständigere Lebensform geboten hatten. Zu uns ins Reformhaus kam öfters ein schmächtiger, kräutersüchtiger Büroangestellter, der Mirko Graumann hieß. Er war auch geschieden, ungefähr 10 Jahre jünger als ich. Ich war noch nicht verrückt genug, als dass ich einem unbekannten Obdachlosen meine Wohnung angeboten hätte, aber doch verzweifelt genug, um diesem Mann meine Liebe zu erklären, oder besser gesagt, ihm meine Angst vor der Einsamkeit zu offenbaren.
Da wir uns so oft gesehen hatten, bedeutete es kein großes Problem. Ich sagte einfach, ich wollte etwas Schönes für ihn kochen, und er kam... Ich hielt ihn fest... und er ließ sich ohne Widerstand treiben, obwohl er eigentlich an keine Liebe mehr glaubte, denn er war aufgrund seiner Scheidung äußerst verbittert.
Es war aus praktischen Gründen, dass er zu mir zog; so konnte er seine Eigentumswohnung an einen Arzt vermieten und bekam von ihm mehr Geld als das, was er mir für Kost und Unterkunft zu geben pflegte. Aber für mich war es auch eine Erleichterung jemanden zu haben, der meinem Eintritt in ein neues Leben und neue Gewohnheiten ohne Vorbehalte, sogar mit Wärme, zustimmte.
Die Wiedererweckung meiner Sexualität nach neun Jahren völliger Enthaltsamkeit war auch ein sehr starker Anreiz für mich. Es war wie ein Manna der Wollust für meinen nicht zugegebenen, doch immer existierenden Hunger nach Sex, und ich ließ mich zum ersten Mal ohne

Angst, ohne kontrollierende Instanzen, in den Strudel der Leidenschaft versinken.

Es war schon gut über einen Mann zu verfügen, der sich wegen gewisser Vorteile Mühe gab sich um meinen Körper zu kümmern. Er tat es auch nicht ungern; Sexualität war eine seiner Prioritäten, da er sonst keine Laster hatte, weder Trinken, noch Essen, noch Rauchen... Er war sexuell leicht erregbar und empfand den Liebesakt mit einer Frau als besonders aufmunternd, als eine schöne Beschäftigung.

„Aber... verstehst du das alles, was ich dir erzähle, Maida?"

„Natürlich, bei uns geht alles sehr schnell, wie du weißt. Mit sechs Jahren bekommen wir schon Aufklärungsunterricht."

Ich kam der Sache wirklich auf den Geschmack. Bei André hatte ich es bereits als schön empfunden. Meistens ist es die körperliche und nicht die geistige Liebe, die die Menschen zusammenhält. Doch damals musste ich mich Vierteilen und mich auf viele Menschen gleichzeitig konzentrieren, die Töchter, Andrés Freunde und Familie... während jetzt, jetzt hatte ich nur Mirko und unsere gemeinsame, sehr enge Abhängigkeit voneinander; ich konnte mich voll und ganz dieser Beschäftigung widmen, sie in den Vordergrund stellen und uneingeschränkt leben lassen. Er tat es auch anders, viel erfahrener, subtiler, ausdauernder...

Ich war gierig, konnte nicht genug davon bekommen. Ich fragte mich, wie ich so viele Jahre ohne Sex hatte existieren können. Und er war spendierfreudig, unerschöpflich in seiner Liebesfähigkeit; er genoss nicht nur die Erotik an sich, sondern auch seine immer wachsende, uferlose Macht über mich, die ihn mit perversem Stolz erfüllte. Zu unseren neuen Gewohnheiten gehörte jetzt die eine, dass wir immer um

vier Uhr morgens automatisch wach wurden, und zwischen vier und sieben Uhr liebten wir uns... Nebenbei lasen wir die Zeitung oder schauten fern.
Dann, um sieben Uhr, standen wir auf und gingen zur Arbeit. Es war ein schönes Leben. Um acht Uhr abends lagen wir schon wieder im Bett. Es war ja unser Lieblingsplatz, nicht nur zum Schlafen da. Wir hatten wieder unsere drei wunderbaren Beschäftigungen: Lieben, Zeitung, Fernsehen.
Meine arme Sinnlichkeit, die so lange vernachlässigt worden war, kam unerwartet auf ihre Kosten, und ich verjüngte mich ersichtlich, wenigstens in der ersten Zeit. Ich kümmerte mich mehr um mein Äußeres, kaufte mir zum ersten Mal gewagte Unterwäsche und Parfüm. Ich achtete auf neue Liebesstellungen, auf erotisch pikante Witze und erzählte sie meinem Freund mit unschuldigem Gesicht und schamhaftem Kichern, weil ich wusste, dass er Geschmack daran fand. Ich gab plötzlich meine nonnenhaften Gewohnheiten auf, mit Socken und mit viel Unterwäsche zu schlafen. Ich benötigte nicht einmal ein Nachthemd.
Sonderbarerweise schien die Nacktheit mich vor Kälte zu schützen; nachts froren meine Füße und meine Brüste nicht mehr, auch weil er mit der heißen Materie seines Körpers meinen umschloss. Seine Umarmungen waren voll von einer magischen Kraft wie eine herrliche Medizin, eine Pille der Euphorie, die mich alles in rosa Farben sehen ließ, solange wir zusammen waren.
Auch mein Selbstbewusstsein steigerte sich durch diese Erfahrung: Ich war nicht mehr eine geschiedene Frau ohne Partner, sondern ich hatte auch einen Liebhaber bekommen, der mit mir lebte. Das war viel interessanter als sich die Zeit mit älteren Damen, Chefinnen oder Studentinnen vertreiben zu müssen.
„Wie lange dauerte diese Liebe?"

„Keine sechs Jahre im Ganzen. Nach dem fünften Jahr begann sie schon zu zerbröckeln und an Verschleißerscheinungen zu leiden. An sich war es schon ziemlich lange, wenn man denkt, dass uns keine Vergangenheitserinnerungen an jüngere Tage zusammenhielten. Die praktischen Gründe, die billige Unterkunft für ihn und meine begeisterte Bereitschaft auf Sex, spielten wahrscheinlich eine wichtige Rolle und erklärten zum Teil, warum er so lange bei mir blieb."

Aber dann kamen einige negative Erlebnisse, die uns allmählich auseinander brachten, und der von vornherein sehr schwache Faden, der uns band, zerbrach. Wir hatten keine gemeinsamen, auf die Zukunft gerichteten Ziele, wir hatten uns kein Versprechen gegeben, kein Geld für geplante Reisen oder ein Haus zusammen gespart; den Urlaub verbrachte er immer mit seinen Kindern.

Doch das wäre noch kein Grund gewesen, um Schluss zu machen, da ich diesen Zustand schon von Anfang an akzeptiert hatte. Aber dann machte ich eine schwierige Phase durch: Eine lange Kette von Todesfällen, die fast simultan vorkamen, verfolgte mich, und ihre Häufigkeit entsetzte mich besonders, paralysierte mich... schon ein einzelner Tod ist unfassbar und schwer zu überwinden, aber so eine Kette mit mehreren, mit fünf Todesarten, konnte man gar nicht mehr ertragen; kaum hatte ich mich von dem einen halb erholt, da kam schon der nächste.

Zuerst war es meine Schwiegermutter, dann meine Eltern in einem kurzen Abstand voneinander, zwei Monate ungefähr, dann Charlotte, dann Frau Harms. Hätte ich wenigstens etwas Zeit gehabt, jedes Todestrauma zu verarbeiten, wenigstens zwei Jahre dazwischen bei jedem Abschied... und auch das wäre zu kurz gewesen. Es war eine unmenschliche Dosierung, eine verdammt tödliche und gefährliche Überdosis, sehr ungerecht, dass

ich ohne Übergang, ohne Warnung, nur von Todesszenen überfüttert wurde.
Es war seltsam, dass ich das Ganze noch überlebte. Man schreibt kaum etwas darüber, aber es geschieht tatsächlich. Es gibt viele Menschen, die gerade daran gestorben sind, An einer Überhäufung von Todesfällen. Ich wurde gehemmt, mutlos und schwach. Dann sah ich deutlich, dass Mirko in seiner Rücksichtslosigkeit und Eigensucht meine Gefühle gar nicht verstand. Ich wurde der Atmosphäre des leichtsinnigen Kokettierens und Guter-Laune-Seins überdrüssig.
Mein Leid und meine Probleme durfte ich nie zur Sprache bringen, ob es Migräne war, Trauer über eine Todesnachricht oder ein Misserfolg jeglicher Art. Und was mir am Anfang wie eine gute Abwechslung erschien, wurde mir zur Last. Mirkos Besessenheit von seinen Kindern fand ich auf die Dauer auch nervend, denn mir war es schließlich gelungen, unabhängig von meinen Töchtern zu leben, während er von den seinen regelrecht versklavt war.
Hinzu kamen noch andere Umstände, die ihn seinerseits demotivierten: Er fühlte sich weniger von meiner Sexualität angezogen, denn ich war trotz meiner vielen Mühen schon 64. Auch die praktischen Vorteile für ihn wurden weniger nach dem Tod von Frau Harms, weil ich meine Arbeit verlor und ihm dann nahe legte, mir mehr Geld für die Miete zu geben. Er fand mich viel weniger attraktiv danach und fing damit an zu berechnen, dass es sich für ihn nicht mehr lohnte.
Eines Tages ergriff er die Gelegenheit, als ich einen ziemlich heftigen Streit mit seinem jüngsten Sohn hatte; Mirko verteidigte ihn verbissen und zog dann zu einem auch geschiedenen Freund aus seiner Militärdienstzeit. Dieser feige und verräterische Abgang hat mir sein Image für immer verdorben, sonst hätte ich

wahrscheinlich noch etwas Dankbarkeit für ihn und unsere Liebe empfunden, noch von ihm geschwärmt und ihn in meiner neuen Einsamkeit aus der Ferne verklärt.

Aber so war ich völlig ernüchtert und konnte wieder meinen Weg gehen. Teilweise war es auch eine Erleichterung, dass Mirko sich von mir löste, denn dieser Rekord an Todesfällen hatte eine spirituelle Phase bei mir hervorgerufen und meine Sinnlichkeit zu einem abrupten Stillstand gebracht. Ich erwog schon die Möglichkeit, in ein Kloster zu gehen, in dem ich wenigstens die sichere Gemeinschaft mit den Schwestern gehabt hätte. Ich wollte auf keinen Fall allein in meiner großen Wohnung sein, und jetzt noch weniger, seitdem ich so viel Angst vor dem Tode hatte. Aber sie hätten mich wahrscheinlich nicht genommen; ich war schon zu alt, um in einem religiösen Orden zu anzufangen, und als Gast wäre es ja nur wieder vorübergehend gewesen.

„Arme Selena! Du warst bestimmt sehr traurig", ruft die so erwachsene Maida aus. Dann versucht sie mir wieder etwas Aufklärung über die Umstände auf ihrem Planeten zu geben. „Bei uns dagegen wird nicht gestorben. Wir sind unsterblich. Wir werden zwar älter, aber wenn wir schon 60 sind, dann kommen wir wieder in die Kindheit zurück, und alles fängt von vorne an, das ganze Leben."

„Das scheint sehr vernünftig und praktisch zu sein. Wir auf Erden werden dagegen nicht so verschont; entweder müssen wir ganz früh das Feld räumen oder sonst verwelken viele von uns, wir altern kläglich, zerfallen...unsere Organe sind nicht mehr zu gebrauchen, total untauglich, vom Krebs zersetzt und nicht mehr schön anzusehen. Ja, so sieht es aus bei allem Respekt zur Senectute... Ich hoffe, deine Maschine kann auch das lateinische Wort übersetzen."

„Ja, mein Vorgesetzter, der gute Gott, benutzt auch viele lateinische und griechische Worte. Ich bin damit vertraut. Aber ich frage immer sicherheitshalber die Maschinen."
„Trotz meiner düsteren Verfassung damals konnte ich mir einen Jugendtraum erfüllen und ich möchte dir jetzt darüber berichten. Es gibt so viele Studenten und junge Menschen, die in einer Wohngemeinschaft wohnen. Als 19- oder 20-Jährige hatte ich nicht den Wunsch danach, da ich mit meiner Familie lebte. Jetzt aber war es anders und ich konnte wie ein junges Mädchen den Traum nachholen. Warum nicht? Eine Wohngemeinschaft. Habt ihr so etwas ähnliches?"
„Nein, Selena."
„Ich gab meine Wohnung auf, die mir nicht mehr gefiel. Merkwürdigerweise wurde ich im späteren Alter und im Kontrast zur Stabilität meiner Jugend immer mehr zu einer zigeunerhaften, wandernden Erscheinung ohne festen Wohnort und mit lockeren Beziehungen, was sich eher für die Jugend eignet. Mit den Jahren verschließt man sich bekanntlich, aber bei mir war es ungekehrt, denn ich musste mich immer wieder öffnen oder in Einsamkeit ertrinken.
Ich kam zu Frau Simons und Frau Hagelstange, zwei verwitweten Sekretärinnen, die ihre Wohnung noch mit jemandem teilen wollten und eine Annonce aufgegeben hatten. Später, als wir uns schon duzten, hießen sie Elen und Margitta für mich. Sie arbeiteten noch, aber waren schon nahe ihrer Pensionierung und machten sich ständig Sorgen, wie sie den kommenden Ruhestand mit Aufgaben ausfüllen könnten. Sie waren mehreren Vereinen beigetreten, einem Chor, einem Sportverein und mehreren religiösen Einrichtungen mit ehrenamtlichen Tätigkeiten.
Ja, sie erinnerten mich sehr stark an Frau Rubens, die damalige Bekannte, die sich mit immer neuen Ämtern

und Pflichten übernommen hat. Sie waren spartanisch hektisch, sie waren nie krank, nie schwach... Sie standen immer früh auf, sogar sonntags um sechs. Nach einer alten Sitte ihrer Nonnenschule duschten sie mit kaltem Wasser und sparten besonders an der Heizung, da sie sehr geizig und unempfindlich gegen Kälte waren.

Das empfand ich als nicht schön, als Nachteil in meiner neuen Situation, denn die Heizung war immer mein Luxus gewesen. Ich kaufte mir sofort einen Elektroofen, damit wenigstens mein kleines Zimmer geheizt wäre. Und für meine Mahlzeiten in der Küche schleppte ich immer den Ofen mit, er war mein ständiger Begleiter. Sie saßen in ihren Vereinen und waren deshalb selten in der Wohnung.

Ich arbeitete halbtags bei Arlet Riceau, einer französischen Journalistin, einer Freundin meiner verstorbenen Chefin, die mich schon seit Jahren kannte. Ich übersetzte einige ihrer Artikel ins Deutsche, war auch ihre Steuerberaterin und Buchhalterin. Sie schaffte es nie, Ordnung in ihre Papiere zu bringen, und ich war mit dieser Arbeit ziemlich unzufrieden, weil ich mich mit ihrem Chaos nicht zurecht finden konnte. Auch ihr Französisch machte mir Schwierigkeiten. Ich hatte viele Verständnisprobleme, denn sie sprach einen Dialekt und viel zu schnell.

Für ihre Steuererklärung verlor sie jegliche Quittungen und Belege, und dann beschuldigte sie mich der Zerstreutheit oder Dummheit. Sie konnte manchmal sehr freundlich sein und schenkte mir allerlei Dinge, vor allem Kleider und Schmuck, aber sie konnte auch sehr wütend werden und die schlimmsten Beschimpfungen sprechen. Am Unangenehmsten fand ich ihre Gier beim Essen; sie war sehr dick und schwerfällig. Nur wenn sie ihre nachmittäglichen Siestas machte oder ihre Reportagen verfasste, konnte sie etwas Freude ausstrahlen.

Bei ihrem Diktat auf Tonträger reagierte ich meistens allergisch und lustlos, musste ihr wiederholt zuhören, denn sie diktierte ohne Interpunktion, rasend und sehr undeutlich. Immerhin bedeutete es eine Arbeitsstelle und ich war noch keine Rentnerin, die isoliert von der Gesellschaft und mit einer mickrigen Pension vor sich hin vegetierte.
Ich kaufte mir jetzt nicht mehr so viel für den Haushalt, da ich keine eigene Wohnung hatte. Es war die Phase des Elektroofens und des Sparens. Ich war davon besessen, für schlechte Zeiten etwas Geld auf meinem Konto aufzubewahren. An Wochenenden gab es Blockveranstaltungen, zu denen Elen und Margitta auch gingen, ungefähr sechsmal im Jahr. Aber sonst blieben sie zuhause, erholten sich und kochten originelle Gerichte, die nicht zu teuer waren. Und jeden Tag hatte ich wenigstens in der Nacht jemanden bei mir, ich war nicht völlig allein.
Es ist komisch, ich bin wie ein sehr sozial ausgerichteter Hund, der unbedingt den Geruch eines Menschen bei sich spüren muss, sonst könnte er verrückt werden. Ich wäre dieser Hund und würde mein trauriges, hoffnungsloses Gebell ohne Unterlass und zur Belästigung irritierter Nachbarn durch die Welt transportieren wie eine Ankündigung des Todes.
Ich hätte wirklich einen Preis als gesellschaftstriebige Hündin verdient. Ich weiß nicht, ob bei euch solche Preise verliehen werden, aber bei uns wurde die Eitelkeit einiger durch verschiedene Ehrenbezeugungen und Belohnungen geschmeichelt, bis ins Lächerliche hochgespielt. Vielleicht erscheint es mir aus Neid lächerlich und trotzdem wünschenswert."
„Nein, bei uns gibt es keine Preise, wir sind alle gleich. Und es gibt keine Rentner."
„Habt ihr keinen Schönheitsbettbewerb zum Beispiel?"

„Nein."
„Besser so, besser so. Auf jeden Fall wurde ich nie zu einer Miss Universum wegen meiner Schönheit, auch bekam ich kein Stipendium wegen meiner Intelligenz, kein Verdienstkreuz wegen meines sozialen Engagements oder meines Heldentums, und ich wurde nicht wegen meiner Güte zur Heiligen erklärt. Deshalb empfand ich eine Art verstecktes Ressentiment, das ich zwar nicht kundtat, aber das dauerhaft chronisch bei mir blieb.
Diese tiefe Verletzung, die bereits mit meiner Mutter, meinem Bruder, meinem Mann und den Töchtern begonnen hatte, verschärfte sich noch stärker bei den Fremden. Ich fühlte mich ungerecht behandelt; ich, die ich mein ganzes Leben für die Gesellschaft gegeben hatte, wurde nur geduldet, aber nicht verstanden und geachtet."
Auch von Elen und Margitta, meinen Wohnungsgenossinnen, wurde ich in unverschämter Weise ausgegrenzt. Sie nahmen mich nur zu einer Blockveranstaltung mit und hin und wieder in die Kirche, weil sie so mit dem Lob des Pfarrers rechnen konnten. Aber irgendwie passte ich nicht in ihre Kreise. Sie kritisierten mich hinter meinen Rücken, behaupteten, ich sei nicht sauber genug, ich dusche zu wenig und verschwende zu viel Wärme.
Diese zwei Frauen bildeten eine Einheit, sie lebten ja schon seit 40 Jahren zusammen. Sie redeten nur miteinander und kaum mit mir, über ihre Firma, die Kirche und die Sonderangebote, von denen sie profitieren konnten. Das waren ihre Lieblingsthemen und sie ließen mich nur selten in ihre Gespräche hinein. Ich blieb die Neue, die Fremde für sie.
Als sie mich endlich zu dieser Blockveranstaltung über Astrologie mitnahmen, weil jemand ausgefallen war und

sonst das Seminar gar nicht stattgefunden hätte, stellten sie mir kaum Leute vor und suchten nur den Kontakt mit anderen Teilnehmern. Besser gesagt, mit den Teilnehmerinnen, denn es waren ja alles Frauen. Sie wiederholten nur in einem leisen Geflüster zu ihren Freundinnen, wie schwierig ich mit 64 Jahren sei und dass sie „nur vorübergehend" die Wohnung mit mir teilten.

Dieses „vorübergehend" hallte lange in meinem Gehirn nach. Was hat man letzten Endes von solchen unpersönlichen Vereinigungen, die sich bloß durch Kälte und Ungastlichkeit auszeichnen? Sie waren die Wohnungseigentümerinnen und könnten mich jeder Zeit auswerfen. Als junger Mensch ist eine Wohngemeinschaft in Ordnung, aber als schon Älterer fühlt man sich aller Rechte beraubt, von vornherein ausquartiert, sollten irgendwelche Meinungsverschiedenheiten auftreten.

Nach ungefähr einem Jahr unseres Zusammenlebens gewöhnte ich mich allmählich an die Idee, eine neue Unterkunft für mich zu suchen. Das Umziehen war schon eine Selbstverständlichkeit für mich geworden und ich hatte keine Angst davor wie ein ewiger Wanderer, der im Packen der wenigen Habseligkeiten geübt ist. Genauso selbstverständlich war es, dass jemand bei mir einzog, wenn ich eine Wohnung hatte. Ein Zimmer für jemanden bereit zu stellen oder selbst umziehen, das gehörte schon zum geheimen Vertrag, den ich mit der Gesellschaft abgeschlossen hatte, um nicht ganz allein leben zu müssen. Ich hielt mich immer bereit: Entweder kommen sie zu mir oder ich komme zu ihnen.

Mit dem Weggehen hatte ich es aber nicht sehr eilig, denn... zu wem sollte ich jetzt gehen? Die Vorläufigkeit unserer Dreierbeziehung hatte auch einen Reiz. Außerdem hatte ich bei meinen Wohnungsgenossinnen jemanden kennen gelernt, den ich besonders mochte. Es war Wilhelm Hagelstange, der Adoptivsohn von Margitta, der sehr oft zu uns kam. Er war um die 20, schwärmerisch, gesund, phantasiereich und voller Pläne. Er war ohne Zweifel ein Erbschleicher und kam zu uns wegen all dessen, was er vermutete, das alle drei, jede für sich, gespart hatte.

Doch er war ein sympathischer Erbschleicher, gar nicht düster und boshaft, sondern transparent und naiv. Da er mich auch beerben wollte, verhielt er sich mir gegenüber sehr galant, erzählte mir Anekdoten und Witze, die mich zum Lachen brachten, er gab mir ebenfalls explosive Bücher zum lesen (in politischer oder sexueller Hinsicht explosiv). Er wurde wie ein Enkelersatz für mich, auf jeden Fall viel angenehmer als die zwei hochmütigen Frauen, mit denen ich leben musste.

Natürlich machte ich mir keine Illusionen über die Tiefe und Reinlichkeit dieses Verhältnisses, doch war es lustig und erfrischend, einen jungen Mann bei mir zu haben, und aus rätselhaften Gründen kam er öfters zu mir als zu den anderen. Seine Adoptivmutter mochte er nicht und ertrug sie nur wegen des Erbes. Zu mir hatte er eine lockere und ungezwungene Beziehung. Ich verteilte meine Gaben für ihn schon in der Gegenwart, noch bevor er Zeit hätte, mir den Tod zu wünschen. Ich nehme an, das war der Grund, warum er mich so oft besuchte.

Mein Elektroofen und meine Geldgeschenke für den jungen Hagelstange waren tatsächlich meine Hauptverschwendungen in jener Zeit. Aber in den letzten Monaten kam er ziemlich selten, denn er machte seinen Zivildienst und hatte wenig Zeit. Außerdem gab mir Margitta zu verstehen, dass ich ihn zu sehr verwöhnte und dass sie es nicht weiter tolerieren wollte. Ich hasse Streit, so hörte ich damit auf, immer schöne Hemden für den Jungen zu kaufen und DVDs für seine Sammlung zu

besorgen. Ich hatte auch ein schlechtes Gewissen in Bezug auf meine eigenen Enkelkinder, und so kaufte ich jetzt nur Sachen für sie. Seelisch entfernte ich mich immer mehr von diesen zwei Frauen, die meinen Traum von einem Zuhause auch enttäuscht hatten.
Dann kam Andrés Nachricht, dass er plötzlich sehr krank sei und mich brauche. Ob ich ihm nicht verzeihen könnte, ob ich nicht in unserer alten Wohnung bei ihm wohnen wolle, ob wir nicht die letzten Tage unseres Lebens wieder miteinander teilen sollten?Es war etwas so Herzzerreißendes in diesem Ruf, dass ich ihm nicht widerstehen konnte und zu ihm, zu uns... zurückging. Ich hatte sowieso kein Vergnügen mit den zwei Frauen, und mein Mann brauchte mich, auch wenn er nicht mehr mein Mann war, weil wir auf dem Papier schon längst als geschiedene Leute galten.
„Was bedeutet Scheidung?", fragte Maida neugierig. „Ist es ein Fest wie Stierkämpfe und Heiratsrituale? Ich habe noch zu wenig über die Zeremonien der Erde gelesen."
„Nein, kein Fest, umgekehrt, keine Preisverleihung... Doch gibt es kein ausdrückliches Gesetz, das es Geschiedenen verbietet, nach Jahren wieder zueinander zu finden und sogar wieder eine Liaison, wenn beiderseitig erwünscht, einzugehen.
Am Anfang dachten wir natürlich nicht daran, denn er war viel zu krank dafür, aber später, als er sich einigermaßen wiederhergestellt fühlte... Ich war froh, es wieder mit einem Mann zu tun und besonders mit André, den ich immer geliebt hatte. Nach meiner Enttäuschung mit Mirko war es eine Wiedergesundung und Freude für meine neugeborene Sinnlichkeit. Ja, er war mein zweiter Liebhaber. Vielleicht erstaunst du darüber, Maida, aber gerade von meinem 58. bis zu meinem 70. Lebensjahr hatte ich meine stärksten und leidenschaftlichsten Liebeserfahrungen."

„Darüber weiß ich natürlich nichts. Wie gesagt, das Alter zwischen 60 und 70 erreichen wir nie."
André war dankbar für meine Pflege und auch für die überraschende, intensive Sexualität, die wir uns gegenseitig schenkten. Doch wir lebten immer unter der Drohung seiner Krankheit und wir wussten, dass die sehnsüchtige Umarmung unserer Körper nur kurzlebig war. Wir mussten uns meistens mit der alten Kameradschaft und Freundschaft begnügen. Manchmal fühlte ich mich wie ein Monster, weil ich immer an das eine dachte, meine Wollust, während er verbissen und verzweifelt gegen den Tod und um das nackte Überleben zu kämpfen hatte.
Andererseits war die Liebe gar nicht so ungesund für ihn, denn so konnte er seine übrigen Leidenschaften, wie Rauchen und Trinken, die besonders schädlich für ihn waren, besser unter Kontrolle halten. Meistens war die Gefahr sowieso gering, es war mehr Selbstbetrug, Spiel, Flirten und fruchtloses Träumen als der wirkliche Liebesakt, und die meiste Zeit musste ich mich danach selbst befriedigen.
„Onanie. Das kennen wir auch. Es ist fast so gut wie das andere."
„Ach, nur für Individualisten ist es gut. Mit unseren ersten Ehejahren verglichen war dieses hier ein Armutszeugnis: Die Kinder waren nicht mehr da, wir waren nicht mehr jung und noch nicht einmal mehr verheiratet. Wir waren das Gegenteil davon, geschieden. Das heißt, unsere Vereinigung hatte sich nicht bewährt; aufgrund der Trennungsjahre wurde sie in der Wertskala des Erfolgs um vieles herabgestuft, und jetzt fanden wir nicht die Kraft, es zum zweiten Mal amtlich bestätigen zu lassen, dass wir wieder zusammen waren.
Es wäre ja auch ziemlich kompliziert gewesen, denn André hatte in der Zwischenzeit eine andere Frau

geheiratet. Auch wenn ich weiterhin noch seinen Namen trug, Selena Girodoux, war dieser wie entleert und nicht mehr mit ihm verbunden. Er hätte zuerst diese zweite Bindung rückgängig machen müssen, um mich wieder in den Akten als die Seine übertragen zu lassen. Das war der Punkt: Alles entglitt mir in dieser sozusagen entstellten Scheinvereinigung einer niedrigen Kategorie, die wir wegen einer Notsituation, einer Krankheit, eingegangen waren.

Die Wohnung war nicht mehr meine (er hatte sie von unserer Tochter abgekauft) und lief nur noch unter seinem Namen. Bei der Besorgung der vielen neuen Haushaltsgegenstände wurde ich damals nicht gefragt. Überall war eher eine fremde Macht zu spüren, die von Camilla, der zweiten Ehefrau. Alles war nur geliehenes Zeug und ich fühlte mich nicht ganz wohl dabei. Am Anfang hatten wir keine richtigen Pläne gemacht; es galt nur, ihn in seiner Krankheit zu pflegen und sich dann... über die Überraschung seiner Genesung zu freuen. Aber sobald sich eine gewisse Stabilität und Festigkeit in unserer Beziehung einstellte, hatte gerade dieser Mangel an Plänen für die Zukunft eine störende und deprimierende Wirkung.

Mit der Zeit konnte ich nicht umhin, eifersüchtig auf Camilla zu sein und mich zu fragen, ob ich mich weiterhin ausbeuten lassen oder an meine eigene Sicherheit denken sollte. Würde er mich für meine Pflege und unsere erneuerte Liebe belohnen? Oder eher alles wie bisher laufen lassen, womit ich nur als eine Art Maitresse und Krankenschwester bleiben würde und die andere Frau nach seinem Tod alle Rechte auf sein Eigentum behalten könnte?

Ich war jetzt schon Rentnerin und lebte ausschließlich für ihn. Es begann die Phase der Kur- und Klinikaufenthalte, und wenn es ihm besser ging, der Wanderungen, der

langen Busfahrten mit anderen Senioren, auch der erschöpften Nächte nach einer Reise auf einem Bauernhof oder in einem Hotel im Gebirge.
Es gab einige Dinge, die ich wie in unserer Ehe bei André missbilligte: Seine Rastlosigkeit, dass er immer neue Ausflüge und Einkäufe plante, neue Ärzte und Gesundheitsmethoden versuchte, während ich am liebsten meine Ruhe zuhause und nur den Besuch meiner Schwester und Töchter gehabt hätte. Er kaufte sich zwei Hunde, und Hunde mochte ich nicht so sehr wie meine drei Vögel, die - Gott sei Dank - noch am Leben waren.
Die Hunde forderten von mir auch eine gewisse Pflege und zwangen mich zu unbequemen Aktivitäten. Ich musste manchmal mitten in der Nacht mit ihnen hinaus spazieren, ein entzückendes Vergnügen, das André mir von vornherein überlassen hatte, und ich musste öfters bei unseren Reisen nach einem Hundehotel suchen, das nicht zu weit weg von unserem Kurziel wäre, denn André wollte sie unbedingt hin und wieder sehen. André war in die Hunde vernarrt, was mich besonders eifersüchtig und unglücklich machte."
Maida grinst und unterbricht mich ungeduldig: „Mit einem Wort, es klappte auch nicht so richtig."
„Nein. Wie konnte es auch? Das Zusammenleben wird noch schwieriger gemacht, je älter man wird. Gerade im späteren Alter, wenn man mehr Kontinuität braucht, gerade dann muss man sich an den ständigen Wechsel gewöhnen. Oder zumindest war es mein Schicksal. Ich war wie der ewige Jude und fand keine Raststätte von langer Dauer. Nach ungefähr anderthalb Jahren traf sich André mit seiner zweiten Frau in einem Restaurant zu einem intimen Abendessen... und da wusste ich schon, dass es das Ende unserer Beziehung war. Er sagte zwar, es wäre wegen des gemeinsamen Kindes, das sie

hatten, und nicht wegen Camilla, doch wurde es bald klar, dass er ein Zusammenleben mit ihr und der kleinen Tochter nicht ganz ausschließen wollte."

„Das ist kein schönes Verhalten", platzte Maida empört dazwischen, „nachdem du ihn so gepflegt hattest..."

„Fieberhaft und ohne viel Überlegung, in einer Häufung meiner letzten Kräfte suchte ich sofort nach einer neuen Wohnung für mich. Auf der einen Seite war ich richtig erleichtert, dass ich nicht mehr mit den Hunden, mit seiner Krankheit, mit seinen depressiven Phasen und Reisebesessenheiten zu tun hatte. Ich fühlte mich wie befreit von dieser Last, die mir nur am Anfang durch die trügerischen Hoffnungen und die Wiederbelebung der Sexualität etwas Freude bereitet hatte. Beinahe hätte ich Camilla dankbar sein können dafür, dass sie seine Pflege übernahm und ich wieder so ein Gefühl von Breite hatte, als wäre ich noch sehr jung und könnte alles im Leben mit meiner positiven Haltung besiegen, erobern.

Andererseits war diese nur eine vorübergehende Euphorie, eine von denen, die ich schon öfters gekannt hatte und die am Ende nur darauf hinausliefen, dass ich ganz leer und müde vor einem ziellosen und unbequemen Anfang stand. Im Grunde war es nur zum Schein ein Anfang, denn alles wiederholte sich. Nur jetzt waren viele der alten Bekannten wie Charlotte und Frau Harms schon tot, deshalb musste ich mich immer mehr an unbekannte und jüngere Menschen wenden; ich musste meine Hemmungen überwinden und sogar völlig Fremden mein Vertrauen entgegenbringen.

Wieder lebte ich eine Zeit lang allein, wieder in einer Wohngemeinschaft, diesmal gemeinsam mit einer Schauspielerin und einem Krankenpfleger, die mich ein paar Monate zerstreuten und gut pflegten, besonders er... aber die später mit ihren gekünstelten Auftritten und übertriebener Fürsorge nervten. Nur in der ersten Zeit waren die Menschen gut zu mir, oder ich war so inkonsequent, dass mir das missfiel, was ich am Anfang noch für richtig empfunden hatte.

Die Schauspielerin war geistig krank, sehr von sich selbst überzeugt, und der Krankenpfleger war ein melancholischer, fanatischer Schwuler, der immer in Liebesprobleme mit Kriminellen verwickelt war, sodass es am Ende gefährlich wurde, mit ihm zu verkehren. Zum Schluss flüchtete ich vor den beiden und suchte Zuflucht bei Sor Juanita, einer argentinischen Nonne, die ich in meiner Jugend gekannt hatte und die mir wenigstens eine kurze Phase der Ruhe ermöglichte, denn diese Ordenschwestern redeten ja kaum miteinander, erlagen keinen Leidenschaften mehr und waren sehr brav, stabil, ausgeglichen, wenigstens in der ersten Zeit...

Nachher wurde es mir zu langweilig; ich vermisste meine Freiheit, meine finanziellen Privilegien, eine eigene Wohnung zu haben und über mein Erspartes zu verfügen. Trotz Juanitas Freundlichkeit hatte ich plötzlich Angst, dass die Kirche über meine Person und mein Geld voll und ganz Besitz ergreifen würde."

„Nonnen, sagst du", murmelte Maida. „Alles Frauen, die zusammenleben... Nicht wahr? Wie viele Zimmer hat jede zur Verfügung?"

„Ein Zimmer höchstens. Ich kaufte mir eine Wohnung und, um mich sozusagen von der Kirche zu reinigen, nahm ich mir noch einen Liebhaber. Ja. Lach nicht. Er war der dritte und letzte. Giacomo war viel jünger als ich, um die vierzig. Aber er war kein Gigolo und arbeitete viel. Er hatte eine sehr schöne, gütige Tochter, Ernestine, die ich halb adoptierte, und wir waren eine Zeit lang sehr glücklich zu dritt.

Am Ende stritt ich mich mit ihm, weil er immer neue Frauen brauchte und sie mir sogar in die Wohnung mitbringen wollte. Mit Ernestine dagegen sind wir bis

zuletzt in einem sehr guten Kontakt verblieben. Gestern, vor meinem Tod, hat sie mich besucht und mir gesagt, wie gern sie mich hat, obwohl sie weiß, dass sie nichts von mir erben wird, denn ich habe ein Testament zu Gunsten meiner Schwester gemacht, und meine Töchter bekommen natürlich ihren Pflichtteil. Na ja, so viel ist es eigentlich nicht, nur die Wohnung und ein paar Kleinigkeiten."
„Was meinst du mit ‚Testament' und ‚Tod'?", fragt Maida.
„Ich kann es dir nicht gut erklären, was der Tod ist. Der Tod war mein Ende auf der Erde und meine Reise zu euch. In den letzten Jahren habe ich besonders von jungen Frauen geschwärmt, die mir viel besser als ältere Damen oder die schwierigen Männer gefielen.
Da war zum Beispiel Anja, eine Fotografin, die viel trank, weil sie sehr hässlich aussah und eine spastische Sprachbehinderung hatte, die sie zum ständigen Stottern verurteilte. Aus dem Grund hatte ich viel Mitleid mit ihr und machte ihretwegen eine schwere Krise durch. Aber wieder siegte mein Selbsterhaltungstrieb und wir trennten uns für immer. Sie hat mich gestern nicht besucht wie Ernestine. Ich glaube, sie lebt nicht mehr.
Danach hatte ich das Glück, wieder in das Reich der Familie zurückzukehren, was mir immer die meiste Sicherheit und Beruhigung gegeben hat. Meine Enkelin Roswitha studierte zwei Jahre bei uns in Köln und da sie nach einer Unterkunft suchte, bot ich mich an und freute mich riesig. Als sie weg ging, schickte sie mir zum Trost eine Freundin, Soledad, eine spanische Studentin, die sehr anhänglich, schüchtern und familiengebunden war. Und danach kam Cynthia, eine Musikstudentin aus England, die wunderbar Geige spielen konnte und mir damit das größte Vergnügen meines Lebens bereitete.
Gestern hätte ich ihre Geige gebraucht, dann hätte ich wahrscheinlich nicht so viele Schmerzen gehabt. Es wäre

das schönste Linderungsmittel gewesen, viel besser als Betäubungstabletten. Ich dachte gestern besonders intensiv an ihre Geige. Das waren alle meine Adoptivtöchter. Ich wurde immer zu ihren Abschlussfeiern eingeladen, ich machte ihnen ein schönes Geschenk und fühlte mich stolz wegen ihren erreichten Diplomen. Lea, eine Studentin aus Israel, war die letzte in der Reihe. Durch sie alle, die aus vielen Ländern kamen, und durch diesen internationalen Hintergrund fühlte ich mich besonders kosmopolitisch, weniger eingeengt, als hätte ich immer nur mit meinen Landsleuten sprechen müssen."

„Köln? Wo liegt Köln überhaupt? Ich habe keine Landkarte der Erde. Ich muss meine Maschine fragen."

„Ich komme schon zum Schluss, Maida. Ich weiß, dass du es eilig hast. Einmal hatte ich das immense Glück dass meine jüngste Schwester, Mary Anne, die müde davon wurde, nach dem Tod der Eltern allein zu leben, auch in Rente ging und zu mir kam. Wir haben über 15 Jahre miteinander verbracht. Meine Tierärztin liebte wieder die Menschen und wir plauderten wieder viel wie in den alten Zeiten. Manchmal adoptierten wir auch einige gute Freunde mit wie Reiner, einen Piloten, der der Liebhaber meiner Schwester wurde, oder Tess, einer obdachlose Landstreicherin aus Indien, die wir am Anfang misstrauisch, aber allmählich mit Interesse und immer wachsender Liebe beobachteten.

Meistens waren es vorübergehende Erscheinungen, die uns bereicherten. Doch die Grundvoraussetzung unseres Glücks war, dass wir zusammen blieben, um alles zu kommentieren und uns an unserer gegenseitigen Sprache zu erfreuen. Und wir blieben zusammen bis gestern... bis ich..."

„Was für ein Fazit ziehst du aus all dem?"

„Es ist schwer zu sagen... Aber folgendes vielleicht: Ich fühlte mich nie genug gepriesen und verstanden. Die Menschen, mit denen ich lebte, haben mich meistens enttäuscht, mit der Ausnahme von Ernestine, Roswitha, Soledad, Lea... Aber das war auch, weil ich viel weniger von ihnen erwartete und am Ende nur nach einem jungen Leben um jeden Preis suchte. Es war mehr die Befriedigung eines ästhetischen Bedürfnisses als das der menschlichen Erwartungen wie am Anfang."
„Was hast du denn Großartiges von den Menschen erwartet?"
„Einfach gehört zu werden, richtig verstanden zu werden, wie es meine Schwestern taten. Aber das Schwestermodell der Jugend wurde mit den Jahren immer utopischer. Mit Mary Anne habe ich es teilweise verwirklicht, aber nur mit ihr. Ich schimpfe gegen die Gesellschaft wie eine alte, verbitterte Jungfer, ich weiß. Doch schon mit vierzig begann es für mich so zu werden. Warum wurde ich in jener Versammlung ignoriert, umgangen? Und auf so vielen Versammlungen im Leben... auf einer Hausversammlung, Betriebsversammlung, Familienfeier, Wohltätigkeitsveranstaltung, Begegnung mit Künstlern und so weiter? Warum wurde ich nie nach meiner Meinung gefragt, als wäre ich unsichtbar? Wenn ich eine Spende gab, nahmen sie sie gerne an, aber fragten nicht wofür genau ich das Geld verwenden wollte. Lobte ich manchmal ein Kunstwerk, so fragten sie nie nach einer Begründung oder einer Beschreibung meiner Reaktion.
Meine Wirkung wurde von vornherein ausgeschaltet, gelähmt. Wenn ich mich per Handzeichen meldete, übersahen sie meine Hand; deshalb hatte ich viel lieber schriftliche Wahlen. Und das war nicht nur im öffentlichen, sondern auch im privaten Bereich: Bei meinen drei Liebhabern, bei meiner Schwiegermutter,

meiner Chefin, sogar bei meiner Mutter und meinen Töchtern. Das störte mich sehr an den Menschen, als ich noch lebte. Das ist ihre schwerste Sünde, die sie an mir begangen haben, dieser Mangel an Sensibilität und Nachhall für meine Stimme, für meinen Schrei oder meine Seufzer."
„Aber du sagst selbst, du bist auch wechselhaft und inkonsequent gewesen!"
„Das war ja nur gezwungenermaßen zum Überleben; sonst wäre ich die Treueste gewesen und hätte immer die gleichen lieben Menschen um mich gehabt, die ich um nichts auf der Welt mit anderen vertausch hätte."
Maida zuckt gleichgültig mit den Achseln.
„Ich kenne die Erdenmenschen nicht, daher brauche ich sie gar nicht zu verteidigen."
Ich nicke, und sie reicht mir ihre kleine Hand zum Abschied.
Ich vermute, dass hier ganz andere Gesetze herrschen, da alle schon von Kindheit an gelernt haben, allein zu leben. Aber ehrlich gesagt, bin ich nicht sehr daran interessiert, das Thema zu vertiefen. Dieser Planet bleibt mir fremd, und da Maida sowieso nicht mit mir zusammenleben will...

III Fegefeuer oder Limbus?

Maida ist verschwunden und keine Menschen sind mehr zu sehen, nur Geister... Doch sie kann man nicht sehen, nur hören. Man kann sie auch nicht riechen; sie riechen nicht nach dieser seltsamen Mischung aus Bleistift, Seife und Schweiß wie die kleine Maida. Ich frage mich, ob man sie berühren kann. Ich glaube, nein. Sie sind unfassbar und ätherisch wie die Luft, doch hinterlassen sie auch eine Spur auf der Haut; ja, genau so wie die Luft, deren Existenz man nicht leugnen kann. Der

Tastsinn und das Gehör sind die spirituellen Katalysatoren, so höre ich die Stimme der Geister wie die Musik, die auch unsichtbar ist (man sieht nur die Instrumente und die Spielenden, aber nicht die Musik selbst), und mich berühren die Luftwellen ihrer Gegenwart.

Da ich jetzt weniger zu sehen habe, dafür viel mehr zu hören und zu spüren, mache ich meine Augen zu und gönne ihnen eine lange, lange Pause der Ruhe. Es mag sein, dass es eine Pause von Jahren ist... denn befinden wir uns nicht in der Ewigkeit? Mein Gehör und meine Haut haben sich jetzt mobilisiert, während meine Augen schlummern. Schnell habe ich nur ein paar optische Einzelheiten vermerkt: Ich befinde mich an einem hellen Ort; es ist Tag und nicht Nacht; ich stehe in der Mitte eines großen Gartens und es sind keine Häuser in Sicht. Da es keine Körper mehr gibt, braucht man ja logischerweise keine Wohnungen mehr, keine Räume, um sich vor der Kälte zu schützen, die Kleider zu wechseln oder die Mahlzeiten einzunehmen.

Es scheint, ich habe den neuen Planeten von Maida schon verlassen, jetzt befinde ich mich in so einem Naturparadies wie die ersten Vorfahren der Erde, denn an deren Stelle gibt es unsichtbare Geister, die nur sprechen und zu hören sind, wie ich selbst wahrscheinlich auch einer bin.

Aber warum bin ich auf die Idee gekommen, dass es Geister gibt? Noch keiner hat mit mir gesprochen. Vermutlich liegt es daran, dass ich mir eine volle Ewigkeit allein, ohne andere Wesen, gar nicht vorstellen kann. Ich war ja immer so gesellschaftsbezogen... Entweder müssen es die Menschen sein, mit denen ich gelebt habe, die Wesen einer neuen Zivilisation oder die Geister, die erst jenseits des Grabes ihre Gültigkeit erlangen.

Doch habe ich kein hoffnungsverheißendes Gefühl, als wäre ich im Himmel, auch nicht in der Hölle... Es ist keine berauschende Seligkeit und die unerträgliche Qual des Feuers auch nicht. Es sind keine Flammen zu sehen, auch nicht zu spüren. Die Frische des Gartens ist gerade das Gegenteil vom Leiden durch Verbrennungen. Daraus schließe ich, dass ich mich auch nicht im Fegefeuer befinde. Hier habe ich keine Auskunft gebende Maida, die ich befragen könnte. Aber wahrscheinlich wird bald ein Geist kommen und mit mir sprechen.
Limbus, woher habe ich das Wort?
„Limbus heißt eigentlich ‚Saum' oder ‚Rand'. In den kirchlichen Dokumenten wird dafür der deutsche Begriff ‚Vorhölle' verwendet." Ja, in der Limbuslehre unterscheidet man sogar zwischen zweierlei Bewohnern oder Zeitspannen. Es gibt einen Limbus Patruum (für die Vorväter, die vor Christi Geburt nicht getauft werden konnten und deshalb Jahrhunderte lang auf die Ankunft Jesu warten mussten) und einen Limbus Puerorum (für die Unschuldigen, aber von der Erbsünde nicht gereinigten Seelen der Ungeborenen, die im Mutterleib starben, oder die schon Geborenen, die aber später das Sakrament der Taufe nicht rechtzeitig bekamen).
Na, ja, das betrifft mich nicht und meine Geschwister auch nicht; wir wurden alle getauft. Nur Ermelina, eine gute Freundin meiner Kindheit, die Tochter unserer Nachbarn im ersten Stock, war nie getauft worden; jetzt erinnere ich mich daran, aus einer Zerstreutheit der Eltern heraus oder weil sie nicht besonders religiös waren. Aber keine Unruhe... Wer glaubt noch an den Limbus? Nicht einmal die Kirche glaubt jetzt daran. Im Weltkatechismus von 1993 wurde der Begriff des Limbus zugunsten eines des möglichen Heilweges für die nicht-getauften Verstorbenen oder ungeborenen Kinder abgeschafft.

Wieso habe ich Maida gar nicht von Ermelina erzählt? Wahrscheinlich habe ich viele der Menschen, mit denen ich lebte, unerwähnt gelassen, gerade weil es so viele waren, unzählbare Geschöpfe in Schulen, Läden, Krankenhäusern und Hotels für den Urlaub.
Ermelinas Geist erscheint jetzt vor mir. Ich kann ihre Figur nicht sehen, aber ich erkenne ihre Stimme und auch ihr Parfüm, das sie damals mit zwölf immer von ihrer Mutter zu klauen pflegte. Sie ist tatsächlich unsichtbar. Vermutlich ist man im Limbus nicht ganz blind, man sieht noch den Garten, aber nicht die Menschen. Sie hat jemanden bei sich; es ist die Stimme eines Jungen, der viel kleiner als sie zu sein scheint, so um die sechs oder sieben Jahre. Beide singen zusammen ein kirchliches Weihnachtslied und grüßen mich dann, mit viel Freude, als wären sie wirklich sehr glücklich, mir dort zu begegnen.
„Salve, Selena. Wir freuen uns, dich nach so vielen Jahren wieder zu treffen."
Sie sprechen zusammen wie in einem Chor, aber Ermelinas Stimme ist am stärksten zu hören. Ich glaube, sie dirigiert überall. Sie war ja immer eigenwillig und herrschsüchtig.
„Hallo, meine lieben Kinder", sage ich mit einer, wie mir scheint, sehr erwachsenen, alten Stimme. Kann es sein, dass die Menschen wie ich, die schon ziemlich spät im Leben verstorben sind, in der Ewigkeit immer diese alte Stimme behalten müssen? Im Grunde ist es unlogisch; das eine Leben auf Erden hat mit dem anderen nichts zu tun, oder? Warum kann ich nicht meine junge Stimme wiedergewinnen wie zum Zeitpunkt, als Ermelina und ich uns kennen lernten?
Ich würde mich so riesig freuen, wieder wie eine Zehnjährige sprechen zu können! Aber es gibt keinen Spiegel für Stimmen und meine Ohren sind sehr

subjektiv. Ich weiß nur, dass die Stimmen der anderen jung klingen, während meine eigene sich verbraucht und zittrig sich anhört. Vielleicht ist es nur eine Täuschung. Ich bin eitel und verlange zu viel von mir selbst.
„Was meinst du, Ermelina? Klingt meine Stimme wie die eines Kindes oder wie die einer älteren Dame?"
„Das macht keinen so großen Unterschied. Du bist einfach du... Wie damals und wie immer."
„Ich kann mich selber nicht gut hören, weißt du? Und es gibt so vieles Unsichtbares um uns herum, dass ich kaum noch etwas sehen kann. Ich glaube, ich bin in meinen Sinnen sehr eingeschränkt. Befinden wir uns tatsächlich im Limbus?"
„Nach der Lehre der katholischen Kirche schon. Ich sehe genauso wenig wie du und kann nur zum Teil, sehr gedämpft, etwas hören. Man will uns einfach nicht überanstrengen, das ist alles; man behandelt uns wie kranke Menschen. Gott haben wir nie zu Gesicht bekommen."
„Sag mir, wer ist das Kind, das mit dir gesungen hat?"
„Er hat keinen Namen, aber ich in meinen Phantasien und Kinderspielen nenne ihn Arthur, denn jeder Mensch muss einen Namen haben. Erinnerst du dich an unsere Kinderärztin Jasna Graf, die fast jedes Jahr schwanger wurde? Sie hatte einmal eine Fehlgeburt, und das ist ihr ungeborener Sohn Arthur."
„Ach ja, ich weiß es noch. Es war eine Stillgeburt, und damals habe ich mir schon viele Gedanken gemacht, ob er in den Himmel gehen würde, auch wenn er nicht getauft worden war. Arthur war schon über sieben Monate im Mutterleib gewesen; alles war in ihm voll entwickelt und beinahe vollständig, deshalb hat er so eine schöne Stimme beim Singen; er kann viel besser singen als wir alle. Aber seine arme Mutter, Frau Dr. Graf, wäre um ein Haar verstorben."

„Ja, Frau Graf, war immer von kleinen Patienten umgeben, von ihren eigenen Kindern (zehn waren es, glaube ich, den Jungen hier ausgenommen) und dann von den fremden Patienten. Ich konnte mir sehr schwer einen Mann an ihrer Seite vorstellen. Sie war immer die große Mutter, Pflegerin und Pädagogin, und ich hätte sie mir auch als Mutter gewünscht. Zu meiner Schwester sagte ich immer: „Siehst du, das ist noch besser als Tierärztin zu werden."
„Arthur verdient unsere Solidarität. Der gute Junge hat noch nie gelebt... Ich weiß nicht, ob es ein so großer Verlust für ihn war, aber im Limbus zu sein ist auch nicht das Wahre."
„Wie absurd, das mit dem Limbus! Denkst du nicht auch? Es ist kein Wunder, dass er abgeschafft wurde. Ich frage mich nur, warum wir hier sind, wenn er überhaupt nicht existiert. Vielleicht ist es ein Traum wie so viele andere, wie das mit dem Planeten oder mit meinem Tod... Vielleicht lebe ich noch und bin noch 89, ganz allein gelassen in meiner Wohnung, ohne Menschen, die mit mir zusammenleben wollen. Womöglich ist meine Schwester diejenige, die weggegangen ist, nicht ich... Und ich wollte es einfach nicht zugeben, dass ich jetzt wieder auf der Suche nach neuen Menschen sein muss, dass sie mich verlassen hat.
Ich denke, dass der Limbus nicht so toll ist. Auf Dauer wird er bestimmt sehr langweilig und ich fühle mich hier nicht ganz wohl. Aber andererseits mag ich eure Stimmen, den Garten und vor allem mag ich es, mich von den Menschen erholen, mit denen ich lebte. Es ist wie ein kleiner Urlaub. Es ist sehr schade, dass du nicht getauft wurdest; aber ich frage mich, ob es eigentlich so wichtig ist.
Wahrscheinlich schon, es ist eine Formalität wie jede andere. Ohne Arbeitsvertrag darf man auch nicht

arbeiten, man könnte zu jeder Zeit entlassen werden und hat keine Rechte. Eine religiöse Taufe ist irgendwie wie ein Arbeitsvertrag... Doch wenigstens auf dem Register hattest du auch einen Namen: Du wurdest als Ermelina Mayer-Müller angegeben, die Einzeltochter eines Ehepaares, die keine Kirchensteuer bezahlte und auch nicht kirchlich heiraten wollte.
Mir fällt noch eine Frage ein, Ermelina: Ich selbst wurde getauft... Was mache ich denn jetzt im Limbus?"
„Vielleicht hast du uns lediglich besucht und wolltest einfach wissen, wie es uns geht."
„Es kann sein. Ich war ja immer neugierig, besonders auf den Limbus."
„Das geht mir nicht in den Kopf. Man kann auf alles neugierig sein, doch nicht gerade auf den Limbus."
„Und warum nicht? Ich konnte mir nichts darunter vorstellen, deshalb war ich neugierig. Nirwana... Ist das nicht im Grunde wie eine Art Nirwana? Kein Temperaturempfinden, weder von Wärme noch Kälte, kein Tastsinn, um euch Menschen anzufassen. Ich kann dich und Arthur weder umarmen noch streicheln. Dadurch geht viel Freude verloren, aber auch das Leiden, die Qual."
„Limbus gleich Nirwana... Der Vergleich ist gar nicht so schlecht. Du hast immer alles wunderbar durcheinander gebracht, wie ich finde. In unseren Spielen damals konntest du beides, Königin und Sklavin, sein, und immer mit der gleichen Miene von Zufriedenheit und Demut. Ich dagegen hielt nichts von so extremen Rollen; ich war einfach Briefträgerin oder Nachtwächterin in einer Stadt des Mittelalters, die wir beide erfunden hatten. Aber leider wolltest du meistens nur mit deinen Geschwistern spielen."
„Ja, ich sehe es ein, dass ich den anderen Kindern gegenüber ziemlich verschlossen war. Als du noch sehr

jung, mit erst 16 Jahren umkamst, war ich sehr traurig und hatte ein schlechtes Gewissen, weil ich kaum etwas mit dir zusammen unternommen hatte."

„Ja. Viel Zeit zur Taufe gab es nicht für mich. Als ich mich mit dem Gedanken umtrug, mich taufen zu lassen, denn meine reiche Großmutter wünschte es sich besonders, gerade dann geschah der Unfall... Man kann wohl sagen, dass ich nur aus Versehen hier bin; nur ein paar Tage und ich wäre schon von der Erbsünde befreit gewesen. Ich wäre jetzt im Himmel oder hätte ich mich nicht brav genug benommen, dann wäre ich im Purgatorium, aber auf keinen Fall hier."

„Ich bekomme eine Gänsehaut, wenn ich daran denke. Sehr ungerecht, sehr ungerecht ist das mit dem Limbus! Es ist gut, dass es am Ende abgeschafft wurde. Ich frage mich nur, warum wir hier sind. Ich fühle mich sehr unwirklich, unglaubwürdig, wie eine Märchenfigur."

„Im Limbus bekommt man keine Gänsehaut und auch keine Weinkrämpfe, das sind nur Geschichten von der Erde. Hier seufzen wir hin und wieder, wir schweben passiv und ziellos über den Garten wie Schmetterlinge. Wir verstehen nur die Hälfte von dem, was um uns herum passiert, deshalb werden wir ‚die zurückgebliebenen Kinder des Himmels' genannt."

Arthur sagt plötzlich mit der schwächlichen und dünnen Stimme eines Sechsjährigen: „Ich wäre gerne ein Baby gewesen, deshalb nehme ich mir manchmal Schnuller von der Erde und bringe sie hierhin in unseren Garten; dann sauge ich daran mit meiner ganzen Macht, die natürlich sehr klein ist."

Diese zwei gleichzeitig neuen und alten Wesen des Limbus sind wirklich eine Überraschung für mich, weil ich die ganzen Jahre nie an sie gedacht hatte, und besonders nicht an den kleinen hypothetischen Arthur, dem ich keinerlei Aufmerksamkeit schenkte, als er damals nicht geboren wurde. Limbus, eine verschwommene Vorstellung, ein Paradies der Seufzer, der Noch-Nicht-Bestraften, aber auch Noch-Nicht-Belohnten.

Nach Dantes Einteilung war dieser der erste Kreis der Hölle, in dem sich auch die edlen Heiden befanden, weil die Geburt Christi noch nicht stattgefunden hatte.

„Ermelina, es ist sehr merkwürdig, dass wir uns hier wiedersehen. An das Fegefeuer hätte ich eher gedacht wegen meiner Sünden... denn ich habe bestimmt einige Sünden in meinem langen Zusammenleben mit den anderen begangen. So wie ich jetzt höre, enttäuschte ich dich damals sehr in unserer Kindheit."

„Ja, ich weinte viel deinetwegen. Ich fühlte mich sehr einsam, da ich keine Geschwister hatte."

„Es hat mir immer an der richtigen Einsicht gefehlt, bisher habe ich nur bemerkt, wie die anderen meinen Wünschen nicht entsprachen. Aus dem Grund verdiene ich wahrscheinlich das Fegefeuer, meinst du nicht? Ich habe nicht so viel Angst vor dem Leiden, solange es nur vorübergehend ist."

„Natürlich, wir sind daran gewöhnt. Ich glaube, das Fegefeuer haben wir bereits auf Erden. Der Schöpfer wäre nicht sehr originell, wenn er uns jetzt nur eine Wiederholung davon servieren würde."

„Ist es nicht meinerseits unmenschlich, dass ich euch nur besuche und nachher wieder gehe? Könnte ich nicht für immer bei euch bleiben, auch wenn ich getauft worden bin?"

„Das weiß ich nicht. Es ist mehr eine theologische als eine soziologische Frage."

„Könnten wir nicht Gott dazu bewegen, dass er euch ins Purgatorium oder ins Himmelreich versetzt?"

„Das ist sehr schwierig. Wir sehen ihn nie, genauso wenig wie auf Erden."

„Es muss eine falsche Interpretation der Bibel sein. Das wäre ja eine Ungerechtigkeit, dass ihr ohne Grund, bloß wegen kulturell bedingter Erscheinungen wie eine Taufe..."
„Du müsstest mit einem Priester darüber sprechen."
„Das geht nicht, ich bin genauso tot wie ihr."
„Das würde sowieso nichts an unserer Situation ändern; wir sind hier, unabhängig davon, was die Theorien behaupten oder in Abrede stellen."
„Um ehrlich zu sein... ich habe nicht viel Lust dazu, ins Purgatorium zu gehen. Ich bin feige, besonders im Bezug auf Feuer und Wasser. Ich hatte immer Angst zu ertrinken oder zu verbrennen. Mit anderen Elementen komme ich besser zurecht. Ich hatte wenigere Angst vor Tieren zum Beispiel, oder dem Wind, vor der Dunkelheit oder der Stille. Als ich starb, war ich froh, dass ich nach meinem ausdrücklichen Wunsch beerdigt und nicht eingeäschert wurde. Das Feuer schreckt mich so sehr! Wie lange sollte ich im Purgatorium braten?
Hier gibt es wenigstens Ruhe und keine Strafen, und ich kann so schön mit euch plaudern... Ich fühle mich zu euch hingezogen, zu euch, den ungerecht Behandelten. Außerdem... ich mag nicht den Gedanken, dass ich den Messen und dem Gebet der Menschen, mit denen ich gelebt habe, noch ausgeliefert sein sollte. Sie haben mich nie richtig verstanden, sie machten sich nichts aus meinen Meinungen und Bedürfnissen, wir konnten uns nur kurz ertragen und sie, sie sollten angeblich in mein Schicksal weiter eingreifen, meine Folter im Jenseits mit ihrem Gebet verkürzen! All meine eigensüchtigen und so unvollkommenen Mitbewohner würden mir bestimmt noch mehr Sünden anrechnen, als ich je begangen habe, und in ihren Gedanken würden sie mich noch längere Zeit als notwendig im Purgatorium schmoren lassen.

Nein, ich gehe das Risiko nicht ein; sie sollen nichts mehr für mich tun."

Arthur lächelt verträumt. Ich kann sein Lächeln nicht sehen, aber es doch an seiner Stimme merken. Er flüstert: „Du sagst immer zu schwierige Dinge, die ich nur zur Hälfte aufnehme. Ich war ja nur ein Baby, wie du weißt; ich war knapp daran eines zu werden, beinahe hätte ich es werden können. Aber ich war ja nur ein Embryo, ein ungebrütetes Ei. Ich frage mich, was sie mit meinen Überresten machten, die Menschen..."

Ermelina nickt eine schwache Zustimmung zu meinem Vorschlag von eben. „Ich weiß nur nicht, ob du es alleine entscheiden darfst. Aber von mir aus kannst du natürlich hier bleiben, wenn du willst."

Die zwei schönen Kinderstimmen singen wieder ihr Weihnachtslied, ein Weihnachtslied leider ohne Jesus im Hintergrund. Wann wird er endlich zu uns kommen?

Nein, nein, zum Fegefeuer gehe ich nicht, sage ich mir in meiner entschlossenen und hysterischen Besessenheit. Was sollte ich denn da? Lediglich um Sünden zu büßen und nicht genau zu erfahren warum? Ich bin müde und habe keine Lust mehr zu wandern, zu leiden.

Was Dante sich ausgedacht hat mit seinen sieben Kreisen des Purgatoriums! Ich glaube schon, dass ich alle Sünden begangen habe, die er in seiner „Göttlichen Komödie" erwähnt. Vielleicht ist der fünfte Kreis der einzige, der mir erspart bleiben würde, weil ich nie geizig gewesen bin. Ich war doch eher bis zur Selbstaufopferung gastfreundlich und ich habe den Gästen immer von meinen besten Speisen gegeben. Oder bin ich vielleicht in meinem Selbstlob vermessen?

Aber für all die übrigen Sünden kann ich schon unterschreiben und in den sechs übrigen Kreisen mich selbst unvermeidlich wieder finden. Mit mehr oder weniger Rechtfertigung, Schwäche oder Stärke im

Ausdruck, zu verschiedenen Zeiten und an mehreren Stellen bin ich schon durch diese Kreise gegangen. War ich nicht manchmal hochmütig, stolz auf mich selbst? Ich dachte mit einer wohltuenden, warmen Zufriedenheit, dass ich die beste Sekretärin der Welt sei; ich leistete gute Arbeit; die anderen konnten doch nicht so fehlerfrei und beständig arbeiten wie ich; und im Familienleben sei ich die beste Tochter, Ehefrau und Mutter, sogar die beste Freundin für meine Freunde. Aber ich bin immer der Meinung gewesen, dass gerade Gott mir diese Freude geschickt hat, damit ich so alle Entbehrungen und die Kritik der anderen siegreich überstehen konnte.

Und soll ich jetzt aus dem Grund bestraft werden, in den ersten Kreis geworfen werden, in dem die stolzen Menschen, die kurz zu „fliegen" glaubten, die harte Lektion der Demut lernen, dass sie ständig auf dem Boden kriechen und ein unmenschlich schweres Gewicht tragen müssen?

Neid habe ich auch manchmal empfunden, genau so viel wie Wut, einen wilden und alles beherrschenden Zorn wie an dem Tag, als keiner auf der Versammlung meine Vorschläge hören wollte.

Im Alltag war ich nicht die faulste gewesen, aber doch manchmal faul, besonders im Urlaub. Dann habe ich meine ganzen Aufgaben und Pflichten vor mir her geschoben und mich richtig gehen lassen.

Und was ist mit dem sechsten Kreis? Mein ganzes Leben habe ich Süßigkeiten geliebt, manchmal übermäßig gern gegessen, besonders wenn andere Menschen der Familie auch am Tisch saßen, mit denen ich plaudern konnte.

Und was ist mit dem siebten Kreis, mit dem der Wollust? Soll ich jetzt durch Feuer bestraft werden, weil ich manchmal mit André, Mirko oder Giacomo im Bett lag und die körperliche Leidenschaft genoss? Als Geist kann man ruhig darauf verzichten, es ist überhaupt kein Opfer, keine Tugend; aber als Körper schien es uns ganz natürlich, spontan, erfreulich und sogar eine schöne, mit der Liebe eng verbundene Botschaft des Göttlichen. Beim besten Willen kann ich es nicht als Sünde ansehen. Ich selber habe es erlebt.

Je mehr ich zu einem Geist wurde, zu einer ganz alten, vertrockneten Großmutter, desto ärmer an Gefühl wurde ich. Dann musste ich meine Liebe mehr an die Tiere und die Blumen verstreuen, aber mit solchen kann man keinen Orgasmus haben. Ich weiß, es ist Ketzerei, doch ich denke mir im Geheimen folgende These aus: Es müsste einen gleichwertigen, glanzvollen und wunderreichen Ersatz für die körperliche Leidenschaft auch im Jenseits geben, damit wir nicht ganz abtrocknen und versteinern.

Arthur hat sich umgedreht und schläft, wenigstens höre ich das Geräusch von jemandem, der sich umgedreht hat, der seinen Kopf auf ein Kissen gelegt hat, obwohl wir jetzt wahrscheinlich gar keine Kissen und Matratzen brauchen, da wir in der Luft schweben. Und ich höre das Geräusch von einem sanften Schnarchen.

Ich sage zu Ermelina: „Ich beneide euch um den Limbus. Ja, wieder empfinde ich Neid. Sie werden mich dahin schicken, zum zweiten Kreis... Da werden meine Augen zugenäht. Es ist zwar unlogisch, denn hier sehe ich kaum noch etwas; vielleicht werden sie dort noch dazu meine Ohren und meine Nase zunähen, damit ich keinerlei Wahrnehmungssinne mehr habe. Sag' Ermelina, du warst manchmal auch faul gewesen, nicht wahr?"

„Ja. Wie du weißt, habe ich selten meine Hausaufgaben gemacht."

„Und vor deinem Tod hattest du einen Freund, mit dem du ein paar Mal geschlafen hast, nicht wahr? Ich kann mich noch an ihn erinnern."

„Ja. Er war mein Schatz, ein liebevoller junger Mann."
„Und du hattest auch so gerne Kuchen, Erdbeeren und Eis, wenn wir eine Feier hatten, weißt du noch?"
„Ja."
„Hier werdet ihr nicht mehr bestraft, während ich nicht genau weiß, welches Schicksal auf mich wartet. Deshalb wünsche ich, ich könnte hier bleiben. Ich möchte bei euch schlafen und vielleicht von den Menschen träumen, mit denen ich gelebt habe."

IV Märchenfiguren

Ich befinde mich in einem Palast, ja, das kommt davon, wenn man träumt... Hier kann ich wieder sehen. Dem Stil der Säulen und der ganzen Umgebung nach zu urteilen, handelt es sich um einen ägyptischen Palast wie der der Königin Kleopatra. Es ist vermutlich ein orientalisches Märchen, das ich jetzt erleben werde. Aber die Innenräume habe ich noch nicht gesehen. Das hier ist auch ein Garten. Es scheint mein Schicksal zu sein, immer im Freien zu verweilen; vorhin war es die Straße auf dem neuen Planeten und danach der Garten des Limbus, der ganz anders als dieser hier war. Dieser ist wieder irdisch mit Blumen, Brunnen und Bänken zum Sitzen; es gibt keine Geister mehr, sondern Körper: Menschen, Tiere, Pflanzen, Wasser.
Wenn ich mich richtig daran erinnern kann (denn es ist schwierig sich an Dinge zu erinnern und gleichzeitig zu träumen), gab es dort nur leere Räume und Stimmen. Ich bin froh, dass ich immer im Freien sein kann. Das ist etwas, wofür ich dem Allmächtigen dankbar bin, dass er mich in kein Gefängnis und keine geschlossene Anstalt steckt. Nur nach meinen eigenen bisherigen Wohnungen habe ich manchmal Sehnsucht, aber die kann ich sowieso nie wieder haben.

Hier bin ich nicht allein, und das ist auch eine Erleichterung, denn es wäre sehr langweilig; wenn ich überhaupt keinen hätte, dann würde ich Ermelina und Arthur noch mehr vermissen. So vermisse ich keinen. Es ginge ja gar nicht, alte Freunde herbeizuwünschen, denn Traum und Erinnerung schließen sich gegenseitig aus. Die Träumer sind sehr untreu und unbeständig, hat man mir erzählt... während die Erinnerer, an ihrer Hartnäckigkeit und depressiver Nostalgie erkrankt, immer nur der Vergangenheit nachweinen.

Ich fühle mich seltsam geschützt und begleitet wie in einem Hospiz, als hätten sich alle versammelt, um mein Sterben erträglicher zu machen. Aber ich sehe keine bekannten Gesichter um mich herum, eher das Neue, das Groteske, das Phantastische und das Idyllische zugleich.

Drei friedliche Tiere, die mir keine Angst einjagen, kommen in meine Richtung und grüßen mich fröhlich. Es sind ein Esel, eine Ziege und ein Schaf. Das Schöne dabei ist, dass die Tiere jetzt - wie auch in Märchen - mit mir sprechen können, genauso wie die Blumen, die Steine und das Wasser. Das macht einen großen Unterschied, so habe ich noch mehr Kommunikation als sonst. Und zum ersten Mal scheint es mir, als würden keine Geheimnisse mehr zwischen den Naturelementen bestehen, als könnte man sich alles sagen, sich alles ohne Grenzen mitteilen.

Eine ältere Dienerin erscheint, macht eine Verbeugung vor mir und nennt mich „Königin Selena". Sie bringt ein Tablett mit einer Tasse Tee darauf und ein paar Kekse, die wahrscheinlich für mich bestimmt sind, oder für den Mann, der sich gerade neben mich auf die Bank gesetzt hat. Der Mann ist nicht so alt wie sie, aber bestimmt schon um die 60. Er hat graue Haare und sehr müde Augen. Ob er ihr Mann ist?

Der Esel und das Wasser sprechen die ganze Zeit mit mir. Ich glaube, sie sind die Lebhaftesten. Der Esel behält noch seinen Tierlaut „Ia" im Hintergrund, doch mit menschlichen Worten, die ich verstehen kann. Das Wasser behält auch sein Rauschen, aber es kann sich sehr gut artikulieren und sogar viel besser sprechen als ich selbst. Es verspricht sich nie und hat einen höchst poetischen Klang, der mich an ein Gebet erinnert.
Der Esel sagt stolz: „Königin Selena, ich habe Ihnen den neuen Stoff für Ihr Cocktailkleid gebracht. Die Schneiderin und ich, wir sind den ganzen Tag geritten. Jetzt bin ich natürlich geschafft, ich muss mich ausruhen."
„Tu das, mein Lieber", sage ich mit einem lauten Lachen. „Danke, dass du so nett zu mir warst. Du kannst auch mich mit Du anreden. Ich bin eine sehr demokratische Königin."
Das Wasser sagt mit einem singenden, etwas überlegenen Ton: „Ihr habt euch vertan, in Ägypten redet man nicht vom ‚Cocktailkleid', sondern vom ‚feierlichen Gewand für göttliche Festlichkeiten' und der Begriff ‚demokratische Königin' ist hier auch nicht bekannt."
Das Schaf stimmt sofort zu: „Ja, ja."
Die Ziege fragt: „Was bedeutet ‚Cocktail'?"
Der Esel sagt zum Wasser: „Ich bin durstig, ich werde dich trinken."
Das Wasser sagt: „Aber nicht zu schnell, nicht dass du mir wehtust... Die Tiere denken nur an mich, wenn sie Durst haben, und dabei bin ich noch für so viel anderes da."
Der ältere Mann neben mir sagt: „Ich bin ein Märchenerzähler. Ich bin gekommen, um dir mit meinen Märchen die Zeit zu vertreiben. Mehr als sonst etwas im Leben brauchst du Unterhaltung, haben sie mir gesagt,

und mit meinen Märchenfiguren wirst du nie einsam sein."
„Wer hat dir das gesagt? Mein Psychiater vielleicht? Hast du mit ihm gesprochen?"
Das Wasser ist wieder entsetzt und korrigiert uns: „Psychiater? Es gehört nicht in unsere Zeit."
„Sind der Tee und die Kekse für mich?", frage ich die Dienerin, die ihr Tablett auf den Steintisch vor der Bank gestellt hat.
Sie nickt und wiederholt „Königin Selena" mit viel Respekt.
„Es wäre unhöflich von mir allein zu speisen. Bring' bitte noch eine Tasse für den Herrn Märchenerzähler. Die anderen Gäste... ihr nehmt so etwas nicht, oder?"
Die drei friedlichen Tiere, meine Freunde, und das Wasser, meine Göttin, sagen „Nein" und die Dienerin verschwindet, um die Tasse für den Märchenerzähler zu holen.
Teatime, teatime... Tranken die Ägypter zu Kleopatras Zeiten auch Tee? Alles ist durch meine Erinnerungen verfremdet, ich könnte kein gutes Märchen erzählen. Aber der Mann neben mir kann es vielleicht.
Der Stein unter meinem rechten Fuß beklagt sich sehr leise, doch vorwurfsvoll: „Königin Selena, du bist ungeduldig, du drückst mich zu stark mit deinem Fuß."
Ich erstaune und flüstere: „Ich glaubte, Steine haben keine Gefühle."
„Doch... Wir sind besonders empfindlich, noch empfindlicher als die Blumen. Nur... Wir sagen es nicht. Und das ist unser Problem, dass wir es nicht sagen dürfen."
„Es stimmt", sagt der Märchenerzähler und nimmt ein Büchlein aus seiner Tasche heraus, was wahrscheinlich bedeutet, dass er ab jetzt mit seiner Aufgabe beginnt. „Es ist genauso wie bei den Männern; man hat immer

gedacht, dass die Männer nicht weinen, dass nur die Frauen empfindlich sind. So dachte man auch, dass die zarten Lebewesen wie die Pflanzen... dass nur sie Gefühle haben; und die toten Steine, die im Grunde gar nicht tot sind, sie wurden stiefmütterlich behandelt."
„Wie unglaublich!", rufe ich entzückt aus. „Und wie ist es mit den übrigen Gegenständen, die die Menschen geschaffen haben? Wie ist es mit Löffeln, Tellern und Tassen? Haben sie auch Gefühle?"
„Natürlich. All die Gefühle, die die Menschen hatten, als sie sie schufen, wurden auf sie übertragen. Außerdem... das Material, aus dem sie gemacht wurden, Kristall, Porzellan oder Metall, ist keine tote Materie, wie du sehen kannst; deshalb ist in ihnen auch Leben, und nicht nur im organischen Bereich, wie man bisher gedacht hat."
„Es erschreckt mich beinahe, so viel Gefühl, weißt du? Werde ich mich jetzt bei jedem Gegenstand entschuldigen müssen, bevor ich ihn berühre? Hoffentlich spricht die Tasse nicht zu laut, damit ich meinen Tee in Ruhe trinken kann."
Die Tasse meldet sich tatsächlich sehr leise, gerade als ich sie von dem Tablett heben möchte: „Du bist unsere eigensüchtige, kleine Königin. Aber ich bin gerne deine Tasse und ich würde gerne bei dir bleiben, solange du noch lebst."
Verhext! Alles ist verhext, verzaubert. Wahrscheinlich hat eine Hexe oder eine Fee alles für mich so voll von Leben gemacht, dass ich mich jetzt schämen muss, das Lebensprivileg wie bisher nur für mich selbst in Anspruch genommen zu haben.
Das Wort „Stiefmütterlich" hat auch Assoziationen in mir geweckt; ich denke jetzt besonders an die Hexen und zittere unwillkürlich vor Angst wie ein Kind, das noch keine Kräfte hat entwickeln können, um sich vor dem

Bösen zu schützen. Der Märchenerzähler sieht die Angst in meinen Augen und weiß, was ich von ihm hören will und gleichzeitig zu hören fürchte.
„Ich beginne mit dem Märchen über die drei Hexen."
Hoffentlich erzählt er nur über sie, es bleibt nur bei einer Erzählung und ich brauche sie nicht zu sehen, denke ich schnell, denn die Hexen sind nicht besonders sympathisch. Und in meinem Fall sollte er nicht von drei, sondern von vier Hexen sprechen, denn ich hatte ja vier kennen gelernt, als ich lebte.
Der Märchenerzähler ist wahrscheinlich auch ein Magier; er hat mit seinem Zauberstab den Tisch berührt, und da erscheinen sie schon, die Frauen. Aber sie sind nicht hässlich aussehend, sondern ziemlich jung, und eine davon zeigt sogar ihre nackten, verführerischen Brüste, während sie zu tanzen beginnt.
„Du hast die vierte vergessen", sage ich zu dem Magier. Es gibt noch Frau Faust, die ältere Cousine meiner Schwiegermutter. Es ist nicht so, dass ich sie unbedingt sehen will, aber wenn man von Hexen spricht..."
Da ist sie schon, hinter der Frau mit den nackten Brüsten. Man kann nicht sagen, dass ich mit 89 und schon tot besonders prüde wäre, aber mir wäre es zu kalt so herumzulaufen hier im Garten und im Winter. Ich dagegen trage einen dicken Mantel und Handschuhe. Die anderen Hexen und der Magier sind auch in winterlicher Kleidung. Nur diese Frau scheint ausgesprochen heißblütig zu sein und macht sich nichts aus der Kälte.
Alle grüßen mich lächelnd mit einem Anschein von Höflichkeit, obwohl sie mich nicht ausstehen können, genauso wenig wie ich sie.
„Erkennst du uns?", fragt die Frau von links, die einen Fotoapparat hält und vermutlich ein Gruppenfoto von uns machen will.

Selena und die Hexen, das wird ein schönes Bild sein. Die Frau ist sehr groß, wie ein Riese; sie schüttelt meine Hand so stark, dass sie mir wehtut.
„Natürlich. Wie könnte ich euch vergessen?"
Diese Große mit dem Fotoapparat heißt Silvana. Sie war die erste Hexe, der ich als Kind begegnete, und deshalb ist sie mir besonders in Erinnerung geblieben. Die anderen lernte ich schon als erwachsene Frau kennen und aus dem Grund blieben sie weniger die Hexen, obwohl sie noch viel mehr Böses in mein Leben brachten als die erste. Silvana war eine Freundin unserer australischen Mutter. Sie sang im Chor mit ihr und beide organisierten gemeinsam Kulturveranstaltungen.
Meine Geschwister und ich mochten sie überhaupt nicht, wir waren eifersüchtig auf sie, weil unsere Mutter nie Zeit für uns fand und stattdessen nur für diese Freundin lebte. Wir hörten ununterbrochen ihren Namen, den sie mit Stolz und Hingabe sprach: „Silvana hat sich ein neues Auto gekauft. Silvana hat viel Geld gespart. Silvana kann wunderbar fotografieren."
Diese Hexe hasste uns Kinder; sie war sehr aggressiv und verpasste nie eine Gelegenheit, uns kleine Ohrfeige und unbedeutende Schläge zu versetzen. Mir gegenüber hegte sie eine besondere Abneigung. Manchmal übernahm sie die Rolle des Babysitters bei uns, wenn die Eltern etwas zu erledigen hatten; Gott sei Dank, war das nicht oft der Fall, denn der Vater blieb meistens bei uns. Einmal, und daran erinnere ich mich noch, bestrafte sie mich wegen einer Lappalie; sie trennte mich von den Geschwistern, entführte mich zu sich nach Hause und dort hielt sie mich eingesperrt, sie ließ mich den ganzen Tag dursten und verhungern. Gewiss, es war nur ein Tag...
Danach erzählte sie jedem, dass es eine höchst notwendige, pädagogische Vorbeugungsmassnahme

gewesen sei. Dieser in der Einsamkeit verbrachte Tag, ohne Essen und in einer fremden Umgebung, kam mir sehr lang vor. Danach konnte ich sie nicht mehr ertragen. Ich versteckte mich, wann immer ich sie sah, und weinte. Die Geschwister streikten auch und nannten sie „die Hexe". Der Vater wollte sie auch nicht mehr, und wir waren sehr erleichtert, als sie endgültig verschwand.
Aber jetzt ist sie wieder hier... unverändert dünn, stark und rücksichtslos. Sie setzt sich zu mir auf die Bank und ich zittere vor Groll, runzle unwillkürlich die Stirn. Jetzt sitze ich in der Mitte zwischen dem Märchenerzähler und ihr. Sie streckt sich unbekümmert aus und pustet eine große Menge Luft aus ihrer Lunge heraus, als wollte sie mich mit ihren Atemübungen, mit ihrem Luftdruck, ausradieren, mich ausblasen wie eine Kerze. Dann sagt sie: „Ich sehe schon an deinem Gesicht, dass du mir nicht verziehen hast. Und dabei sind schon so viele Jahre vergangen!"
„Es war ein schlimmer Tag für mich. Auch im Vergleich mit den anderen Menschen und Kontakten warst du die Schlimmste. Kein Mensch hat mich je in ein Zimmer eingesperrt, wie du es getan hast. Du bist sadistisch veranlagt, eine mitleidslose Gefängniswärterin."
„Es mag sein. Ich musste viele Menschen ins Gefängnis stecken, das ist tatsächlich mein Beruf."
„Aber in einem Märchen bist du eine Hexe."
„Toll, das ist wahrscheinlich zu meinem Vorteil. So verewige ich mich und bekomme einen gewissen magischen Charakter, den ich sonst als einfache Wärterin und Erzieherin nicht hätte."
„Machst du immer noch deine akrobatische Gymnastik und deine Atemübungen wie damals?"
„Ja. Du hast nie so gut atmen können wie ich; ich wollte es dir beibringen, aber du..."
„Jetzt brauche ich es nicht mehr, die Toten atmen nicht."

„Sei nicht so kategorisch. Was weißt du, was wir noch alles brauchen werden! Wenigstens um den Schein zu wahren, solltest du gut atmen können."

„Für wen sollte ich den Schein wahren?"

„Für all die Menschen, mit denen du gelebt hast. Ich bin dir wieder erschienen, wie du siehst. Vielleicht werden die anderen allmählich auch auftreten; wiederkehren, um dich zu Erklärungen, zu Atemübungen herauszufordern. Hinter den Märchenfiguren verstecken sich die Menschen, mit denen du gelebt hast, die dir Gutes oder Schlechtes getan haben."

„Ja. Sartre und nicht die göttliche Komödie... Die anderen sind die Hölle. Aber du hast ja kaum mit mir gelebt, du warst nur eine sporadische, unbedeutende Erscheinung."

Ich will ihren Stolz treffen. Ich verlasse sie, stehe auf und wende mich an die anderen drei Hexen, die stehen geblieben sind und sich an einen Baum anlehnen. Ich erkenne sie alle mit Schrecken. So viele zusammen zu sehen, so viel Böses auf einmal, die auf der Bank und die anderen drei, die neben mir stehen... es verschlägt mir den Atem. Und ich konnte sowieso nie besonders gut atmen.

Da ist Romola, diese alte, komische Frau, die mein Schwiegersohn unbedingt als Zaubergehilfin für seine Heilpraktikerexperimente in der Praxis haben wollte. Und meine dumme Tochter war so froh, dass die Alte so hässlich aussah, denn dann brauchte sie nicht mehr eifersüchtig zu werden. Ich konnte sie aber nicht ausstehen. Sie roch immer nach ausgebrannten Kerzen und nach Medizin.

„Die Patienten waren schön dumm, dass sie zu euch kamen", sage ich bitter. „Ich verstehe es nicht, dass sie sich bei euch wohl fühlen konnten."

Romula lacht tückisch und spielt die überlegene Philosophin.

„Einige haben wir hypnotisiert, andere haben wir tatsächlich geheilt."
„Meine Wohnung habe ich euch aufgeopfert. Sie war immer so voll von Kranken... und ich konnte dort keine Ruhe mehr finden. Wie oft bin ich schon im Leben umgezogen!"
„Aber jetzt wohnt Elise mit ihrem Mann nicht mehr dort, sondern sie haben ein Häuschen in Spanien."
„Ja, ich weiß es aus den letzten Briefen. Er ist Rentner und hat mit seinen Heilexperimenten abrupt aufgehört. Jetzt haben sie eine gesündere Atmosphäre mit vielen Pflegekindern um sich herum. Es ist gut, dass du sie mit deiner Gegenwart nicht mehr belästigst."
Romula verteidigt sich energisch: „Im Grunde habe ich nichts Schlechtes getan. Ich war nur nicht ästhetisch genug für deine Augen, mein Aussehen hat dir missfallen."
„Ja, vor allem warst du etwas verrückt, zu düster und fanatisch. Du hättest einen Menschen getötet, um ihn zu retten. Sicher, du bist weniger bedeutend im Vergleich zu den anderen, zu Silvana, die mich einen ganzen Tag hat verdursten und verhungern lassen. Du hast mich bloß aus meinem Heim vertrieben, aber es war ja auch kein richtiges Heim; aus dem richtigen hat mich Lisard, die andere Hexe, vertrieben."
Lisard, die Cocotte mit den nackten Brüsten, drängt sich vor, reicht mir feierlich ihre rechte Hand und versucht sogar mit heuchlerischer Miene, meine Wange zu streicheln.
„Deine Chronologie ist etwas durcheinander geraten, liebe Selena. Du hättest mich als erste grüßen sollen, nach Silvana, denn ich kam unmittelbar danach. Die andere kam später. Ich verstehe nicht ganz, warum du mich übersehen und die andere vor mir gegrüßt hast."

„Ja. Du kamst nach Silvana, du warst ja so unaussprechlich schlecht zu mir, und gerade deshalb habe ich versucht, die Berührung mit dir bis zuletzt hinauszuschieben, bis es nicht mehr ging... Ich wollte meinen Blick schon auf Frau Klaus, die letzte in der Gruppe, die nach Romola kam, richten, sie als erste nehmen und dich total ignorieren."
„Das ist nicht fair. Lass uns die Reihenfolge so beibehalten, wie sie war: Ich bin die zweite, Romola die dritte und Frau Klaus die vierte."
Ich kann sie nicht mehr hören, ich werde ungeduldig und wütend.
„Nach meinem Tod bin ich auf einem neuen Planeten und dann im Limbus gewesen, und dieser war wie eine Art Nirwana, im Grunde sehr schön, weil man nicht bestraft wurde... Aber wie ist es denn möglich, dass ich jetzt wieder jemanden hassen kann?"
„Die Intensität deiner Gefühle ehrt mich in mancher Hinsicht. Dabei widerspricht dein Verhalten dem Sinn eines Märchens. Wie du weißt, können Kinder nur Angst vor den Hexen empfinden, aber keinen Hass."
„Als wir uns trafen, waren wir ja keine Kinder mehr. Du schienst meine beste Freundin werden zu wollen, und dann hast du André verführt."
Ja, Lisard war die erste Geliebte meines Mannes. Danach hatte er viele andere, aber sie war diejenige, die mir den großen Schlag versetzte und meine heile Welt in nur ein paar Sekunden von Grund auf zerstörte. Damals konnte ich mich noch vorläufig retten, denn André verließ sie bald, wahrscheinlich aus Liebe zu unseren Töchtern, die noch klein waren. Ich tröstete mich mit der schönen Lüge, dass die Untreue eine Ausnahmesituation, eine nie wieder zu erlebende Qual darstellen würde.

„Lisard, du bist wirklich eine Hexe. Du hast immer nach teurem Parfüm geduftet. Aber für mich stinkst du widerlich."

„Ich weiß nicht, warum du dich so sehr ärgerst, ich war ja nur eine von vielen."

„Aber bei jeder neuen Geliebten habe ich ja immer wieder nur dich gesehen. Du hast keine ethischen Prinzipien, keinen Verstand und kein Feingefühl, nur Sinnlichkeit und Eigensucht. Deck' deine Brüste zu. Es ekelt mich an, dich so nackt zu sehen. Und hier im Garten ist es kühl, du wirst noch eine Erkältung bekommen und uns alle anstecken. Ach, ich vergesse wieder, dass wir jetzt schon tot sind. Oder wenigstens ich. André sitzt jetzt in einem Altenheim, weißt du? Das wollte ich dir mitteilen. Er wird sich bestimmt freuen, wenn du ihn irgendwann besuchst und ihm ein paar Kekse bringst."

Sie lacht sinnlich: „Altenheime waren nie meine Spezialität, wie du weißt. Du und ich könnten ein wenig tanzen und auf Männersuche gehen. Komm, ich lade dich zu einer Reise nach Italien ein. Ich zahle für alles. Durch meine vielen Abenteuer habe ich viel Geld gespart. Oder, wenn du willst, könnten wir den alten Mirko besuchen. Ich war auch seine Geliebte, weißt du? Ich lebte ein paar Monate mit ihm und seinem Freund zusammen, als er deine Wohnung verließ."

„Das glaube ich dir. Du bist überall... überall, wo das unerträgliche Böse herrscht und gedeiht."

„Du tust mir Unrecht. Ich bin keine hässliche Person, ich bringe keine Krankheiten mit, nur Vergnügen und sexuelle Befriedigung."

„Gewiss, du bist keine Hexe für ein Märchen. So eine sexbesessene Hexe würden die Kinder nicht verstehen können."

Ich wende mich schließlich an Frau Klaus, die vierte Hexe. Sie war die Cousine meiner Schwiegermutter, etwas jünger als diese, um die 60, als wir uns kennen lernten. Sie hatte eine schrille, eintönige Stimme ohne Ausdruck, wie das Geräusch eines Motors oder einer lang anhaltenden, unveränderlichen Sirene. Sie war unverheiratet, lesbisch, aber nicht für alle Frauen erreichbar. Für mich empfand sie nur Widerwillen. Sie hatte eine kleine Figur, aber dafür einen starken Charakter. Sie war eine mürrische und bedrohliche ältere Dame ohne die guten Eigenschaften von Sanftmut und Altersreife, die ich immer an den Großmuttergestalten geschätzt habe. Ihr Mangel an Intelligenz und ihre unbeugsame Härte ohne Notwendigkeit irritierten mich.
Ich grüße sie mit gezwungener Höflichkeit: „Halo Frau Klaus. Wir haben uns nie geduzt und ich bin froh darüber."
„Sie sind eine Erbkriecherin, Selena. Sie haben nicht nur den armen André unglücklich gemacht, sondern Sie wollten noch dazu Liebkind bei Ihrer Schwiegermutter spielen und sie beerben. Aber Gott sei Dank konnte ich meine Cousine zur Vernunft bringen."
„Die Menschen, mit denen ich lebte, waren sehr labil. Sie gab Ihnen den Vorzug, weil Sie sie wahrscheinlich an ihre Jugend erinnerten. Aber für mich waren Sie wie eine Hexe. Meine Ruhe war hin, und ich musste wieder umziehen. Doch Ihre Habsucht wurde nicht belohnt, Frau Klaus. Ihre alte Freundin hinterließ alles ihrem Sohn André. Somit hatten Sie auch kein Zuhause mehr, als sie starb. Sie mussten auch, genauso wie ich, entweder einsam irgendwo vor sich hin vegetieren oder in fremde Häuser unter wechselnden Menschen wandern, die keinen festen Halt boten."
„Ich hatte ein besseres Schicksal als Sie denken. Ich wurde Dienerin und engste Vertraute bei einer

Prinzessin, die eine sehr hohe Meinung von mir hatte und mich immer mit Delikatessen beschenkte."
„Sie halluzinieren. Ich kann es mir nicht vorstellen. Ihre Prinzessin ist eigentlich Blindwerk, Schwindel, wie alles was Sie anfassen."
Aber ich bin mit mir selbst und meinen rachsüchtigen Worten nicht zufrieden. Seitdem ich mit den Hexen spreche, fühle ich mich schmutzig und degradiert. Der Limbus war schöner, das nicht geborene Kind war viel beruhigender, fast wie die Vision eines Heiligen, der das Böse noch nicht kennt.
Warum diese unangenehme Szene mit den bösen Frauen? Was habe ich davon? Ich muss den Märchenerzähler fragen, wo er die gute Fee und den Schutzengel versteckt hat. Aschenputtel hatte viel bessere Beziehungen als ich je gehabt habe. Ich habe ja nur mit Menschen zusammengelebt und hin und wieder Hexen gesehen.
Doch ich muss sagen, nach Frau Klaus kamen keine Hexen mehr, oder zumindest empfand ich sie nicht als solche, sondern nur als Wiederholungen einer schon gekannten Wahrheit. So war die vorwitzige und eifersüchtige Enkelin von Frau Harms einer Wiederholung der dummen und hartnäckigen Frau Klaus. Jetzt verabschiede ich die Hexen mit letzter Kraft, mit einer Geste der Unlust und des Ekels: „Geht weg. Ich brauche euch nicht mehr, ich habe genug gelernt."
Die sinnliche Lisard streichelt noch meinen Rücken. (Ich wusste nicht, dass die Toten noch einen Rest vom Rücken besitzen.)
Silvana, die grausame und kinderfeindliche Bekannte meiner Mutter, droht mir mit ihrer Hand und sagt: „Heute wirst du nichts zu essen und nichts zu trinken bekommen."

Die dumme, alte Frau Klaus und die hässliche Romola, die eine gewisse Ähnlichkeit miteinander haben, sprechen schnell und undeutlich über Heilungen, Erbschaften und Prinzessinnen; aber ich bin mir nicht ganz sicher, was sie sagen. Jetzt höre ich sie nicht mehr. Solche Märchen nur mit Hexen und ohne schöne Verwandlungen gefallen mir nicht. Dann verzichte ich lieber darauf. Ich gehe lieber in eine andere Welt, die meiner inneren Substanz besser entspricht.

V Das Land der Selbstmörder

Die Dekoration hat sich wieder verändert. Wer dekoriert dieses Theaterstück meiner Ewigkeit? Egal wer es sei, er oder sie hat einen guten Geschmack, und die Möbel in diesem Raum sind bestimmt sehr teuer, stabil, aus gutem Holz. So etwas habe ich mir in meinem ganzen Leben nie leisten können. Kein Garten und keine Straße mehr, sondern ein riesiges Wohnzimmer.
Bei allem Komfort... Ich muss sagen, so ein Wohnzimmer hätte ich nie haben wollen. Es ist zu groß, ungemütlich, mit unzähligen Fenstern, Bildern an den Wänden, vielen kleinen Tischen und Stühlen. Es ist eher für große Partys und Veranstaltungen geeignet, aber nicht für den Alltag. Mehr als ein Wohnzimmer ist es wie ein Konzertsaal. Es zieht von allen Seiten; im Winter und, wenn es unbeheizt ist, zittern wahrscheinlich alle Menschen vor Kälte darin.
Was heißt „wahrscheinlich"? Ich zittere schon und wünsche, dass mein dünner Pullover sich in einen dicken Mantel verwandeln könnte. Aber das hier ist kein Märchen mehr, sondern eine sehr realistische Inszenierung. Gute Möbel und Platz für viele Menschen sind schon vorhanden. Ich zähle die Gesichter der Anwesenden und auch die leeren Stühle. Sehr wenige Plätze bleiben noch frei, nur drei vorne und zwei hinten.

Wer hinten gesessen hat, weiß ich nicht. Ganz vorne habe ich selbst gesessen, gemeinsam mit Maurizius und Stella.

Jetzt stehen wir irgendwo in der Nähe vom Ausgang. Wir sind über hundert Menschen, und draußen warten weitere Hunderte anscheinend auf die nächste Schicht. Was da gespielt wird, ist mir nicht klar. Geht es um eine Reihe von Vorträgen oder Performances irgendeiner Art? Eine Frau und zwei Männer, die an einem Tisch auf der Bühne stehen, haben eine lange Liste von Namen vorgelesen, und sie lesen immer noch weiter. Ich glaube, die Liste geht nie zu Ende. Die Frau ist jetzt dran: „Virginia Woolf, Sylvia Plath, Anne Sexton, Antonia Pozzi, Doris May French, Teresa Wilms, Josefa Turina, Hertha Kräftner, Unica Zürn, Sara Teasdale, Sarah Kane, Charlotte Mew..."

Die erste Sara ohne H, die zweite mit H. Was sollen all diese Frauen? Was habe ich über Sylvia Plath einmal gelesen? Was hat sie Besonderes, abgesehen vom Schreiben, getan? Die Namen werden nicht nur majestätisch und feierlich ausgesprochen, sondern an eine Tafel geschrieben, um ihnen Dauer zu verleihen, oder damit wir wie in einer Schule etwas lernen.

Handelt es sich um ein Programm von einem Chor oder einer Theatergruppe, die uns vielleicht etwas vorführen wird? Ich bin in diesen Zauber der Namen vertieft. Mehr als die Schrift ist es der Laut dieser Frauenstimme, die sehr bewegt klingt und fast zu weinen scheint.

Aber Maurizius steht neben mir, reicht mir die Hand und grüßt mich sehr herzlich. Mit Freude registriere ich seine Gegenwart und auch Stellas; ich will mich von dieser traurigen Stimme auf dem Podium so viel wie möglich ablenken lassen. Ich grüße mit übertriebener Heiterkeit zurück: „Halo Maurizius, das ist eine Überraschung, dich hier zu sehen, nach so vielen Jahren... euch nach meinem Tod zu sehen. Ich hatte zwar lange nicht mehr an euch gedacht. Die Kontakte lassen alle nach... und wir haben auch nie zusammengelebt. Aber trotzdem, es freut mich wirklich."

Maurizius war ein alter Kollege von André und besuchte uns hin und wieder gemeinsam mit seiner Nichte Stella; sie, ein erfrischendes, zehnjähriges Mädchen, hatte eine Zeit lang mit meinen Töchtern gespielt und geplaudert. Dann waren die Töchter weg, dann kam die Scheidung, dann hatte ich nur die Vögel und die verschiedenen Arbeitsstellen.

Aber warum genau hatte dieser Kontakt nachgelassen? Ich will nicht daran denken, ich bin froh, dass die Hexen verschwunden sind. Mit Misstrauen schaue ich auf die zwei letzten freien Plätze. Nein, dort sitzen sie auch nicht, die Hexen. Sie lassen mich endgültig in Ruhe. Es ist ein ganz anderer Ort, an dem wir uns jetzt befinden. Maurizius brüllt übertrieben laut in meine Richtung, wie es immer seine Gewohnheit war, aber ohne Boshaftigkeit und Zorn. Im Grunde ist es die Freude des Wiedersehens.

„Halo Selena, du siehst sehr gut aus."

Plötzlich weiß ich, warum ich ihn aus den Augen verloren hatte. Eines Tages hat er sich umgebracht. Über die genauen Gründe wussten wir nicht Bescheid. Es verbreiteten sich Gerüchte in der Nachbarschaft, dass er womöglich seine Nichte Stella missbraucht und sich dann aus Verzweiflung vor seiner Tat mitten in der Nacht, während die ganze Familie schlief, erhängt hatte. Irgendetwas Wahres war vielleicht daran, denn die schöne Stella brachte sich nach dreieinhalb Jahren ebenfalls um.

Ich hätte nie gedacht, dass die beiden, die so normal und alltäglich waren, zu Selbstmördern werden könnten. Diese sind meine zwei Selbstmörder; sonst habe ich keine Menschen kennen gelernt, die so etwas getan hätten. In meinem beschränkten Erfahrungshorizont haben alle passiv auf den Tod gewartet und die meisten haben dagegen gekämpft, sich darüber beklagt, dass er zu früh gekommen sei. Sie wollten unbedingt weiter leben.

„Immer diese Komplimente über mein Aussehen, Maurizius! Du bist ein alter Charmeur, du kannst es sogar mit einer Toten machen."

Wir lachen alle drei. Aber gedämpft, denn es ist uns etwas peinlich wegen der trüben Atmosphäre um uns herum, wegen dieser schweigsamen Masse von Menschen, die konzentriert und respektvoll einer Marathon-Aufzählung von Namen zuhört.

Jetzt sind die zwei Männer mit weiteren Namen an der Reihe, diesmal mit Länderangaben: „Schweiz: Alexander Xaber Gwerder, Adelheid Duvanel, Niklaus Meienberg, Hermann Burger."

Ich möchte meine Ansprechpartner fragen, ob sie einige Namen aus der Liste kennen. Stattdessen frage ich beunruhigt und ziellos: „Wie geht es euch? Entschuldigt mich, aber ich hatte es verdrängt... Ich hatte euer Ende verdrängen wollen. In der Nachbarschaft redete man viel von euch. Bei dir, Stella, sprach man von Schlaftabletten, Depressionen und einer möglichen Abtreibung. Es ist erstaunlich, wie meine Rezeption des Vorgefallenen sich meistens von der anderer Menschen unterscheidet. Die anderen haben dich immer mit Sexualität in Verbindung gebracht, einfach weil du jung und schön warst. Ich habe dich immer als eine keusche Jungfrau empfunden. Vielleicht bist du bis zum Schluss Jungfrau geblieben, aber du brauchst es mir nicht zu sagen. Wie unwichtig das alles hier ist! Immerhin... Schlaftabletten sind schöner als sich zu erhängen. Ich habe es nie

verstanden, warum du, Maurizius, dir diese brutale Todesart ausgesucht hast."
„Es war aus praktischen Gründen: Ich hatte keine Tabletten bei mir und es musste schnellstens geschehen."
Jetzt wird das Land Chile verkündet; der zweite Mann ist für die spanischen Namen zuständig: „Teresa Wilms, Rodrigo Lira, Pablo de Rokha, Alfonso Alcalde Ferrer, Santiago Arcos, Pepita Turina, Violeta Parra, Adolfo Couve."
„Ich kann euch verstehen. Ich hatte auch manchmal das Bedürfnis zu verschwinden... Damals auf der Versammlung, als alle mich übergingen und meine Meinungen nicht beachteten, und dann zu den verschiedensten Zeiten, wenn mein Zusammenleben mit den Menschen so schwierig wurde."
„Argentinien: Francisco López Merino, Alfonso Sola González, Alfonso Lugones, Alberto Greco, Alfonsina Storni, Alejandra Pizarnik."
„Zuletzt haben sich meine Suizidgedanken durch mein chronisches Rheuma, meine Leberkrankheit und meine vielen, altersbedingten Schmerzen noch intensiviert. Aus dem Grund und wegen unserer Armut am Leben, das keine positiven Veränderungen mehr brachte, verschlechterte sich sogar der Kontakt zu meiner guten Schwester. Wir stritten manchmal. Ihre rücksichtsvoll streichelnde Hand auf meiner Schulter hatte nicht mehr die Macht mich zu beleben. Und deshalb hätte ich es beinahe getan."
Die Frau auf der Bühne, die Italienerin zu sein scheint, spricht im Moment für Italien mit ihrem singenden Akzent und ihrer weinerlichen Stimme: „Carlo Michaelstaedter, Giorgio Cerano, Cesar Pavesse, Antonia Pozzi, Primo Levi, Franco Lucentini, Emilio Salgari, Beppe Salvia."

Diese Sprache hört sich gut an, sie gefällt mir besser als alle anderen. Ist Latein nicht sowieso die Sprache der Engel und Heiligen? Oder war es vielleicht Griechisch?

„Wer sind all diese Menschen, diese Namen? Wenn es eine Fußballmannschaft wäre, dann würden die Zuschauer kräftig applaudieren und sich begeistert zeigen; stattdessen sitzen alle still, bedrückt und nachdenklich wie vor einer Hinrichtung. Leider habe ich in meinem Leben zu wenig gelesen, und ich kenne sie alle nicht. Sind das Maler, Erfinder, Kriegesopfer?"

Stella kommt mir näher und flüstert verständnisvoll in mein Ohr: „Ich habe auch zu wenig gelesen. Mein Leben war ausgesprochen kurz, nur 23 Jahre."

„Armes Geschöpf! Na ja, es kommt darauf an, wie man es sieht... Du hast dir auch vieles erspart. Aber ein schöner Trost ist es nicht, es sind nur Worte."

„Du warst sehr religiös, nicht wahr, Selena? Deshalb hast du es nicht getan... Du dachtest, dein Leben gehört nicht genau dir, sondern Gott, der über alles verfügt?"

„Mehr als religiös war ich zu wenig überzeugt von meinem eigenen Leben; ich empfand es nie als mein richtiges Eigentum, nur wie einen Rausch in der Ferne. Ich empfand mich als Instrument von irgendeiner Schicksalsbestimmung. Irgendjemand hatte mich in die Welt gesetzt und irgendwann würde ich die Welt verlassen müssen.

In diesem Spiel von geheimen Kräften sah ich keine Möglichkeit, selbst etwas zu bestimmen. Ich beneide die Menschen, die ihr Leben als ihr Eigentum betrachten und nicht als ein geliehenes Zeug, wie ich es tat. Sich etwas ausleihen gibt immer Unruhe und macht nicht glücklich. Man hat ständig Angst, den Rückgabetermin zu verpassen. Aber es zu früh zurückgeben durfte ich auch nicht; dann hätte man mich undankbar genannt und mir alle Nutzungsprivilegien als vorläufige Mieterin aberkannt.

Ich glaube, dass diejenigen, die Suizid begehen, das Leben viel stärker als die anderen fühlen, deshalb können sie so direkt in ihre eigene Wirklichkeit eingreifen und sie verändern. Ich dagegen fühlte mein Leben als zu schwach, zu unecht, surreal, fiktional, nur lose Fotos und Ausschnitte."

Maurizius reagiert mit unerwarteter Wut auf meine Aussage. Er scheint empört und ungeduldig: „Sie sind am falschen Ort, Selena. Wir alle hier haben es getan. Komm Stella, wir sprechen nicht mehr mit ihr. Sie war zu feige dazu."

„Aber Maurizius, es gibt keinen Grund, mich als Feindin zu beschimpfen; ich habe Sie nie verurteilt, Sie und Ihre liebenswürdigen Komplimente... Ich habe immer eine sehr schöne Erinnerung an Sie behalten."

Jetzt werden die Namen nicht mehr nach Nationalität oder Geschlecht eingeteilt, sondern einzeln, sehr langsam vorgelesen und dann von den drei Stimmen im Wechsel nachgesprochen.

„Stig Dagermann."
„Rafael Wojaczek."
„Kawakami Bizan."
„Vladimir Mayakovski."

Von diesem letzteren hatte ich etwas gehört, als ich lebte. Sie sind wahrscheinlich alle Dichter wie die Plath. Der Zusammenhang leuchtet mir ein: Alle haben es getan... haben sich mit Pistolen, Tabletten, Messern oder mit einem Strick umgebracht; andere gingen ins Wasser, um freiwillig zu ertrinken; andere wählten Gas... andere...

Jetzt gibt es eine Pause. Ein Kinderchor erscheint, aber kein bombastischer Chor mit vielen Stimmen. Alles ist winzig, bescheiden bei ihnen, als würden sie nur für ihre intime Badewanne und nicht für ein Publikum singen. Es sind insgesamt sieben Kinder, sehr harmonisch und gut ausgebildet. Eines davon scheint erkältet und muss ab und zu mit verlegenen Blicken seinen Husten unterdrücken. Sie singen ein Wiegelied, und das Publikum fällt allmählich in einen verwunderlichen, kollektiven Schlaf.

Maurizius und Stella haben die zwei freien Plätze eingenommen und schlagen ihre Augen zu. Auch ich könnte im Stehen einschlafen. „Was machen Kinder überhaupt im Land der Selbstmörder?", frage ich mich. Doch auch sie waren in der Vergangenheit Kinder, als sie noch nicht daran gedacht hatten, sich zu verabschieden.

Dante, Dante fällt mir wieder ein: Im siebten Kreis der Hölle, in der zweiten Abteilung, da erlitten die Selbstmörder als Baumgestalten - da sie für immer auf ihren Körper verzichtet hatten - die Qual der ihre Blätter zerfressenden Harpyien. Sie hatten sich selbst Gewalt angetan, und deshalb wurden sie gemeinsam mit der Kategorie der Verschwender bestraft, weil diese dem materiellen Besitz Gewalt angetan hatten.

Die Selbstmörder mit den Verschwendern und den Gotteslästerern zusammen zu platzieren, auf die Idee wäre ich nie gekommen. Es scheinen mir ganz unterschiedliche Handlungen zu sein, die gar keine Gemeinsamkeit miteinander haben; einen schönen, neuen Mantel wegzuwerfen ist ganz anders als das eigene Leben, und dass ich mit meinem Leben nicht einverstanden bin, heißt nicht, dass ich gegen Gott lästere und ihn verfluche. Na ja, Dante hat lediglich über das 15. Jahrhundert und den damals herrschenden Glauben geschrieben.

Das hier ist ein völlig anderes Bild: Kinderchor, Dichternamen, respektvolle Stille trotz Überfüllung, Sitzen und Einschlafen, alte Bekannte wie Maurizius und Stella, die uns ganz überraschend und durch eigene Hand verließen. Es ist keine eigentliche Hölle, obwohl alle ziemlich traurig aussehen; doch auch im Limbus war die Trauer zu spüren. Vielleicht ist die Schweigsamkeit und dieses Zu-Tränen-Bewegt-Sein der einzige anständige Zustand für die Menschheit.

Wir erinnern uns an unglückliche Freunde und haben ein melancholisch süßes, halb unterdrücktes Mitleid mit ihnen. Hier werden keine Witze erzählt; man atmet tief, seufzt bei jedem neuen Namen, man verbeugt sich manchmal und gibt ein Zeichen des Erkennens. Natürlich kennen die US-Bürger Sylvia Plath besser als ich oder die Franzosen Henri de Montherlant, der wie so viele mit einem Schuss seinem Leben ein Ende machte.

Der Chor hat gerade ein französisches Lied gesungen, deshalb komme ich auf Montherlant und seinen Schuss. Das Lied verstehe ich nicht ganz, aber doch einige lose Wörter wie Schule, Lehrer, Verspätung, Strafe. Die Russen kennen ihren Mayakovski besser und ich selbe habe etwas mehr Ahnung über Stefan Zweig, obwohl ich gar nicht wusste, dass er sich umgebracht hatte. So viele Lücken hatte meine Bildung auf Erden. Ich sollte mich schämen, dass ich so wenig über die Großen und die Kleinen wusste, dass ich auch nie am entferntesten an das Land der Selbstmörder gedacht habe.

Wieder gibt es etwas Bewegung, einen Personenwechsel auf der Bühne. Der Kinderchor zieht sich zurück nach einem kräftigen Applaus der Zuschauer, die wenigstens darin einen Rest an Lebensmut beweisen. Die Frau und die zwei Männer sind wieder da und lesen weiter aus ihrer langen Liste vor. Zuerst weiß ich nicht, nach welchen Kriterien jetzt unterteilt wird. Am Anfang geht es um Altersstufen. Es ist die Aufstellung derjenigen, die sich sehr jung das Leben nahmen; so höre ich die Litanei ihres Alters, als sie starben: „Wolf von Kalckreuth mit siebzehn."

Andere mit achtzehn und neunzehn.
Plötzlich höre ich zwei Schüsse, die sehr schnell hintereinander folgen, und ich schrecke heftig auf. Wer ist von uns allen gefallen? Wer ist sozusagen ein doppelter Toter. Aber wahrscheinlich waren es nur Silvesterknaller, ein intendierter Teil der Inszenierung, denn das Publikum und die drei Agierenden bleiben unverändert unerschütterlich. Es gibt keine Verletzten, keine Aufregung.
Ich verstehe den Trick, es ist ein technischer Effekt wie so vieles anderes, wie der Kinderchor in der Pause und das Wiegelied zum Einschlafen. Es ist eigentlich nichts Schlechtes darin, es ist wie eine Totenmesse zur Erinnerung an die Verstorbenen. Jetzt wird die unendliche Liste derjenigen vorgelesen, die ihre irdische Existenz durch Erschießen beendeten. Pistolen und Gewehre werden gezeigt, ich schlage meine Augen zu, bin sehr müde und höre trotzdem die vielen Namen.
„Heinrich von Kleist."
„Otto Weininger."
„Mariano José de Larra."
„Manuel Halcón."
„Jaime Torres Bodet."
„José Asunción Silva."
„Medardo Ángel Silva."
„Robert E. Howard."
„Catherine Lawrence."
„Ernst Hemingway."
Es nimmt kein Ende mehr. 42 insgesamt werden aufgezählt. Ich zittere. Wenn ich noch einen Magen hätte, würde ich mich übergeben, glaube ich.
Die italienische Frau hat jetzt ein Glas Wasser und eine Packung Schlaftabletten in der Hand und macht eine Geste, als wollte sie die Tabletten im Wasser auflösen.

Jetzt folgt die Liste derjenigen, die sich durch Barbiturate den Tod schenkten.
„Kurt Tucholski."
„Klaus Mann."
„Stefan Zweig."
„Adeleid Duvanel."
„Gabriel Ferrater."
„Andrés Caicedo."
Und noch viele mehr... Meine Gedanken sind in Verzug geraten. Ich bleibe noch bei den Erschossenen und glaube noch die Schüsse oder Silvesterknaller wie verdoppelt und in vielen Räumen gleichzeitig zu hören. Sind diese „Silva" vielleicht Geschwister? Aber nein, die Dame hat von zwei verschiedenen Ländern gesprochen; der eine war aus Kolumbien, der andere aus Ecuador.
Sind einige der Genannten womöglich anwesend? Mit schüchternen Blicken schaue ich in die Gesichter um mich herum und versuche zu erraten, wie sie alle heißen.
„Maurizius, ist einer von denen hier?"
„Ich weiß es nicht. Ich kenne keinen. Doch das Publikum hier scheint ziemlich gleichgültig zu sein. Ich glaube kaum, dass einer davon je eine Zeile geschrieben hat."
„Das kannst du nicht wissen, wenn du gar nicht mit ihnen gesprochen hast. Ich würde gerne diese Frau... Wie war ihr Name? Adelheid Duvanel. Ich würde sie gerne kennen lernen, die mit 60 Jahren Schlaftabletten nahm und im Wald erfroren aufgefunden wurde. Vielleicht ist sie das, diese kurzsichtige, schöne Dame in der ersten Reihe, die noch länger als die anderen den Kindern applaudiert hat. Ich würde gerne zu ihr gehen und ihr sagen: ‚Ich gratuliere Ihnen, Frau Duvanel. Bereuen Sie es nicht, was Sie getan haben. Gott ist gar nicht beleidigt, nur ein wenig erstaunt, dass sie sich ein paar Jahre früher als geplant losgemacht haben, während es so viele Menschen gibt, die ihm ständig auf die Nerven

gehen und mit leidenschaftlicher letzter Hoffnung ihn um eine Lebensverlängerung bitten.'"
„Warum möchtest du gerade mit ihr sprechen? Was zieht dich an Adelheid besonders an?", fragt Maurizius.
„Vielleicht ist es, weil sie im Wald starb, unter dem freien Sternenhimmel. Statt sich in ihrer Wohnung oder in einem Hotelzimmer umzubringen, erwählte sie sich den Schnee und eine einsame Stelle mitten in der Natur. Das macht sie in meinen Augen sympathisch."
Stella sagt: „Ja, ich tat es auch während eines Spaziergangs, denn es war viel schöner als zuhause. Ich ging in den Fluss."
„Ertrunken! Wie furchtbar, armes Kind!"
Ich bin mir doch nicht so sicher, dass Gott nicht sehr traurig und beleidigt ist... Einige betteln unaufhörlich um ihr bisschen Leben, während andere es einfach wegwerfen! Für jemanden, der mit großen Mühen etwas zustande gebracht hat, ist es bestimmt keine Freude, die hunderten, nein, die tausenden Absagen der Suizidenten aller Zeiten zu vernehmen. Man erteilt dem Schöpfer dadurch eine kräftige Abfuhr, eine schlechte Zensur für sein Werk. Gott fühlt sich dementsprechend sehr unglücklich; aber in seiner Großzügigkeit versteht er alles und ist überhaupt nicht nachtragend. So stelle ich ihn mir vor. Die Selbstmörder machen ihn nicht wütend, aber doch melancholisch und unzufrieden mit sich selbst.
War ich feige, wie Maurizius sagte? Aus zwei Gründen tat ich es nicht: Erstens wegen der Verfremdung meines Lebens, das ich als ein Rätsel, ein großes Mysterium empfand. Und zweitens weil ich Gott, diese unbekannte, unergründbare Identität, nicht in die Trauer und Verzweiflung meiner Tat stürzen wollte. Auch wenn er immer alles vergibt, hätte ihm meine Verachtung gegen seine Schöpfung Schmerz zugefügt.

Und wahrscheinlich gab es noch andere Gründe: Meine Angst für mich selbst eine Todesart aussuchen zu müssen; eines weiß ich sicher, so einen langsamen und qualvollen Tod wie Stella durch Ertrinken hätte ich mir nie erwählt, und auch nicht mit einem Messer... das noch weniger, das wäre das grausamste aller Mittel, und auch nicht durch Erhängen oder Gas. Die mildesten Todesformen sind tatsächlich die Pistole (Bang-Bang) und du bist schon verschwunden), Tabletten oder eine Spritze (da schlummerst du trügerisch und sanft in das neue Jenseits hinein).
Aber ich werde mich nicht mit Stella streiten, ob sie damals vielleicht die falsche Todeswahl getroffen hatte. Es mag sein, dass sie im Affekt handelte und dass in jenem Augenblick kein anderes Mittel zur Verfügung stand. Jetzt hätte sie sich vermutlich eine ganz andere Todesart ausgesucht. Aber wir brauchen es nicht mehr.
Maurizius betrachtet seine Nichte mit einem zärtlichen Blick und murmelt: „Das Wasser ist ein reinigendes Element wie das Feuer."
Er ist weniger aggressiv geworden, aber trotzdem scheint er etwas gegen mich zu haben, denn er sagt mit unterdrückter Ironie: „Wenn Sie das getan hätten, Selena, wären Sie bestimmt nie draußen gestorben, im Wald, in einem Park oder mitten auf der Straße; sie waren ja immer ein Wohnungsmensch."
Ich ärgere mich über dieses oberflächliche Urteil. Die Menschen, mit denen ich lebte, haben mich nicht richtig verstanden, denke ich automatisch. Auch im Land der Selbstmörder finde ich keine Stütze und werde wie immer mit Vorurteilen konfrontiert.
„Sie meinen, ich war ein Käfig-Mensch, wie die Vögel, die ich eine Zeit lang bei mir hatte und denen ich so gerne lauschte?"

„So ungefähr. Sie waren nie suizidgefährdet, Sie waren ein braves Kind Gottes."
Teilweise hat er Recht. Gott als Vaterfigur hat mich beeindruckt und mir gut gefallen, deshalb wollte ich ihn nicht übergehen und mich gänzlich emanzipieren. Aber ich liebe gerade Wälder, Gärten und all das... auch unbebaute Grundstücke, die noch ganz leer und frei stehen. Ich hätte sie viel lieber, als in diesem heißen Raum voller Menschen eingesperrt zu hocken, während diese unendliche Veranstaltung stattfindet, deren Gesetze und Ziele ich gar nicht kenne.
Ich beneide die Leute, die draußen in der frischen Luft vor der Tür stehen. Man hört viele Stimmen vor der Tür. Bestimmt warten sie auf die nächste Schicht. Aber was für eine Inszenierung ist diese eigentlich? Und wann wird sie zu Ende gehen? Hier ist nur ein lächerlich kleiner Teil von uns, von der riesigen Masse der Selbstmörder aller Zeiten, die wahrscheinlich in die Millionen gehen. Nero, Kleopatra, Sapho, Judas, Saul, Cato, Seneca... Und wer weiß, wer noch alles? Das „uns" muss ich korrigieren. Ich gehöre nicht in die Gruppe, ich bin wie immer eine Außenseiterin.
Ich frage leise wie eine eingeschüchterte Schülerin: „Was ist das für eine Veranstaltung? Ist sie eine Preisverleihung an denjenigen, der sich am besten umgebracht hat oder am längsten in den Erinnerungen der anderen bleibt?"
„Nein, hier sind alle gleich. Es werden lediglich die Namen verlesen, und eine Pause der Stille, des würdevollen Abschieds erfolgt für jeden von uns. Wir werden nach Berufen eingeteilt. Jetzt sind es die Schriftsteller, dann kommen die Maler. Ich zum Beispiel gehöre in die Gruppe der Rechtsanwälte. Es wird noch ein Weilchen dauern, bis mein Name genannt wird. Und Stella ist in die Kategorie der Studentinnen eingestuft. Es

gibt auch viele Studentinnen, die sich umgebracht haben."

„Ist es nicht etwas unhöflich, dass das Publikum sitzt, statt respektvoll im Stehen dieser Zeremonie der Namen beizuwohnen?"

„Ja. Aber wir können nicht verlangen, dass die Menschen Tag und Nacht nur stehen, denn diese Zeremonie geht nie zu Ende, und dann kommen immer wieder die Kinderchöre mit ihren sanften Liedern, die uns in den Schlaf bringen und uns ungeheuer ermüden, wie der unerwartete Frühling, weil sie uns vor lauter Sehnsucht nach der Kindheit sehr nostalgisch und schwach stimmen."

„Gibt es keinen Wechsel mehr auf der Bühne? Ich meine, sind es immer die zwei Moderatoren, die Ansagerin und der Kinderchor?"

„Nein. Manchmal gibt es auch kleine Ablenkungen: Zitate von berühmten Selbstmördern werden gesprochen oder ein Gemälde, wie zum Beispiel von Van Gogh, wird ausgestellt und von irgendeinem Kunstkritiker kommentiert, der sich auch den Freitod erwählte. Und hin und wieder wird ein Theaterstück über auffällige Ereignisse aufgeführt wie zum Beispiel über Menschen, die sich gerade an ihrem Geburtstag umgebracht haben."

„Gibt es überhaupt welche?"

„Natürlich. Gerade an ihrem Geburtstag... Und besonders mit vierzig haben einige Menschen die Entscheidung getroffen."

„Ich finde es schade, dass wir hier nur an das Ende denken, dass wir es nicht vergessen können und nur darauf hin arbeiten, die alten Erinnerungen an diesen einen Augenblick zu behalten. Es ist vermutlich das, was Dante hatte sagen wollen, als er euch in dem siebten Kreis seiner Hölle sah."

„Es mag sein. Wir sind nicht schlechter als andere, wir sind nur von der Vergangenheit besessen, in unser Unglück vertieft. Wir versuchen immer wieder unseren letzten Augenblick zu rekapitulieren, uns selbst zu verstehen."

„Es ist nicht nur bei euch so. Jeder Ort hat seine spezifischen Merkmale. Im Limbus haben wir auch nur den Limbus gesehen und auf dem neuen Planeten nur den neuen Planeten, als würde nichts anderes existieren. Wir spezialisieren uns nur auf ein kleines Stück der Wirklichkeit. Im Betriebsrat unserer Firma behandelte man ja nur Arbeitsfragen. Deshalb sind wir immer so monothematisch, viel zu einseitig."

Ich hätte es schon ganz gern, wenn meine Freunde, speziell Maurizius und Stella, ihr Ende ein wenig ausklammern könnten und sich dafür mehr an unsere Freundschaft damals erinnern würden. Das Verlesen so vieler Namen und die ganze Feierlichkeit und Trauer der Veranstaltung widerstreben mir allmählich. Vielleicht sind wir deshalb schon in Richtung Ausgang gegangen, weil wir frische Luft und Abwechslung brauchen.

„Was wollen wir jetzt tun, Maurizius? Wollen wir den Raum verlassen?"

„Wir müssen es ja, damit die anderen hereinkommen können. Man darf sich hier nur ein paar Stunden aufhalten."

„Und wenn wir draußen sind... wird man dann draußen den Freitod vergessen können?"

„Nein. Da spricht man auch darüber und über all das, was man gehört hat."

„Wie ermüdend! Ich wünschte, ich wäre Gott und könnte all diese Gedanken von euch auslöschen, zumindest abschwächen und mit ganz anderen Bildern der Schöpfung und des Lebens austauschen."

„Da ist der Kinderchor unser bester Psychologe. Mit seinem Gesang bringt er uns in die Kindheit zurück, als wir noch nichts von unserem Ende wussten und noch auf das Leben hoffen durften.

VI Auf der 43. Etage

Ein merkwürdiges Gefühl von Höhe überwältigt mich in meinem nächsten Bild. Es ist ein Gefühl von mentaler, geistiger und körperlicher Höhe. Ich befinde mich in einem Wolkenkratzer wie diese Riesen in New York, Empire State Building und wie sie alle heißen.
„Wolkenkratzer" ist ein Wort, das im Deutschen wenig gebraucht wird, man spricht mehr von einem „Hochhaus". In anderen Sprachen sagt man nicht „Wolkenkratzer", sondern „Himmelskratzer", was sich auch komisch anhört, denn ein Gebäude kann weder den Himmel noch die Wolken kratzen. Nur die Menschen können sich selber oder andere kratzen.
Ich kratze mich in der Erinnerung... denn jetzt bin ich schon tot und ich brauche es nicht mehr. Das Kratzen wie das Niesen oder der Schluckauf sind überflüssig geworden und gehören nicht ins Jenseits. Oder irre ich mich vielleicht? Wenn Wolkenkratzer hier noch existieren, dann muss es auch das Niesen geben.
Das Erstaunliche ist, dass ich meinem Körper nie ganz entkommen kann. Auch auf dem neuen Planeten hatte ich einen, im Limbus, bei den Hexen und auch bei den Selbstmördern. In allen möglichen Situationen empfinde ich vage, aber ständig meine Glieder: Jemand berührte meine Schulter, Schweißtropfen waren auf meiner Stirn, ich stand oder saß - alles Körperbewegungen, die die Geister vermutlich nicht mehr machen. Erkältungen und Juckreiz, das wäre noch zu rechtfertigen, aber der Schluckauf ist so etwas unnötiges, beinahe

Lächerliches... wie die Fliegen und die Flöhe, das sind alles Scherze des Schöpfers.

Bestimmt ist es mit dem Schluckauf hier zu Ende; dafür gibt es so viele andere interessante Beschäftigungen, zum Beispiel Gott sehen... endlich Gott sehen und mit ihm sprechen.

Ja, es ist höchste Zeit, dass es kommt. Ich habe eine plötzliche, große Sehnsucht nach ihm und all die übrigen Geschöpfe können mich nicht für seine bisherige Abwesenheit trösten. Diese Sehnsucht ist maßlos wie die der Mystiker, brennend, unmittelbar, und ich weiß nicht recht, seit wann ich sie habe.

Hängt dieses neue Dasein der Mystik womöglich mit der Höhe des Gebäudes zusammen? Ich stehe vor den riesigen Fernstern, dann mache ich die Balkontür auf und habe einen wunderbaren Ausblick auf Berge, den Dom und den Rhein. Wahrscheinlich befinde ich mich nicht in New York, sondern in Köln, meiner alten Stadt. „Wie viele Hochhäuser gibt es in Köln eigentlich?", denke ich zerstreut mit einem Seufzer.

Als Nächstes beginne ich, ein Gebet auszusprechen, das wenig mit geographischen Kenntnissen zu tun hat: „Gott, erscheine mir. Es ist schon Zeit; belohne mich mit deiner Gegenwart dafür, dass ich mir nie das Leben nahm."

Ich höre verschiedene Geräusche, die mich entzücken und meine Spannung erhöhen. Wann wird er endlich kommen? Ich höre aus der Ferne den Hochzeitsmarsch von Mendelsohn, das süße und glockenartige Lachen eines Babys, eine große Tür, die aufgeht...

Gott grüßt mich mit einem schüchternen Lächeln und ein paar Entschuldigungsworten für seine Verspätung. Auch jetzt spüre ich meine Hände und meine Arme, die mit Sehnsucht, Liebe und Neugier dem neuen Kontakt entgegeneilen. Ich strecke ihm meine rechte Hand entgegen. Ich bin natürlich sehr aufgeregt und zittere ein wenig. Dass Gott sich entschuldigt, ist grotesk, aber es ist schön, so einmalig menschlich und bescheiden... So hätte ich mir ein Treffen mit Gott nie vorgestellt.

„Salve Selena. Es tut mir leid um die Verspätung. Schon längst wollte ich dir erscheinen, aber es ist nicht so einfach, überall pünktlich zu sein."

Soll ich Gott oder Göttin sagen? Im Grunde kann ich diese Präsenz nicht „Er" oder „Sie" nennen. Gottes Stimme hat kein Geschlecht oder verbindet sozusagen alle Substanzen in sich, es ist eine Mischung aus Mann, Frau, Kind, Delphin, Blume und Bachmelodie. Die ganze Natur ist in ihm enthalten, er ist wie eine riesige Sonne, ein universelles Wesen von unglaublicher Kraft, das meinen durch den Tod erfrorenen Körper mit milden, wohl dosierten Strahlen zärtlich bescheint und belebt. Diese Sonne streichelt meine Hände spielerisch und wärmt mich vom Kopf bis zu den Füßen.

„Es ist gut, dass du den Menschen Hände gegeben hast", sage ich mit Bewunderung. „Obwohl sie so gefährdet und schutzlos aussehen, werden sie auch am schnellsten warm."

„Ja. Deine sind wirklich sehr kalt, minus 50 oder 70 Grad, wie tief gefrorenes Fleisch. Du wärest beinahe erstarrt und zu einer Schneeflocke geworden, wenn ich nicht rechtzeitig gekommen wäre."

„Zahlen und Physik waren nie meine Stärke. Unter welchen Temperaturen friert man eigentlich? Ich habe auch keine Orientierung. Ich weiß nicht genau, wie ich hoch gekommen bin. Ich muss die armen Selbstmörder verlassen und dann einen Lift genommen haben, der mich bis zu dir hoch geführt hat. Die wievielte Etage ist diese?"

„Die dreiundvierzigste. Hier wohne ich, nicht immer, aber meistens während der Arbeitswoche. Für das

Wochenende suche ich mir zur Abwechslung andere Plätze aus, damit es nicht eintönig wird."
Ich staune. Ist das das Haus Gottes, der Himmel? Ich hätte mir den Himmel nie in so einem modernen Hochhaus vorstellen können. Aber sicher, je höher wir wohnen, umso näher sind wir am Himmel; wir kratzen fast an ihm. Gott als Sonne hat eigentlich keine Wohnung, er ist ja überall... der ewig Obdachlose. Das Hochhaus-Motiv hat er lediglich genommen, um mir als Mensch etwas näher zu kommen.
Jetzt lasse ich meiner Phantasie freien Lauf und beginne, Hypothesen über mein weiteres Dasein anzustellen: „Was bedeutet es für mich, dass du ‚rechtzeitig' gekommen bist? Wenn ich eine Schneeflocke geworden wäre, wäre das gar nicht so schlimm gewesen, dann hätte ich mich durch deine Wärme in beruhigendes, reinigendes Wasser verwandelt."
„Doch dann wärest du kein Mensch mehr und hättest keinen Kontakt zu den Menschen, mit denen du bisher gelebt hast."
„So viel hat mir dieser Kontakt nicht gebracht. Du weißt, die meisten haben mich nicht verstanden, mich nicht einmal bemerkt. Doch gewiss... Ich möchte dich nicht unglücklich machen; sie sind alle dein Werk und deshalb kann ich nicht gegen sie sprechen. Wir sind vor dir alle Geschwister, aus dem Grund nehme ich sie gerne an, mit der Ausnahme der Hexen... Die möchte ich nicht als Geschwister.
Junge Mädchen sind meine Lieblinge und ich könnte mich immer wieder in sie verlieben, jetzt, da ich schon eine sehr alte Frau bin oder war... Stella mit siebzehn, Maida, das Mädchen auf dem neuen Planeten, das Mädchen im Limbus.
Aber am liebsten würde ich mich jetzt unter den Sonnenstrahlen deiner Güte ausruhen und eine Zeit lang

keine Menschen mehr sehen. Wenn ich Wasser wäre, dann könnte ich es tun, dann brauchte ich keine Menschen mehr und würde nur deine Wärme spüren."
„Du wurdest aber nicht als Wasser, sondern als Mensch geschaffen. Aus dem Grund kannst du nicht mehr darauf verzichten. Auch wenn du mich jetzt einen Augenblick ganz alleine für dich hast, muss ich bald wieder verschwinden. Das Haus Gottes ist eine gesellschaftliche Einrichtung wie eine Schule, eine Verbesserungsanstalt, ein Markt, ein Spielplatz, ein riesiger Hotelbetrieb mit vielen Zimmern und Gästen, alle Gruppen und Einzelgänger miteinander vermischt. Du musst die Menschen, mit denen du lebtest, in tausenden von Varianten immer wieder treffen."
Sein Urteil überzeugt mich nicht ganz, ich würde ihm gerne widersprechen. Doch mein Sonnengott ist stärker als ich und als all die Menschen, mit denen ich lebte. Ich sage nur wie in einer elegischen Klage stöhnender Kritik: „Darf ich nicht bei dir bleiben? Muss ich denn immer wieder auf die Erde zurückgeworfen werden?"
„Du kannst dich hier ein wenig ausruhen, bis du Kräfte gesammelt hast; doch die Interaktion zwischen jedem Teilchen meiner Schöpfung, der Kontakt mit meinem Hauptwerk, dem Menschen, muss immer da sein. Die Menschen sind unvermeidlich unser Schicksal, deins und meins."
„Was heißt das praktisch gesehen? Habe ich denn den Himmel nicht erreicht? Wie heißt dieser Ort, in dem wir jetzt sind? Zum Limbus komme ich nicht, weil ich schon getauft worden bin; zur Hölle auch nicht, weil ich mir das Leben nicht genommen habe? Muss ich denn wieder geboren werden? Und noch einmal sterben?"
„Nicht ganz. Ich werde dir keine Wiedergeburt mehr zumuten, da du schon so müde bist. Aber ich werde dir ein Wunder zeigen, das Spiel der verschiedenen

Identitäten. Innerhalb von einigen Minuten wirst du dich in viele verschiedene Menschen verwandeln. Erst wenn man verschiedene Identitäten in sich vereinigt, kann man die schwere und einengende Macht der eigenen endgültig vergessen. Du wirst sehen, es wird dich glücklich machen und dich endgültig befreien."
„Was ist das für ein Spiel? Sind wir nicht schon erwachsene ‚Menschen'?"
„Nicht ich. Ich verwandle mich gerne in andere, doch nicht oberflächlich wie die Kinder, sondern ganz tief... sodass ich, wenn ich sie aus der Ferne betrachte, kaum meine eigene Substanz erkenne."
„Und kann man dieses Spiel gerade in deinem Haus üben? Ist das nicht zu frivol?"
„Nein. Es ist eigentlich eine sehr ernsthafte und feierliche Beschäftigung. Extra dafür wohnen wir so hoch in einem Wolkenkratzer und haben diesen Lift."
Ich weiß nicht genau, was er meint. Aber bald werde ich es erfahren. Er zeigt mir einen großen Aufzug auf der linken Seite und ich zögere.
„Was soll ich jetzt tun?"
„Den Lift nehmen und nach unten fahren, aber nicht ganz nach unten... Bleibe dazwischen. Geh zuerst zur 31. Etage, dann zur 25., zur 19. und zur zwölften."
Ich gehorche wie eine Nachtwandlerin. Ich versuche, mir die Zahlen zu merken, die er mir gegeben hat. Zuerst 31...
Schon im Lift drücke ich auf den dazugehörigen Knopf und warte gespannt auf meine Ankunft an meinem ersten Bestimmungsort. Langsam fange ich an zu begreifen. Ich bin allein im Fahrstuhl und das intensiviert meine Erlebnistranszendenz noch. Hätte ich mit jemandem sprechen müssen, dann wäre die Verzauberung schon zu Ende gewesen.

Dieser Aufzug - oder wie mein Englisch geprägter Gott sagt, Lift - beginnt eine symbolische Reise mit mir, als wäre er das schnellste Flugzeug der Welt oder die unübertrefflichen Flügel eines Engels, der in übermenschlicher Schallgeschwindigkeit die Luft zerschneidet. Schwalben, Insekten, Engel, Flugzeuge, alle fliegenden Wesen... Es ist mehr ein Fliegen als zwischen den Etagen mit einem Lift zu fahren.

Jetzt erst weiß ich, was geschehen wird, das Wunder, von dem Gott gesprochen hat. Durch den einfachen Druck eines Knopfs und durch die rasende Fahrt des Aufzugs durch die Stockwerke des monumentalen Gebäudes werde ich meine Identitäten wechseln. Es ist verrückt, aber es ist möglich. Gott macht alles möglich; er ist wie ein Schriftsteller, der immer neue Charaktere in sein Manuskript einsetzt und diese, die noch nicht existent waren, zum Leben erweckt.

Ich glaube, dass sie in diesem Fall kaum eine Arbeit meiner eigenen Phantasie sind, sondern ich wie ein Roboter bin, der lediglich die Pläne Gottes ausführt. Oder stecken vielleicht doch all diese Identitäten in mir selbst?

Auf der 31. Etage vernehme ich vier Kinderstimmen, die mich laut und musikalisch mit dem ursprünglichsten aller Namen rufen: „Mami, Mami!" Sie nennen mich aber nicht Selena, sondern Gloria, und sie sprechen kein Deutsch, sondern Spanisch mit mir.

Ihr Ruf ist aufgeregt, halb fröhlich und halb klagend, als hätten sie schon lange meine Spur verloren und plötzlich wieder gefunden. Die Kleinen verkuppeln mich sofort mit einem Mann, den sie „Vati" nennen, und durch die bloße Erwähnung des Wortes fühle ich mich unmittelbar mit ihm verbunden, als hätten sie uns mit diesem naiven Vati-Mami-Ritual einer auf Anhieb und ohne Warnung geheiligten Familie übernacht verheiratet.

Er sagt „Gloria" zu mir und fragt, ob ich etwas für meine Freundin Lydia gekauft habe. Wir befinden uns in einem Kaufhaus in irgendeiner Großstadt Lateinamerikas. Ich merke es sofort, denn die Aussprache ist viel langsamer und ausgedehnter als die Spanische, die ich so gut von meinem Vater kenne. Sowohl der Mann als auch die Kinder und eine ältere Dame, die uns folgt, sprechen wie die Mexikaner oder Venezolaner (oder vielleicht sind es Peruaner), das weiß ich nicht genau.

Die ältere Dame, die seine Mutter ist (sie sieht ihm sehr ähnlich), sagt ein paar Mal, sie sei sehr müde und möchte eine Tasse Schokolade trinken gehen. Die Kinder bejubeln ihre Entscheidung. Nein, ich hätte nichts für Lydia gekauft, es sei alles zu voll und verwirrend. Im Übrigen weiß ich nicht, wer Lydia ist. Aber das hindert mich nicht daran, meine neue Identität zu genießen.

Was heißt „neu"? Sie erinnert mich an die alte, als ich noch zwei Töchter, einen Mann und eine Schwiegermutter hatte. Aber jetzt ist eine Verdoppelung der Kinderzahl da, es sind drei Mädchen und ein Junge, die um mich herum springen und munter lachen, während sie meine Pakete voller Neugierde durchsuchen wollen. Ich habe tatsächlich etwas gekauft; ich bin mit fremden Gegenständen in meiner Einkaufstasche überladen. Es mag schon sein, dass ich doch etwas für Lydia und für die Kleinen habe.

Die sympathische Dame, die so viel Lust auf Schokolade zeigt, ist etwas zerbrechlicher als meine Schwiegermutter es damals war, und stützt sich hin und wieder auf den Arm ihrer großen Enkelin. Der Mann scheint in seine Frau ziemlich verliebt zu sein, denn er freut sich eindeutig, mich wieder zu sehen, und, bevor er mir die Pakete abnimmt, berührt er mit gedämpfter Leidenschaft den rechten Ärmel meiner Bluse.

Die große Enkelin sagt in gewissenhafter Fürsorge für meine neue Schwiegermutter: „Die Oma kann nicht länger stehen. Wir gehen für ein paar Minuten zur Cafeteria. Kommt ihr mit oder wollt ihr weiter einkaufen?"
Mein Mann sagt: „Ich bin auch müde. Ich begleite euch, und Mami kommt später, sobald sie fertig ist."
Fügsam und willenlos nicke ich zu ihren Plänen. Ich habe keine Einwände, keine Widerreden. Mir fällt nichts dagegen ein, jetzt da wir uns wieder trennen müssen, da sie alle gemeinsam zur Cafeteria marschieren, während ich wieder zum Fahrstuhl gehe. Alles ist sowieso vorherbestimmt; nach Gottes Anweisungen muss ich wieder den Lift nehmen, um mich zur 25. Etage zu begeben.
Nach unten zu fahren ist auch schön, obwohl ich glaube, dass ich es noch mehr genießen werde, wenn ich wieder nach oben zu meinem Sonnengott zurückkommen kann. Ich frage mich neugierig, was mich jetzt erwartet, wenn ich wieder die Tür aufmache und aus dem Lift herausspringe. Trotz meiner Neugier könnte ich aber stundenlang unbeweglich im Lift bleiben und mich so an diesem Zwischenstadium erfreuen, in dem ich noch keine Existenz-Etiketten sehe und noch im Nirwana des Nichts dazwischen, unverbunden und frei, vor einer Tür stehe.
Natürlich hat sich die Dekoration jetzt verändert. Es ist kein Kaufhaus mehr, sondern ein riesiges Hotel. Kellner laufen mit Tabletts herum, reichen den Gästen Häppchen, Gebäck, Leckereien und Champagner. Ich befinde mich wahrscheinlich mitten in einem Empfang mit viel Krach, Gespräch und Musik von allen Seiten. Und trotzdem hält sich der Lärm in Grenzen, denn sie alle sind um eine sanfte, vornehme Haltung bemüht; sie flüstern eher als dass sie in einem sehr diskreten und harmonievollen, britischen Englisch reden; sie bewundern sich gegenseitig und stoßen kleine,

genussvolle Ausrufe des Willkommens aus, bei jedem neuen Gast, der erscheint.
Und bei mir noch mehr; alle scheinen mich zu kennen und eine sehr hohe Meinung von mir zu haben. Eine mütterliche Frau in einem schönen Pelz kommt mir eifrig entgegen, streckt ihre Arme nach mir aus und küsst mich zärtlich.
„Da bist du endlich, liebe Alice. Alle warten schon mit Ungeduld auf dich."
Ein blitzschneller Gedanke beunruhigt mich plötzlich: Wo ist ein Spiegel? Habe ich das passende Kleid und die passenden Schuhe an? Wie sehe ich überhaupt aus? Aber es muss schon richtig sein, denn alle reden von meiner „herrlichen Jugend und wunderbaren Figur", und ich sehe, dass ich ein schönes, modisches Hosenkostüm trage. Aber was heißt modisch? In welcher Zeit spielt die Geschichte? Und wie alt bin ich eigentlich?
Als Mutter von vier Kindern im Kaufhaus trug ich bestimmt etwas anderes. Das hier ist sehr leicht und hell wie meine seelische Verfassung, es ist aus keinem schweren Stoff, sondern extra für Menschen gemacht, die sich viel bewegen, tanzen, springen und gar nicht kälteempfindlich sind. Diese Wäsche stammt sicherlich aus Läden für Jugendliche, und ich habe gehört, dass sie besonders teuer sind, Markenartikel und keine Sonderangebote; die Gespenster der Sonderangebote, die immer mein Schicksal waren, haben mich jetzt verlassen.
Alle Gäste grüßen mich, gratulieren mir und scheinen älter als ich zu sein, denn alle seufzen nostalgisch und murmeln mit neidischen, sehnsüchtigen Ausrufen: „Ach, wäre ich noch in deinem Alter!"
Dann gehen sie vom Allgemeinen ins Persönliche über und fügen großzügig hinzu: „Herzlichsten Glückwunsch zu deinem 16. Geburtstag."

Sie wiederholen alle das gleiche, den Glückwunsch und das Jahr in einer, wie mir scheint, ziemlich dummen, belehrenden Eindeutigkeit, als hätte ich das selbst nicht gewusst, dass ich 16 geworden bin. Und tatsächlich habe ich es nicht gewusst. Aber einmal hätte es schon gereicht, um das Wissen zu erwerben. Ihre leitmotivischen Sätze kommen mir übertrieben und einfallslos vor.
Meine Güte, mein Sonnengott hat mir wieder einen Streich gespielt! So einen Sprung in der Zeit machen... Nur ein paar Etagen nach unten (Wie viele waren es denn? Nur sechs!) und jetzt bin ich schon 16, oder erst 16... Wenn ich ganz unten bin, dann werde ich ein Baby, eine alte Großmutter oder womöglich Staub oder Luft sein...
Dieser Lift ist wie ein magischer Erneuerer meiner Persönlichkeit, ich brauche bloß auf den Knopf zu drücken und da erscheint schon ein neues Bild, da verwandle ich mich in eine andere - ganz beliebig, als wären meine Knochen unzählbare Steine, die sich dann in den Händen eines Gottes zu vielen neuen und lebenden Statuen zusammensetzen.
Irgendeine innere und äußere Substanz muss all die Menschen in mir, die ursprünglichen, leblosen Steine, miteinander verbinden, auch wenn wir anders aussehen, in ganz anderen Ländern aufwachsen und anders heißen. Irgendetwas verbindet Selena mit Gloria, Alice und mit all den nächsten Frauen, die noch kommen werden. Wahrscheinlich haben wir die gleiche Blutgruppe, eine ähnliche Haut oder Lymphen- und Drüsenausstattung. Ist das das einzige, was von meiner unverwandelbaren Identität noch bleibt?
Das jetzige Bild ist noch mehr nach meinem Geschmack als das vorhergehende. Jetzt brauche ich nicht mehr einzukaufen, keine schweren Pakete, das heißt, ich

brauche keine Verantwortung mehr zu tragen. Ich bin hier nur, um den Menschen zu gefallen, meinen Geburtstag zu feiern und im Mittelpunk der allgemeinen Aufmerksamkeit zu stehen, was natürlich meine Eitelkeit befriedigt. Andererseits vermisse ich die Figur des verliebten Ehemannes, der immer wieder meine Bluse streichelte, während er sich sehr väterlich aber anzüglich und vielversprechend mit mir in der Cafeteria verabredete; und ich vermisse die vier Kinder, die in einer Mischung vom wilden Rhythmus lateinamerikanischer Lieder und süßer Beständigkeit immer wieder „Mami, Mami" zu mir riefen.

Das hier erweist sich nach ein paar Minuten als etwas eintönig und fade. Immer und überall die Geburtstagswünsche, immer „Dankeschön" sagen und lächeln zu müssen, als wäre ich noch sechzehn, und als hätte ich noch nie bittere Erfahrungen gemacht. Das elegante Geflüster geht mir auf die Nerven, ich hätte fast lieber das lateinamerikanische Geschrei im Kaufhaus.

Der Empfang mir zu Ehren gefällt mir, aber ich kenne die Leute kaum. Nach dem Geburtstagsgruß reden alle meistens mit der mütterlichen Frau, mit einer Frau, die meine Tante zu sein behauptet, und mit zwei jüngeren Frauen, die meine großen Schwestern sind. Alle vier passen immer darauf auf, dass ich das Richtige sage; ich fühle mich wie unter Bewachung und teilweise entmündigt. Auch in praktischer Hinsicht schränken sie mich sehr ein: Ich darf nur wenig von dem Likör und dem Sekt trinken. Und wo sind die Erdnüsse, die Mandeln, meine Lieblingsspeise? Ich darf mich nur mit den Süßigkeiten trösten; die schmecken mir am Anfang, aber dann finde ich sie zu sättigend, und die herzhaften Brötchen nach dem Süßen machen mich auch zu satt.

Ich frage die mütterliche Frau: „Wo sind meine Erdnüsse und Mandeln?"

Sie lacht überlegen. „Hier sind viel bessere Dinge als das. Einmalig und als Belohnung für deine guten Zensuren in der Schule darfst du dich heute an den besten Speisen satt essen."
Mein Vater kommt und überreicht mir feierlich einen riesigen Blumenstrauß. Das finde ich schön, ich küsse die Blumen und bedanke mich graziös. Aber bald merkt er meine wachsende Apathie, meinen Mangel an Begeisterung für die Menschen und das Essen und er flüstert vorwurfsvoll in mein Ohr: „Mach ein fröhlicheres Gesicht, Alice. Wir alle, Mutti, die Schwestern und ich, opfern uns für dich. Wir haben jahrelang gespart, um dir diese Feier ermöglichen zu können und jetzt müssen wir sie in vollen Zügen genießen. Du bist es uns schuldig, du solltest uns deine Dankbarkeit zeigen."
Dieser Vater ist nicht wie Selenas Vater... der hätte nie so etwas gesagt. Gott, ich finde es nicht so toll mit dem Vatertausch! Lass mich wieder Selenas Vater haben. Das mit den Ersparnissen beunruhigt mich sehr; deshalb sehen alle Familienmitglieder so mager und angestrengt aus; deshalb sind sie so verrückt nach den Speisen auf den Tabletts, die so viel Geld gekostet haben.
Besonders die Mutti und die Tante sind ausgesprochen nervös und strahlen vor Stolz, als wären sie diejenigen, die Geburtstag haben. Sie unterdrücken ihre Nervosität jedoch, wollen locker erscheinen. Wie immer laufen sie von einem zum nächsten Gast und sagen wiederholt in einem Flüsterton, wie zufrieden sie mit der Bewirtung seien. Sie zeigen auf die kostbaren Gegenstände, preisen das Essen und den Luxus im Hotel.
Ich wette, dass das mit der Feier nicht für mich getan worden ist, sondern weil sie sich selbst profilieren möchten. Arm zu sein ist nicht so schlimm, aber wenn die Armen die Reichen nachmachen wollen... dann ist es entsetzlich. Selenas Eltern waren wahrscheinlich reicher

als diese, und hatten noch nie so eine Luxusfeier angestrebt.

Gerade in diesem Augenblick, als ich in so kritische Gedanken gegen meine neue Familie vertieft bin, nähert sich mir eine der großen Schwestern (sie ist bestimmt schon über 30) und versetzt mir einen plötzlichen Schreck: Ich solle zum Klavier kommen und für die Gesellschaft spielen. Kann ich das überhaupt? Ich fühle mich sehr schüchtern und verlegen.

Aber sobald meine Hände auf den Klaviertasten ruhen, merke ich, dass ich es gelernt habe, dass ich in der Lage bin, wunderbare Melodien hervorzuzaubern. Nach den ersten peinlichen Sekunden der Ratlosigkeit bekomme ich mehr Sicherheit und Kraft. Trotzdem schwitze ich unangenehm und der Leistungsdruck lässt mir keinen Platz für Vergnügen. Ich habe mehr Angst, falsch zu spielen, als Freude am Spiel.

Ich wünschte, ich wäre allein und nicht auf diesem Empfang, den ich mir sowieso nicht ausgesucht habe. Der Schweiß stört mich vor allem und dieser fast unkontrollierbare Wunsch zu weinen, den ich nur schwer besänftigen kann.

Allmählich überwinde ich meine Hemmungen. Das Lied, das ich produziere, ist tatsächlich schön, und das aufmerksame Zuhören der Gäste bringt mir eine gewisse Wärme und Zufriedenheit, schmeichelt mir mehr als die bisherigen Gratulationen. Als ich zum Schluss komme, applaudieren mir alle und sind voller Lob. Meine Eitelkeit ist befriedigt. Die arme Selena hatte nie ein Instrument spielen gelernt oder irgendeine künstlerische Begabung gehabt, um der Mittelpunkt einer Gesellschaft zu werden.

Dann kommt die mütterliche Frau zu mir und sagt sehr charmant, mit einem bittenden Lächeln: „Alice, könntest du in unser Zimmer gehen und das Fotoalbum holen? Ich möchte so gerne unseren Verwandten und Bekannten

die Familienfotos zeigen, weißt du, von der Zeit, als du noch ein Baby warst..."
Ich bin sofort einverstanden, vielleicht auch, weil ich darin eine Fluchtsmöglichkeit sehe. Ich weiß, dass ich, sobald ich den Lift nehmen werde, wieder ein neues Kapitel beginnen kann, und dass dann ganz neue Konstellationen entstehen werden. Ich sage sehr schnell „Tschüss" und gehe zum Aufzug.
Weg, weg von alledem... Im Grunde möchte ich nicht mehr Alice sein und den langweiligen Diskussionen über Familienfotos beiwohnen. Ich möchte auch nicht Gloria sein und in der Cafeteria mit dem müden Ehemann, den lärmenden Kindern und der zerbrechlichen Oma alle Einzelheiten des Einkaufs diskutieren. Ich möchte auch nicht Selena sein.
Die einsame Fahrt im Aufzug folgt wieder. Ist das nicht vielleicht das Beste von allem? Diese Sekunden, in denen ich noch nichts bin... in denen ich noch etwas von dem, was ich war, kurz zurückbehalte und intensiv genieße. Noch habe ich einen Geschmack von Pralinen und Orangensaft gemischt mit Sekt in meinem Mund; noch höre ich mein eigenes Lied durch die großen Räume des Hotels mit englischen Gästen und den freundlichen Applaus zum Schluss.
Aber jetzt bin ich schon auf der 19. Etage angelangt. Ich mache die Tür auf und sehe einen Warteraum, einige Klassenzimmer und eine kleine Bibliothek; ich sehe viele junge Menschen, bepackt mit Büchern, die mich sehr herzlich, unaufhörlich grüßen, als hätten sie vergessen, dass sie mich schon gegrüßt haben.
„Guten Tag Gospoja Kustevskaja, guten Tag Gospoja Kustevskaja."
Die Chronologie ist etwas durcheinander geraten, finde ich. Mein Gott! Es fällt mir schwer, mich darauf einzustellen. Vor ein paar Minuten war ich erst 16, jetzt

bin ich eine schon ältere Gospoja mit Schülern, die um die 20 bis 25 Jahre alt sind. Sie sind keine Schüler, sondern Kursteilnehmer, nicht einmal Schulkameraden der kleinen, verwöhnten Alice.
Ich suche überall nach Alice, aber finde sie nicht unter den mich Grüßenden. Logisch ist es schon, denn wie könnte ich mich verdoppeln und mich selbst begrüßen? Ich kann nicht gleichzeitig die Lehrerin und das Geburtstagskind von eben auf der 25. Etage sein. Ich spüre eine flüchtige, plötzliche Sehnsucht nach meinem Klavier. Ich wäre beinahe versucht, doch auf die 25. Etage zurückzukommen, um Alice zu besuchen. Aber dafür müsste ich ja hoch fahren, und das darf ich nicht. Ich darf nur nach unten. Aber auch wenn ich das täte, würde sich die Dekoration vielleicht verändern und ich würde anstelle des Hotels ein Krankenhaus, Büroräume oder ein unbewohntes und neutrales Parkhaus mit nur Autos darin finden.
Gott hält immer viele Überraschungen bereit, er lässt mir keine Ruhe mit immer neuen Dekorationen und Figuren. Auch die Sprache hat sich hier verändert. Sie ist nicht mehr Spanisch oder Englisch. Ich stehe vor einer Tafel und schreibe Kyrillisch, keine lateinischen Buchstaben mehr in meinem Kopf. Ich bringe den jungen Menschen Russisch bei, wie es scheint.
Welche ihre Muttersprachen sind, kann ich nicht genau ergründen. Es gibt viele verschiedene Akzente. Ich glaube zu erkennen, dass der Englische überwiegt. Aber es gibt auch zwei französische Mädchen, Claudine und Lucille, wie ich aus meiner Liste mit zwölf Namen herausfinde. Sie reden viel besser als alle anderen und trotz ihrer übertriebenen, ihnen hinderlichen Akzente machen sie einen intelligenten Eindruck.
Sie sind Schwestern, verhalten sich sehr zärtlich und aufmerksam zueinander. Ich beneide sie darum. Es

erinnert mich an Selenas Schwestern in der Jugend und an Selenas letzte Tage, in denen noch eine liebevolle Schwester mit ihr lebte. Ich werde die zwei zu meinen Lieblingen machen, sie und die schöne Chinesin, die so viele Probleme mit meiner Sprache hat, aber immer wieder gutmütig lacht und ihren Mund euphorisch öffnet, um es noch einmal zu probieren. Sie grüßt mich noch mehr als die anderen, dreifach und vierfach, um sich einzuüben.
„Guten Tag, Gospoja Kustevskaja."
Am Ende habe ich es schon satt mit so viel Begrüßung und werde ungeduldig.
„Nennen Sie mich lieber Katharina Petrovna", sage ich fast zornig.
Ich möchte, dass sie die langweilige Platte wechseln, dass sie etwas über sich selbst erzählen. Ich frage die Chinesin nach ihrem Alter und die zwei Französinnen nach ihren Vornamen. Sie verstehen mich auf Anhieb und vor lauter Freude würden sie mich am liebsten umarmen, besonders die Chinesin. Als Belohnung klopfe ich allen drei sanft auf die Schulter. Junge Wangen zu küssen, das wäre ein Genuss. Aber dann müsste ich die ganze Klasse küssen und vielleicht würden sie mich dann auslachen, vor allem würden es die jungen Männer als fehl am Platz empfinden.
Katharina Petrovna können sie nicht so gut behalten, sie sind verwirrt und unzufrieden damit. Warum kann man nicht Gospoja Kutevskaja wie bisher sagen? Ich schreibe die neue Bezeichnung an die Tafel und die ganze Klasse wiederholt die Litanei der neuen Platte: „Guten Tag, Katharina Petrovna."
Das wird mir auf Dauer auch auf die Nerven gehen, aber am Anfang klingt es noch schön. Gott hat viel Abwechslung in die Welt gebracht, so viele Sprachen, Charaktere, Kochgewohnheiten und sogar

Temperaturempfindungen. Dem einen ist es zu warm, dem anderen zu kalt im Klassenzimmer, die einen machen das Fenster zu, die anderen machen das Fenster auf.
Es scheint fast wie ein Spiel. Vielleicht versuchen sie ja nur das Wort „Fenster" einzuüben, das ich ihnen eben beigebracht habe. Ich freue mich über ihre Stimmen, ihre Gestik und die Fortschritte, die sie machen. Die Wörter „Fenster", „kalt" und „heiß" werden sie bestimmt nicht wieder vergessen. Wir haben auch viel Zeit darauf verwendet, noch länger als auf die Erlernung von „Katarina Petrovna", einer Bezeichnung, die sie nur halbwegs können, weil sie sich instinktiv dagegen auflehnen, mir zwei Möglichkeiten einzuräumen. Sie waren schon an „Gospoja" gewöhnt und fühlen sich jetzt überfordert.
Als das Fenster zum sechsten Mal aufgemacht wird, fange ich an zu niesen. Dreimal hintereinander muss ich niesen, und es hört sich grotesk an. Wir alle lachen gemeinsam; dann schreibe ich das Wort „niesen" an die Tafel, was vielleicht auch eine Überforderung für die Kursteilnehmer sein wird. Am Ende verabschieden sich die zwölf Menschen von mir mit einem stotternden: „Auf Wiedersehen, Gospoja Kustevskaja."
Die Stelle, die anschließend folgt, ist seltsam und erstaunlich. Ich stehe noch im Klassenraum, wische die Tafel ab und ordne meine Hefte und verschiedene Fotos, die ich für die Stunde gebracht habe. Ein junger Mann um die dreißig tritt herein, und ich frage mich, ob er ein Kursteilnehmer ist, ein Nachzügler oder womöglich einer der nächsten Stunde, der zu früh gekommen ist. Aber nein, er spricht Russisch mit mir und will von mir wissen, ob wir schon nach Hause fahren.
Ob er mein Sohn ist, frage ich mich. Aber nein. Er drückt seinen Körper gegen meinen auf eine sehr sinnliche Art

und küsst mich leidenschaftlich auf den Mund. Was ist das? Seine Lippen brennen und verblüffen, betäuben mich wie sehr starke alkoholische Getränke. Eine Lehrerin, die gerade eine Stunde gegeben hat und sich innerlich noch mit dem Unterricht beschäftigt, erwartet so eine Behandlung nicht. Es ist schockierend, unangebracht.
In anderen Augenblicken wäre es wohl möglich, dafür bin ich eine Frau. Aber nie war ich weniger sinnlich und körperlich ansprechbar als gerade jetzt, da ich nach Kreide rieche und nur grammatische Übungen im Rucksack meines Gehirns transportiere.
Außerdem... Bin ich nicht schon über 50? Ich sehe es direkt im Spiegel, dass ich bestimmt 20 Jahre älter als dieser Mann bin. Was will er eigentlich mit mir? Ist er ein Gigolo und will auf meine Kosten leben? Oder fühlt er sich pervers zu mir hingezogen, gerade weil er eine Opposition in mir feststellt und dass ich in diesem Moment solchen Gedanken völlig abgeneigt bin? Meine Ferne und kulturelle Erhabenheit, meine Inselhaftigkeit voller Bücher wie die Gedichte von Puschkin, die ich hin und wieder mir selbst auswendig rezitiere und meine keuschen Gedanken über die idyllische Schwesterliebe der zwei Französinnen... All das reizt ihn zum Gegenteil, zu körperlichen Überforderungen, und er will vor allem mich besiegen, versklaven. Dieser Mann erinnert mich an Selenas Liebhaber, der sich am Anfang auch so stürmisch und schrankenlos mit meinem Körper verbinden wollte.
In unschuldiger Überraschung versuche ich etwas Abstand zwischen uns zu schaffen, indem ich meine Lippen und meine Brüste zum Teil von seinen heftigen Umarmungen befreie.
Ich sage mit Entsetzen: „Was willst du eigentlich? Ein Kursteilnehmer könnte uns sehen, der Direktor könnte

hereinkommen und denken, dass ich dich womöglich verführen möchte. Du bist zwar nicht minderjährig, aber ich könnte fast deine Mutter sein. Was suchst du bei so einer reifen Frau wie mir?"
Er lacht und drückt mich noch heftiger an sich, bis ich kaum noch atmen kann. Er beißt auf mein rechtes Ohrläppchen und kneift in meine linke Brust.
„Du bist aber nicht meine Mutter. Seit wann bist du so keusch zu deinem eigenen Ehemann?"
Sind wir wirklich verheiratet? Doch das würde sowieso nichts an der Tatsache ändern, dass es komisch und unangebracht ist. Jetzt beißt er auf den Mittelfinger meiner rechten Hand, aber zum Glück nicht sehr tief. Er will ja nur spielen und meine Wollust entzünden.
Er sagt mit einem Seufzer: „Ach, ich bin schon daran gewöhnt, liebe Katarina Petrovna. Oft hast du solche mystischen Anwandlungen! Immer fühlst du dich so nach einer Unterrichtsstunde, als wärest du eine heilige Vestalin und willst gar nicht angefasst werden. Aber umso wilder wirst du dann danach und umso lustvoller wirst du dann schreien und nach mehr verlangen."
Vielleicht ist es tatsächlich so wie er sagt, dass wir viel Spaß miteinander haben. Heutzutage sind Altersunterschiede kein Problem mehr. Auch ältere Frauen haben das Recht auf einen jungen Mann, wenn dieser, wie im Falle meines Partners, sich so sehr damit einverstanden zeigt und sich davon begeistern lässt. Mit einem Blick auf den Spiegel versuche ich mich davon zu überzeugen, dass wir trotz allem ein schönes Paar bilden.
Jetzt bleibe ich doch still in seinen Armen und nehme seine Küsse voll an. Es ist tatsächlich, wie er sagt, ich kann es noch genießen. Ich hätte es nicht erahnen können, dass Gott noch etwas in der Richtung für mich auf Lager hatte und dass gerade die 19. Etage, diese so

seriöse Sprachschule, der Ort der erotischen Liebe sein würde. Mami-Rolle einnehmen, einkaufen, Geburtstag feiern, an die Tafel schreiben... alles schön und gut, doch gerade dieses hier hätte ich nicht erwartet.
Das Wunder dauert aber nicht sehr lange. Plötzlich klopft jemand an die Tür und wir müssen uns schnell trennen. Es ist die Bibliothekarin, die Bücher bringt. Wir grüßen uns zerstreut.
Mein junger Liebhaber oder Ehemann (ich weiß nicht genau, was er ist) sagt energisch zu mir: „Geh' ins Lehrerzimmer und hol den Autoschlüssel. Wir wollen doch nach Hause."
Und das ist für mich wieder das Zeichen, den Lift zu nehmen und die 19. Etage zu verlassen. Denn es muss ja sein, ich muss zu der zwölften Etage, zu noch einem nächsten Kapitel meines Lebens, das auf mich wartet. Oder bin ich diejenige, die die bald kommende Erfahrung herbeisehnt und in Träumen produziert?
Die zwölfte Etage gehört einem Möbelhaus an: Schlafzimmerabteilung. Moderne und klassische Möbel überall, schwere, majestätische Möbel und dann die praktischen, klappbaren. Schlafzimmer in allen möglichen Variationen werden da aufgestellt: Holz, Plastik, Metall, Matratzen... viele Betten, Schränke und Nachtschränke, die man gern ausprobieren würde. Bei ihrem Anblick denke ich automatisch: „Ich würde sie alle gerne in meiner Wohnung sehen, doch leider sind sie zu schwer zu transportieren. Aber was für eine Wohnung habe ich eigentlich?"
Gott ist mir wieder sympathischer in diesem Augenblick. Er hat mich wieder jünger gemacht. Ich glaube, ich bin mehr oder weniger in Glorias Alter. Der große Spiegel an einem der Schränke umfasst meine ganze Figur: Ich bin schmal, unbedeutend, zu klein für meinen Geschmack; aber ich habe junges, prächtiges Haar und eine frische,

unverbrauchte Haut. Ich habe nicht mehr die grauen Haare und die Falten von Katarina Petrovna. Eine junge Frau steht neben mir und schaut sich die Möbel eifrig und gezielt an. Ich vermute, sie ist diejenige, die ein neues Schlafzimmer braucht.
„Was würdest du mir raten, Sembra", fragt sie eindringlich.
Ich bin unsicher und unbeholfen. Ich weiß auch nicht genau, was für einen Haushalt sie plant. Sie betrachtet ein sehr großes und teures Ehebett von allen Seiten, und das gibt mir natürlich den Schlüssel zur neuen Situation: Sie wird wahrscheinlich bald heiraten.
„Soll ich dieses nehmen, Sembra? Du kennst den Geschmack deines Cousins besser als ich."
Ich habe keine Ahnung, was für Möbel dieser unbekannte Mann vorziehen würde.
Ich sage schnell, ohne viel dabei zu denken: „Am besten soll er selber kommen und mit dir mitentscheiden."
„Aber du weißt, dass er keine Zeit hat. Die Schwägerinnen und ich sollen alles für die Hochzeit und die Wohnung besorgen."
„Dann sollen die Schwägerinnen kommen und dir dabei helfen. Ich halte mich da lieber raus."
Hier wird Türkisch gesprochen. Ich spreche Türkisch und nicht mehr Russisch. Befinden wir uns vielleicht in der Türkei? Oder ist dieses ein türkisches Gastarbeiterviertel Deutschlands? Nein, hier spricht keiner Deutsch, weder die Kunden noch die Verkäufer, und alle Namen stehen nur auf Türkisch auf den Schildern, mit der Ausnahme von einem Schild am Eingang des Möbelhauses; dort steht das Verzeichnis der Abteilungen ins Englische übersetzt; wahrscheinlich ist das für die Touristen gedacht.
Die junge Frau neben mir sagt mutlos: „Ich kann mir dein Verhalten nicht erklären. Wir sind doch die besten

Freundinnen der Welt, wir haben zehn Jahre in einem Haushalt zusammengelebt. Und warum willst du mir jetzt nicht helfen? Bist du vielleicht böse auf mich, weil ich heirate und dich allein lassen werde? Bist du eifersüchtig?"

„Natürlich nicht", sage ich verlegen.

Als Außenstehende, die plötzlich eine neue Identität bekommt, bin ich eher auf Alltagsszenen als auf dramatische Gefühlsaufbrüche vorbereitet, deshalb füge ich frivol hinzu: „Es ist nur, dass ich so wenig von Möbeln verstehe..."

Sie nickt erleichtert.

„Mir geht es genauso. Als wir zusammenzogen, du und ich, bekamen wir gebrauchte Möbel, alles von unseren Familien geliefert. Aber dein reicher Cousin will jetzt alles neu haben, und das ist das Problem, das Aussuchen. Ich habe Angst, etwas falsch zu machen."

„Wenn er so reich ist, dann ist das Risiko relativ gering. Ihr könnt die Dinge immer wieder umtauschen oder neu bestellen."

„Aber es würde einen sehr schlechten Eindruck auf meinen Verlobten machen. Dann würde er mich nicht wieder delegieren, und ich wäre immer von dem Diktat der Schwägerinnen abhängig."

Es scheint, sie ist nicht ganz mit der dominierenden Rolle der Schwägerinnen einverstanden. Sie hat mich lieber und meine Meinung. Aber leider habe ich überhaupt keine Meinung; ich würde entweder alles mitnehmen und ausprobieren oder alles hier lassen.

„Dein Verlobter sollte sich doch mehr Zeit für die Vorbereitung eures Zuhauses nehmen", sage ich vorwurfsvoll.

„Du bist wirklich wie eine Schwiegermutter, du bist tatsächlich eifersüchtig auf ihn."

Wenn sie wüsste, wie gleichgültig mir alles ist!

„Sei unbesorgt, Sembra. Unsere Freundschaft wird trotzdem immer weiterbestehen", tröstet sie mild, aber auch ziemlich traurig, als wäre sie sich nicht ganz sicher, das Richtige zu tun. „Es ist schade, dass wir uns trennen müssen, aber es ist ein Naturgesetz."
„Ja, das ist mir klar... wie mit Eltern und Schwestern, so ist es auch mit den Freundinnen."
Sie überlegt sich ein versöhnliches Happyend für unsere Freundschaft und sagt verträumt: „Es dauert noch eine Weile, zwei Monate ungefähr. Diese Zwischenzeit können wir noch voll für uns genießen. Doch, sobald wir alles möbliert und fertig haben, dann werde ich meine Sachen bei dir abholen müssen. Dann wirst du viel mehr Platz in deiner Wohnung haben, bis du selbst irgendwann auch heiratest."
Jetzt spüre ich in der Tat ein noch vages, aber immer stechenderes Gefühl von Einsamkeit. Ich werde zum letzten Mal ihren Wecker hören; sie wird zum letzten Mal zum Frühstück kommen und dann aus meinem Leben verschwinden. Es ist ein mir schon reichlich bekanntes, vertrautes Erlebnis, das ich öfters durchgemacht habe, ja, immer wenn jemand mich verlassen hat... um zu heiraten oder mit anderen Menschen zusammen zu leben.
Mehr Platz haben, Kanarienvögel statt Freunde... Ein Bruder, der geht, weil er heiratet... Ein Ehemann, der geht... Kinder, die gehen, weil sie schon erwachsen sind... Studentinnen, die gehen, weil sie eine andere Unterkunft gefunden haben... Ich, die ich weggehe, während andere vielleicht auf mich warten... Die Familie in der Cafeteria, die Hotelgäste beim Empfang, der sexbesessene Mann, der den Autoschlüssel von mir haben wollte.
Ich seufze gereizt. Noch zwei Monate mit dieser jungen Frau zusammen leben... Wie absurd! Am besten sollte

ich schon jetzt mit ihr Schluss machen. So müsste ich mir nicht immer anhören, dass ich auf diesen unbekannten Verlobten eifersüchtig bin. Und wenn man schon entschieden hat, nicht zusammen zu bleiben, wozu noch die Qual der Trennung verlängern.
„Wann werde ich heiraten? Hast du schon jemanden für mich?", frage ich lapidar und ohne viel Interesse.
„Nein. Aber er kommt sicher bald. Du bist noch so schön und so jung!"
„Was machen wir jetzt mit euren Möbeln? Ich glaube, am besten gehe ich nach unten und hole einen Kugelschreiber, damit wir die ganzen Modelle und Preise aufschreiben können."
Mit einem Lächeln stimmt sie dem zu. Dann umarmt sie mich zärtlich, als würde sie ahnen, dass wir uns nicht wieder sehen werden. Ich gehe in Richtung Aufzug.
Als Nächstes kommt der Keller... Wieder fahre ich voller Erwartungen nach unten.
Im Grunde ist mir Gott gnädig gewesen. Er hat mir viele Bilder erspart, von denen ich nicht besonders begeistert gewesen wäre. Hoffentlich ist der Keller kein unangenehmer Ort. Bisher war ich von Altenheimen verschont, Irrenanstalten, Gefängnissen, Krankenhäusern.
Ich will keine kranke und alte Frau in einem Heim sein, die von ungeduldigen, schimpfenden Betreuern lieblose Dienste bekommt. Ich will auch keine vergewaltigte Frau in einer verkommenen, schmutzigen Wohnung sein. Und am allerwenigsten will ich ein hungerndes, halb erfrorenes Tier sein, das nur darauf wartet, zum Nutzen der Menschen geschlachtet zu werden. Lass mich zufrieden mit so vielen Bildern! Es wäre wirklich besser nicht weiter zu leben. Aber wer weiß, was im Keller ist und was noch kommt? Vielleicht muss ich dann wieder hoch, die ganzen Etagen noch einmal durchlaufen bis zur

43., in der sich damals das Haus Gottes befand, in der mich aber jetzt vielleicht eine ganz andere Dekoration erwartet, womöglich eine Studentendemonstration gegen den Irakkrieg. Wird Gott auch versetzt? Muss er sich immer weiter neue Häuser suchen?
Nein. Ich glaube, mit dem Keller habe ich schon meine Pflicht getan; Gott hat keine weiteren Hinweise gegeben und irgendwann muss es zu Ende sein mit so vielen Inszenierungen, mit so viel Aufnehmen und Begreifen der Weltkonstellationen, in die ich mich noch einfügen könnte.
Im Keller befindet sich kein Mensch außer mir. Ich sehe einen riesigen Raum voller Bücher. „Ach, wieder eine Bibliothek!", denke ich erfreut und munter.
Der Spiegel am Eingang zeigt meine Gestalt und ich grüße mich selbst mit neugierigen Blicken und Fragen nach meinem Alter, meinem Wohlbefinden, meinem Aussehen. Ich bin nicht mehr erwachsen wie bisher, nicht mehr wie Sembra, Gloria und wie sie alle hießen. Ich bin ein kleines Mädchen von ungefähr zehn Jahren. Ich fange an, Bücher mit Genuss und Freude über meine Freiheit durchzublättern, weil keiner da ist, um mich zu kontrollieren und mir gewisse Bücher zu verbieten.
Dann spiele ich mit den Büchern, aber sanft und sehr vorsichtig, damit keine Seite abreißt, denn einige sind schon richtig ramponiert und nicht mehr neu. Ich sortiere sie in den Regale um, streichle sie wie Puppen... „Wo ist die Bibliothekarin?", frage ich mich plötzlich ratlos und bleibe stehen. Ja, so eine wie die, die in der Fremdsprachenschule erschien und die Russischlehrerin mit dem jungen Mann beinahe beim Küssen überrascht hätte.. Wenn die Bibliothekarin kommt, wird sie auf mich schimpfen, weil ich alles umgeändert habe. Aber wenn sie nicht da ist, dann weiß ich nicht genau, was ich lesen sollte und ob mein „Alice im Wunderland" noch verfügbar

oder schon ausgeliehen ist. Wo stecken meine Lieblingsbücher? Ich finde sie nicht in diesem Chaos, ich ersticke in meiner eigenen Unordnung. Aber vom Katalog will ich nichts wissen, ich mag keine Kataloge. Außerdem habe ich schon alles umgestellt und es stimmt nichts mehr.

„Frau Bibliothekarin", rufe ich sehr laut und spielerisch.

Das ist jetzt meine neue Beschäftigung. Ich gehe durch die ganzen Bibliotheksräume und suche die Dame. Ich brülle streng wie eine zornige Polizistin: „Frau Simons, wo sind Sie geblieben? Die Bücher könnten geklaut werden. Ich selbst bin keine Diebin, aber die anderen könnten einfach die Bücher verschwinden lassen."

Doch bald verfliegt mein Eifer und ich weine ihr nicht mehr nach. Dafür habe ich zu viel Ablenkung. Meine Aufmerksamkeit wird wieder vom faszinierenden Inhalt der Bücher in Anspruch genommen. „Alice in wonderland", ich habe sie gefunden. Ich vertiefe mich darin, und es vergeht bestimmt eine sehr lange Zeit, denn ich kann nicht so schnell lesen. Es gibt auch überhaupt keine Eile, da ich so allein bin und keiner Ansprüche an mich stellt.

Außerdem ist diese eine zweisprachige Ausgabe: Englisch-Deutsch. Das macht es noch aufregender, wie ein magischer Zauberspruch. Ich kann kein Englisch, aber ich mag einfach die Wörter sehen... und wie unterschiedlich sie voneinander sind. Die deutschen Wörter sind viel länger als die Englischen; die Englischen sind so winzig... wie die zwölf Zwerge in Schneewittchen. Dafür können sie aber tanzen und singen, was die Deutschen nicht so gut können.

Dann nehme ich mir andere Bücher und lese einige Zeilen von jedem, nur solange es noch Spaß macht und ich etwas davon verstehe.

Dantes „Die Göttliche Komödie". Was ist das? Es ist aber nicht zum Lachen; es scheint sehr ernst zu sein. Das Paradies... Acht verschiedene Ebenen, mit dem Himmel des Mondes angefangen. Irgendwelche ausländische Namen: Mars, Jupiter, Saturn... und auf der achten Ebene, im Himmel der feststehenden Sterne, da wohnen die Engel, die Mutter Gottes und die Aposteln... In einer noch höheren Sphäre befindet sich Gott, und dahin geht der Wanderer zum Schluss zusammen mit einem Heiligen, dem heiligen Bernard von Claraval. Nein, verstehen kann ich es nicht, und ich glaube, es ist kein ganzes Buch, sondern nur eine Zusammenfassung, denn es ist ein sehr dünnes Heft. Ich mag gerne dünne Hefte, so brauche ich nicht so viel zu überschlagen.

Als Nächstes fallen mir drei erotische Bücher hintereinander in die Hände, und bei den Liebesszenen, die meinen Körper erschüttern und feucht machen, empfinde ich eine seltsame Lust. Besonders entzückend finde ich es, wenn Mann und Frau sich halb lieben, halb hassen, wenn die Frau sich gegen die Verführung wehrt und sich dann gleichzeitig hingibt, wenn die beiden sich streiten und sich dann wieder versöhnen. Aber auch der Spaß an der Erotik geht nach ein paar Minuten vorbei.

Nach so viel Spiel und Lektüre bin ich plötzlich müde und möchte nur noch schlafen. Ich könnte mich auf den Boden legen oder mir vielleicht mit den Büchern ein Bett zusammenbasteln. Ob man bequem darauf schlafen kann? Aber das würde Arbeit bedeuten, und ich möchte überhaupt nichts tun. Ich bleibe einfach sitzen und warte. Im Sitzen schlummern ist auch schön; das machen ältere Leute öfters, und sie wissen schon warum. Mir ist nicht ganz klar, worauf ich warte. Da kein Mensch mehr da ist, brauche ich mich nicht mehr anzustrengen. Ich entspanne mich wild und seufze tief, um so viel Luft wie möglich einzuatmen.

Vielleicht wird Gott zu mir in den Keller kommen und wieder alles mit mir besprechen wollen. Eine Erinnerung an meinen Sonnengott behalte ich noch, da ich ihn vor Kurzem auf der 43. Etage gesehen habe. Aber wenn er nicht kommt und ich umsonst gewartet habe... macht es auch nicht so viel aus. Irgendwann werde ich wieder wach werden, besonders wenn Hunger und Durst mich zur erneuten Bewegung zwingen werden. Dann werde ich aufstehen, Richtung Aufzug gehen und mich wieder auf eine mysteriöse Etage der Überraschungen begeben. Doch hoffentlich gibt es einen Aufzug, hoffentlich finde ich die Tür dazu, vom Keller nach oben, von ganz unten bis zum Himmel. Es wäre dumm, wenn ich in einem Keller, in einer einsamen Bibliothek, als zehnjähriges Kind - ohne all die Menschen, mit denen ich gelebt habe - meine Tage beenden sollte. „Wo sind meine Eltern geblieben?", frage ich mich. Werde ich sie je wieder finden?

Aber es ist schön hier zu sein und zu warten, ohne Lebensmittel und quälende Bedürfnisse. Ja, ich glaube, ich mache mir aus den vielen Büchern ein großartiges Bett. Ich strecke mich schon ohne weitere Sorgen auf dem Boden aus. Ich lege meine linke Wange auf einen riesigen Haufen von Büchern und schlafe dabei ein in einer absoluten, angenehmen, aber auch erschreckenden Unbeweglichkeit.

Rimbaud, ich und die Untreue

„Drei bis vier Leben gelebt / keines das meins war, / und alle simultan - / heute ist mir eines klar: / Biographie meint nicht / ‚Bleibe Du selber'."
Robert Gernhardt aus dem Gedicht „Goldene Worte"

Ich bin meine beste Leserin. Ich interpretiere alles richtig, was ich geschrieben habe.
Schweiß gebadet schaue ich meinen letzten Vers an, ich zittere; ich würde mich fast übergeben vor lauter Angst, dass mir mein letzter Vers nicht so gut gelingt, dass mir die Inspiration verloren geht. Der Hund meiner Inspiration beschnuppert alle möglichen Spuren. Es ist keine angenehme Luft, es ist vergiftete Luft in der dreckigen Kanalisation allerlei menschlicher Leidenschaften, Gewalt und Prostitution. Ich befolge jede Spur mit meinem kaputten Herzen und meinem gierigen Verstand nach dem Motto; kein Thema ist tabu, du musst leiden.
Es wird aber alles vergeblich sein, was ich bisher geschrieben habe, sollte mein nächster Vers im Ausdruck kläglich versagen. Wer sagt, der Künstler sei frei? Es ist eine große Lüge. Gerade wir unterliegen einer riesigen Kette von Verpflichtungen: Immer Stufen, immer höhere Stufen bis zum fast unerreichbaren Turm, von dem aus man den besseren Überblick nach unten hat. Sonst ist man wie ein verkrüppelter Schöpfer ohne Hände, und was macht man ohne Hände?
Ich schwitze so sehr, dass ich mir wie ein Bauarbeiter oder ein Gewichtsheber vorkomme; dabei bin ich eine schwache Frau, und wenn ich vier Kilo Kartoffeln mitschleppen muss, fange ich schon an zu schnaufen und mein Gleichgewicht zu verlieren. Meine Kartoffeln sind diese Zeilen, mein Elend und mein ganzes Glück.

Um ihretwillen würde ich mich fast töten lassen und mein Leben aufopfern wie Iphigenie für ihre Göttin, dabei habe ich keinen Gott und keinen bestimmten Aufopferungsplan, nur meine Impulse, meine Empfindungen, den Hund meiner Inspiration, der unaufhörlich jappst und nach großartigen Wahrheiten und Themen in verzweifelter Hartnäckigkeit in der frierenden Luft des Nordpols schnuppert, auch unter dem Risiko, das durch den Frost gelähmte Geruchsorgan nicht weiter benutzen zu können.

Das ist übertrieben. Ich bin doch nicht am Nordpol, sondern in einem warmen Zimmer auf der zweiten Etage im Haus meines Bruders und meiner Schwägerin. Ich befinde mich im Fernsehraum, wie sie ihn nennen, obwohl es fast überall Fernseher gibt verstreut in jedem Raum in allen möglichen Größen und Ausstattungen, genau so wie Computer und Handys.

Mein Gedicht fließt ohne Computer. Ich spreche jeden Vers laut und dann schwitze ich Tropfen der Unsicherheit, des Zögerns. Ich wiederhole den Satz, aber jetzt anders gestaltet, überarbeitet; erst dann begehe ich das Verbrechen des Schreibens, der Festlegung meiner Gedanken. Ich streichle und massiere das Papier und den Kugelschreiber. Ich werde euch sogar küssen, wenn ich doch das richtige Wort finde.

Es ist ein tödliches Spiel mit den Worten; die Jagd nach Worten erschöpft mich und die Verfolgten rächen sich sofort an mir, weil sie sich unterschätzt und respektlos behandelt glauben. Was soll ich tun? Wie soll ich euch behandeln?

In der Einsamkeit des Fernsehraums, wenn keiner mich beobachtet, wird mein Gedicht gezeugt... mit Geburtswehen und hysterischen Assoziationen meines Gehirns. Ein Psychoanalytiker würde wahrscheinlich sagen, dass ich, wie so viele andere Künstler auch, vom

Wahnsinn bedroht werde. Zu intensiv, zu intensiv ist dieses Erlebnis.

Ich schreibe „Löffel", und mit einem plötzlichen, riesigen Druck, als wäre ich in einem Flugzeug bei der Landung, spüre ich alle Löffel gleichzeitig, die ich in meinem ganzen Leben gehalten habe, Löffel für Suppen, Medikamente, den Nachtisch... Meine höchstpersönlichen Zuckerwürfel, die wie in einem Märchen mit Sprache ausgestattet sind, reden mit mir, genauso wie die Tiere und die Gegenstände, die auch sprechen können und mich mit ihren Stimmen zu immer neuen Sprachgebilden, Fragen und Antworten auffordern.

Gott, etwas Disziplin muss sein; ich muss alles ordnen, etikettieren, differenzieren, damit keine verschwommenen Ausdrücke entstehen. Aber zu regelhaft geordnet, in Akten und Umschlägen, gezähmt wie ein Haustier, leblos wie eine Statue... das darf auch nicht sein. Es ist gerade die Gestaltungsfreiheit, die mir am wertvollsten erscheint. Ich suche nach Chaos, surrealistischer Kollage und meditierender Fenster, vielleicht mehr als nach dem Wohlklang meiner Worte und deren erfolgreiche Wirkung. Löffel, du bist viel wichtiger, als die anderen glauben. Die anderen haben dich übersehen. Ich habe dich entdeckt und gebe dir einen Namen.

Ich habe auch einen Namen. Ich heiße Vitalie Hoffmann, zufälligerweise wie Rimbauds Mutter und Schwester. Aber an Rimbaud denke ich noch nicht, nur an mich selbst. Ich wurde in Bordeaux geboren, doch wir leben meistens in Paris.

Papier und Kugelschreiber... Wenn ich euch küsse, heißt das nicht, dass ich wirklich verrückt bin? Keiner wird mich dabei überraschen, das ist mein Glück.

Mein Bruder Prosper und Eleonore sind meistens nicht zuhause. Sie sind verreist, auf der Arbeit oder machen Tanzkurse. Ich glaube, der Tanz verbindet sie mehr als alles andere; sie wären schon längst getrennt, hätten sie dieses gemeinsame Hobby nicht, das ihnen erlaubt, ihrem extrovertierten Wesen freien Lauf zu lassen, abends aus dem Haus zu gehen, sich zu zeigen und mit weiteren Tanzpartnern zu flirten.
Der Tanz ist ihre Leidenschaft, so wie es bei mir das Schreiben von Gedichten ist, obwohl ich mich in meiner sehr exklusiven und hohen Leidenschaft ihnen überlegen fühle. Meine Liebe zur Sprache ist viel ernster gemeint und schon als Lebensaufgabe gedacht.
Der Tanz ist für Prosper und Eleonore nur ein Zeitvertreib, ein Alibi zu anderen Zwecken; sie betäuben sich mit der Musik, bis sie einen gefährlichen Schwebezustand der Bewusstlosigkeit erreichen, und sie suchen immer weiter nach neuen Liebesaffären mit anderen.
Meine Poesie dagegen beseitigt jede Betäubung, macht meine Gedanken klar und unendlich in einem Vorgefühl von Selbsterwachen und innerer Kohärenz. Ich bin stolz auf die Tiefe meiner furchtlosen Betrachtungen, auf meinen Hilferuf und meine Beichte. Ich schreibe schon seit elf Jahren, begann als ich zehn Jahre alt war; alt war ich natürlich nicht, aber seitdem ich zu schreiben begann, war ich kein Kind mehr.
Mein Zuckerlöffel, du hast dich in einen für Herztropfen oder für Abführmittel mit einem komischen Beigeschmack verwandelt.
Ich bin reif geworden, lebensklug, und lasse mich von keinem belügen oder vom Wichtigen ablenken. Ich behalte meinen Ariadne-Faden im Labyrinth der Erschütterungen und bewege mich gezielt trotz aller Stolpersteine. Elf Jahre ist eine lange Zeit, und deshalb

bin ich der Überzeugung, dass das Schreiben für mich keine frivole, spielerische Beschäftigung ist, sondern eine Berufung, eine durch Nichts zu ersetzende Notwendigkeit.
Beim Schreiben habe ich natürlich meine Lieblingsthemen, auf die ich immer wieder gerne zurückkehre. Ich glaube, alle Autoren haben sie und ich bin da keine Ausnahme. Bei mir sind es drei Zyklen der Wiederkehr, die mir eine gewisse Geradlinigkeit und Stabilität verleihen. Gerade zu diesen drei Gebieten kann ich vieles sagen, weil ich viel darüber empfunden und reflektiert habe: 1. Kinderlosigkeit. 2. Treue. 3. Inzest.
Ich bin ohne Eltern aufgewachsen. Meine Mutter verunglückte in einer Flugzeugkatastrophe und mein Vater tötete sich kurz danach, als ich erst fünf Jahre alt war. Als Ausgleich bekam ich dann sehr gute Großeltern und meinen Bruder; aber diese mittlere Generation der Eltern hat mir immer gefehlt und eine sehr große Sehnsucht in mir hinterlassen, auch Wut...
Ich glaube, ich werde nie eine gute Mutter werden können, gerade weil ich diesen Kontakt kaum kenne. Ich würde immer wieder abtreiben, sollte ich je schwanger werden. Es ist ein Glück, dass ich noch keinen sexuellen Kontakt habe und in der Hinsicht noch nicht gefährdet bin. Aber natürlich denke ich nicht immer gleich, und das ist gut, denn so ist mein Schreiben viel universeller und vielseitiger, reich an Perspektiven und potentiellen Möglichkeiten.
Vor fünf Jahren hatte ich eine besonders kinderliebende Phase: Ich schrieb viele Gedichte für Kinder, auch für mütterliche Figuren, die keine eigenen Kinder hatten, aber doch voller Liebe waren wie Großmütter, Tanten, Lehrerinnen, Adoptivmütter und Kinderkrankenschwestern.

Goethes Charlotte, die junge, ruhige Gestalt, von so vielen Geschwistern umgeben, war auch eine Zeit lang mein Vorbild. Und ich ärgerte mich darüber, dass mein Bruder so viele Jahre älter als ich war und dass ich nicht einmal kleine Neffen und Nichten hatte. Ja, die Psychologen würden diesbezüglich bei mir viele Hemmungen und unverarbeitete Leiden herausfinden.
„Armes Mädchen! Sie ist behindert. Sie verlor ihre Eltern viel zu früh."
Wenn ich eigene Kinder hätte, hätte ich Angst, wie meine Mutter in einem Unfall mein Leben zu lassen und die Kinder nicht mehr sehen zu dürfen. So einfach ist es, eine dumme Milchmädchenrechnung: Solange ich keine Kinder habe, werde ich ewig leben dürfen.
Mein zweiter Zyklus ist meine Treue, mein eiserner Glaube an irgendetwas, denn trotz meiner Vielseitigkeit bin ich nicht wechselhaft, manipulierbar, prinzipienlos und unzuverlässig. Ich lasse mich nicht wie andere treiben; wahrscheinlich ist es aus Dickköpfigkeit und Widerspruchslust, weil ich die Untreue so oft in den anderen sehe.
Eleonore hat einen Liebhaber und mein Bruder hat zwei Geliebte, und das geht so schon seit Jahren. Na ja, vor drei Jahren war es umgekehrt: Prosper hatte eine Geliebte, eine Frau, die besonders eifersüchtig war und ihn ständig kritisierte; Eleonore war dann diejenige, die sich mit zwei Männern gleichzeitig vergnügte. Ich verstehe nicht, warum sie überhaupt verheiratet bleiben, wenn sie sowieso zur Treue unfähig sind.
Ich erschrecke vor der Zerbrechlichkeit menschlicher Beziehungen, vor deren Unbeständigkeit und Inkonsequenz. Was mein Schreiben betrifft, weiß ich nur ganz sicher, dass ich es nie aufgeben werde. Abgesehen davon, dass ich es so liebe und faszinierend finde, das Schreiben (es ersetzt mir die Freundschaft und alle

übrigen menschlichen Bande), werde ich es auch aus purer Verzweiflung beibehalten, weil ich damit alle um mich stattfindenden und mir verhassten Untreueakte auszulöschen versuche.

Dritter Zyklus: Im Geheimen bin ich in Prosper verliebt, obwohl ich es nie öffentlich zugeben würde. Ich beneide all die dummen Frauen, mit denen er ein Verhältnis hat, und natürlich vor allem seine Frau. Er ist mein idealer Mann, so wie ich mir einen sexuellen Partner vorstellen könnte; Inzest oder nicht, finde ich ihn attraktiver als alle anderen. Aber ich schreibe nur ganz knapp dazu und in verschlüsselter Sprache: 0000. Das ist mein kodiertes, verschleiertes Stichwort: „0000" bedeutet „Inzest", meine Unfähigkeit andere Männer zu mögen. Vielleicht spielt auch mein Unwille zur Mutterschaft eine versteckte Rolle darin.

Und es gibt noch einen vierten Zyklus, ein ewiges Thema: Den Tod meines Großvaters vor zwei Jahren habe ich noch nicht überwinden können. Ich kann mich nicht damit abfinden, besonders weil die Großmutter seitdem nur traurig vor sich vegetiert und mich kaum noch wahrzunehmen scheint. Nur manchmal beim Frühstück und wenn es sehr schönes Wetter ist, dann lächelt sie und fragt mit großem Interesse nach meinem neuesten Gedicht.

Ja... So viel ist in meinem Schreiben, dass ich, hätte ich es nie geschrieben, zugrunde gegangen wäre und völlig verstummt, senil und ohne Hoffnung auf Heilung wie ein hysterischer und zielloser Mond um die Erde herum gekreiselt wäre. Jetzt habe ich wenigstens meine speziellen, einzigartigen Worte gefunden für verklärte Eltern, die ich nie gekannt habe, für die Ängste vor ihrem Tod bei Selbstmord oder Flugzeugabsturz, Angst vor dem Tod des Großvaters, Angst vor Schwangerschaft, Inzestmotive und Untreue.

Und noch einen fünften Zyklus hätte ich anzubieten, aber der ist weniger interessant als die anderen. Diese Angelegenheit lastet immer schwerer auf mir und rührt mich zu Tränen, obwohl ich sie noch mit Geduld trage und den Gedanken nur gedämpft ausspreche: Meine gute italienische Freundin Graziella, mit der ich einiges Schöne und Positive erlebte, hat sich sehr verändert. Gewiss, ich muss es zugeben, das Schreiben, das mit so viel Analyse und Grübeleien verbunden ist, kann einem richtig gefährlich werden. Meine Beobachtungsgabe hat sich durch das Schreiben so sehr verschärft, dass ich besonders sensibel gerade auf Veränderungen in mir selber und den anderen reagiere.

Graziella und ich waren damals harmonievolle, mitteilsame und gegenseitig hilfreiche Schulkameradinnen mit ähnlichen Interessen und Sorgen. Nach der Schule fand ich eine Stelle als Briefträgerin, poetischer ausgedrückt, ich wurde zu einer Brieftaube... zu einer Botin mysteriöser Inhalte. Es passt gut zu meinem Charakter: Gedichte schreiben und Briefe verteilen. Ich liebe Briefe, Päckchen und alles, was aus der Ferne kommt und für den Außenseiter ein versiegeltes Geheimnis bleibt.

Voriges Jahr verhalf ich Graziella ebenfalls zu einer Anstellung bei der Post, sodass wir jetzt Arbeitskolleginnen geworden sind. Aber diese tägliche Nähe auf der Arbeit als erwachsene Frauen hat uns nicht gut getan, hat unsere Freundschaft beinahe zerstört, hat uns sehr entfremdet. Sie ist komisch geworden, abweisend und lieblos.

Mehr als entfremdet, habe ich den Eindruck, dass wir die größten Feindinnen werden. Ich bin ihr nicht nur gleichgültig, sondern sie behandelt mich gehässig und boshaft. Ja, darüber könnte man auch schreiben... über großartige Beziehungen, die sich mit der Zeit ändern, wie

die edelsten Gefühle kläglich versagen, leer werden und einer neuen gereizten Feindseligkeit Platz einräumen.
0000... Mein Kopf ist voller Ideen und mein Herz voller Gefühle, die ich ausdrücken möchte. Warum zeugten mich meine Eltern, bloß um mich so früh und so klanglos, ohne Botschaften, zu verlassen?
Wenn die Großmutter stirbt, wird keiner mehr wissen, wie ich mit zwei Jahren aussah; Prosper kann sich nicht mehr daran erinnern... Mein Ich damals, die alte kleine Figur, wird völlig aus der Welt verschwunden sein.
Und wenn die Männer von mir Kinder haben wollen, werde ich ihnen sagen, dass ich noch zu jung dafür bin und dass ohne Verhütung bei mir nichts geht.
Gestern Nacht hatte ich einen furchtbaren Albtraum von einer Frau, die mich aus mir unbekannten Gründen töten wollte. Kann es sein, dass es Graziella, meine ehemalige Freundin ist? Nein, Unsinn! Sie ist nur etwas gekränkt, weil sie weiß, dass ich mehr als sie verdiene, aber das kommt nur davon, dass ich mehr Stunden als sie arbeite. Doch sie war im Rechnen nie gut und im Urteilen nicht gerecht. Ich auch nicht, ehrlich gesagt; ich kann das Maß ihres Hasses nicht genau quantifizieren.
Warum ist mein Bruder so untreu, mir so unähnlich? Er hat schon so viele Frauen in seiner Sammlung! Bestimmt fünfunddreißig, die ich kenne, und bestimmt viele andere, die er noch nicht genannt hat. Wenn ich ihm meine Liebe gestanden hätte, hätte er ohne weiteres auch eine Affäre mit mir... und dann wäre er zur nächsten übergegangen. Es ist schon gut, dass er und Eleonore so viel reisen, dass sie immer unterwegs sind, so brauche ich mich nicht so sehr über ihn zu quälen.
Nein, keine Pille und keine Spirale, ich bevorzuge Kondome, denn dann bin ich doppelt geschützt. Der Mann, der Geschlechtsverkehr mit mir haben will, muss sich mit Kondomen abfinden.

Das Schreiben, das Schreiben ist mir wichtiger als das ganze Leben überhaupt, deshalb würde ich es nie aufgeben.

Enri ist nicht mehr so sanft und verführerisch anhänglich zu mir wie in den ersten zwei Liebesnächten. Was ist geschehen? Genießt er es weniger. Es ist unsere dritte Liebesnacht zusammen.
Nach dem üblichen Vorspiel von Küssen und Streicheln, das uns beide aufs Höchste erregt und uns mit entzücktem Begehren den aufbrechenden Frühling spüren lässt, werfen wir uns ins Bett, und ich freue mich bereits auf den Kontakt wie auf eine heiß erträumte Schokoladentorte. Für mich ist das Vorspiel immer schöner und vielversprechender als das, was darauf folgt. Aber auch das andere hat einen Reiz für mich, und auf alle Fälle wäre ich nicht diejenige, die es mittendrin unterbrechen würde meiner eigenen Sinnlichkeit wegen und auch aus einer gewissen Rücksicht auf den Partner, der es so sehr zu brauchen scheint.
Am Anfang sind wir uns beide darüber einig, dass wir beide es brauchen, und es herrscht die gleiche Atmosphäre von gegenseitiger Zufriedenheit wie in unseren zwei ersten intimen Begegnungen. Damals war er wie von einer Last befreit, als er mich haben durfte, und fast dankbar, dass ich ohne komplizierte Umwege seinem Wunsch nachgegeben hatte. Nach der Ekstase des Vorspiels und nach der Verschmelzung unserer Körper war ein drittes Stadium gekommen, das auch angenehm war, ein paar Minuten von Zärtlichkeit und Verständnis, Freundschaft und Ruhe.
Der Liebesakt an sich war diese zwei Mal etwas schmerzhaft für mich, weil ich noch Jungfrau war und von Natur aus sehr eng gebaut, dünn und schmächtig im Gegensatz zu ihm, der korpulent ist und ein übergroßes

Glied besitzt. Aber das hatte mich nicht entmutigt, denn ich sah seine Freude, und auch meine Schmerzen verwandelten sich in Genuss, stellenweise in einem perversen Selbstauslöschungstrieb, in dem nur seine männliche Kraft und sein Siegesrausch zählten.

Ich ergötzte mich eher daran, das Vorgefallene mit Gedanken und Erinnerungen zu rekapitulieren und tröstete mich auch mit Zukunftsvisionen eines leichteren und für mich mehr Glück versprechenden Geschlechtsverkehrs, wie er mir das erste Mal kategorisch vorausgesagt hatte: „Mit der Zeit wird es immer weniger schmerzen."

Aber diesmal merke ich eine Veränderung an ihm. Trotz seiner von mir befriedigten Leidenschaft wirkt er weniger dankbar und scheint es als eine Selbstverständlichkeit anzunehmen, dass ich mich ihm hingebe. Er ist weniger begeistert und gibt sogar Zeichen der Ungeduld, als ich ihn mit leiser, verträumter Stimme daran erinnere, dass er ein Kondom benutzen sollte.

Er überhört einfach meine Stimme und nimmt mich heftig in seine Arme. Ich versuche zu lachen, sträube mich immer entschiedener gegen ihn, aber wirkungslos, bis ich zum Schluss voller Angst zu schreien beginne: „Nein. Ohne Schutz machen wir es nicht. Wir wollen noch keine Kinder haben."

Er bleibt ein paar Sekunden mit ungastlicher Miene, unentschlossen wie irritiert und gedemütigt. Aber er kann seine Erektion nicht beruhigen, er will keine Zeit mehr vergeuden und am Ende zieht er das Kondom über und stürzt sich auf mich mit kannibalischer Gefräßigkeit.

Die Liebesbewegungen gefallen mir sofort wieder, erscheinen mir inspirierend wegen seiner Intensität und der Unbekanntheit der Gefühle in der körperlichen Vereinigung. Es hat mich erleichtert, dass er sich im Rahmen des von mir Erlaubten bewegt, und ich genieße den Kontakt. Zwar wünsche ich mir wieder, dass ich anders gebaut wäre, dass unsere Organe besser zueinander passen würden. Mein Venushügel lässt kaum einen Fremden hinein und noch weniger diesen Riesen. Ich bin wie ein vermauertes Schloss, aber er scheint diese Opposition meiner Organe nicht ungern zu haben, seine Sinnlichkeit wird durch die Herausforderung noch gesteigert.

Er drückt und drückt mit wilder Entschlossenheit, bohrt in mein Inneres, immer schneller und ohne Pausen; er fragt nicht mehr, ob es mir wehtut. Ich wünsche mir so sehr wie er, dass meine eiserne Tür sich öffnet. Und am Ende geschieht es doch, ich bekomme meinen ersten Orgasmus.

Bei der Trennung unserer Körper seufzen wir beide. Wir sind durch so viel Anspannung ermüdet, und ich streichle mit Sympathie seine verschwitzte Stirn. Ich fühle mich mit meiner Leistung zufriedener, weil ich angefangen habe, Frauengefühle zu entwickeln. Ich flüstere schon ein paar Worte der Freude: „Ich glaube, du hast Recht. Es klappt allmählich ganz gut."

Aber er meldet keine Zufriedenheit zurück, was mich ein wenig überrascht. Er schaut sehr streng aus, als wäre er ein Lehrer oder Priester. Hätten wir nicht vor einer Minute gerade Geschlechtsverkehr gehabt, würde ich vermuten, dass er eine harte Predigt für mich vorbereitet hatte. Er setzt sich aufs Bett und seufzt, aber diesmal nicht mit romantischer Verträumtheit, sondern mürrisch.

„Meine Güte, so viel Widerstand! Ich kann es nicht glauben. Diese Verkrampfung... Du solltest lockerer werden und dich entspannen. Mir hat es auch weh getan. Weißt du was? Nächstes Mal machen wir es ohne Kondom, dann wird es viel besser werden, viel schöner."

Ich versuche, meinen nackten Körper unter den Lacken zu verstecken. Seine missbilligende Haltung hat mich

sehr gekränkt, denn ich war der festen Überzeugung, dass ich allen seinen Wünschen entsprach und ihm große Wollust verschaffte. Ich wiederhole geistesabwesend und dann empört: „Ohne Kondom? Warum ohne Kondom? Was hast du dagegen?"
„Das Ding stört mich. Es ist keine reale, echte Berührung, nur durch eine Hülle, eine Verpackung hindurch. Ich habe es nie gemocht; ich finde es umständlich und obszön. Es ist gut für den Moment, in dem man einen Menschen kennen lernt, dann kann ich es noch verstehen... Aber jetzt haben wir schon genug Vertrauen zueinander und können dieses dumme Ding abschaffen, findest du nicht?"
„Nicht im Geringsten. Ich möchte nicht schwanger werden, wie du weißt."
„Aber es gibt noch viele andere Möglichkeiten der Verhütung. Du kannst die Pille nehmen oder wir lassen uns etwas anderes einfallen."
Im Grunde heißt es, dass ich mir etwas anderes einfallen lassen sollte, denn er wird sich überhaupt nicht mehr um die Verhütung kümmern. Er will ja nur freien, ungeschützten Sex haben. Ich verteidige hartnäckig meinen Standpunkt: „Ich bin vergesslich. Ich mag keine Pillen. Schon seit meiner Kindheit vertrage ich Medikamente nicht gut. Und warum sollte ich diese verdammte Pille ewig nehmen? Kondome sind eine gute Lösung. Viele Leute benutzen sie, sogar feste Partner, altgestandene Ehepaare, die schon seit Jahren zusammen sind. Es ist ein sehr praktisches, sauberes Mittel; damit verhütet man auch gegen Aids und andere Krankheiten."
„Es scheint, als wolltest du für die Werbeagentur in der Kondombranche arbeiten", sagt er zynisch. „Bin ich denn Aids-verdächtigt? Vertraust du mir so wenig?"

Wer weiß, wie viele Frauen er schon im Laufe der Jahre gehabt hat? Wie mein Bruder... Aids ist kein Gespenst, sondern leider eine Wirklichkeit, und mit so einer ungeschützten Freizügigkeit liefert er sich jeder Gefahr aus. Wer weiß, ob Prosper und Eleonore, diese untreuen Seelen, nicht auch eines Tages mit Aids ankommen werden?

Es ist wahr, dass Enri und ich schon seit einigen Monaten miteinander befreundet sind, seit dem Gitarrenunterricht, bei dem wir uns kennen gelernt haben. Aber im Bett waren wir erst dreimal; es ist einfach zu früh, als dass er diese Forderung an mich stellen könnte... Und es ist tatsächlich eine Forderung, er will es mir zur Bedingung machen.

„Ich weiß es nicht, Enri. Ich glaube zwar nicht, dass du mir so etwas Grauenhaftes übertragen könntest, aber ich finde es zu früh darüber zu sprechen. Den Teufel sieht man nicht, doch Aids sieht man überall, und ich möchte kein Risiko eingehen... Außerdem ist es nicht nur Aids, sondern die Untreue an sich, die Untreue ekelt mich an. Durch das Kondom wird die Untreue wenigstens herausgefiltert und äußerlich gereinigt."

„Du hast komische Gedanken, entschuldige. Deine große Liebe zum Kondom deprimiert mich allmählich. Ich kann dir nur eines sagen: Ich habe so etwas selten benutzt und nicht die Absicht, mich jetzt deinetwegen zu ändern. Entweder machen wir es ohne, sonst verzichten wir auf die Liebe."

Er ist wütend, unversöhnlich; er steht auf und fängt an, sich anzuziehen. Noch kann ich Teile seiner nackten Figur sehen. Eine nackte Person mitten in einem Streit hat irgendwie etwas Lächerliches und ist fehl am Platz. Jetzt steht er vor dem Tisch, an dem wir vor einer Stunde so glücklich und voller Liebe gemeinsam eine Flasche Sekt getrunken haben.

Er sucht nach seinem Portemonnaie und seinen Wohnungsschlüssel. Ich - noch im Bett und unter dem Laken völlig nackt - bin noch lächerlicher als er, und ich schäme mich. Meine Stimme klingt plötzlich unnatürlich wie ein Tonträger in einer zu schnellen Geschwindigkeit.
„Ist es denn so wichtig für dich, dass du auf mich verzichten willst? Stört es dich so sehr? Kann meine Liebe nicht diese technischen Unzulänglichkeiten ausgleichen? Ich habe nur das Gefühl, dass ich mehr Zeit brauche... Und du achtest gar nicht auf meine Bedürfnisse. Zuerst habe ich mich an Sex gewöhnen müssen, und ich war fast stolz auf mich selbst und meine Schnelligkeit damit. Jetzt muss ich mich noch an ungeschützten Sex gewöhnen?"
Auf einmal erinnere ich mich an meine Freundin Graziella und ihre Liebesabenteuer. Hatte sie mir nicht oft gesagt, dass viele Männer Kondome nicht ausstehen können?
„Deshalb habe ich kein Glück in der Liebe", sagte Graziella einmal, „die meisten Männer verlassen mich aus diesem Grund, weil ich immer verlangt habe, dass sie es benutzen. Sie haben keine Geduld damit und früher oder später geben sie die Beziehung mit mir auf."
Ja, das wird wahrscheinlich auch mein Schicksal sein.

Prosper und ich haben wieder über die Untreue gesprochen. Es ist das Thema, das mich am meisten interessiert, das mich abstößt und gleichzeitig anzieht.
Prosper sagt mit einem müden Lächeln, wie jemand, der – nach Jahren der Distanz - ein Nachwort für sein Lebenswerk vorbereitet: „Du kommst auch zu der Feier, nicht wahr? Du gehörst dazu. Natürlich kommst du auch."
„Was für eine Feier ist diese?"
„Ich habe alle Frauen eingeladen, die zu irgendeiner Zeit in meinem Leben etwas mit mir zu tun hatten. Meine Amme Rosalie kommt ebenfalls und unsere Tante Julia."

„Und deine ganzen Freundinnen, hast du sie alle eingeladen?"

„Ja, einige werden kommen, fast die Hälfte. Sechzehn haben mir geantwortet. Die meisten sind verzogen, mit unbekannter Adresse. Von fünf weiß ich, dass sie im Ausland leben und zwei sind schon tot."

„Wohnen alle sechzehn in Paris?"

„Nein, zwölf davon, glaube ich. Für die anderen vier muss ich noch Unterkunft und Verpflegung organisieren; aber sie bleiben auch nicht lange, nur für die Party."

„Es ist unanständig, was du machst. Warum sie versammeln, miteinander konfrontieren?"

„Schwester, es gibt keinen Grund zur Eifersucht. Sie werden nicht leiden, und ich auch nicht. Sie sind alle neue Beziehungen eingegangen."

„Deine Oberflächlichkeit ärgert mich, deine nur halben Erinnerungen. Es wundert mich, dass du noch ein paar Namen und Adressen aufgehoben hast."

„Ja, gründlich genug war ich wenigstens, um mir die Namen zu notieren, den Rest habe ich recherchiert."

„Aber warum diese Einladungen? Was beabsichtigst du damit?"

„Nur ein paar schöne Gesichter zu sehen, mein Gedächtnis auffrischen."

„Und wirst du der einzige Mann unter so vielen Frauen sein?"

„Warum nicht? Es ist mein Privileg... Für ein Treffen mit Männerbekanntschaften gibt es genug andere Anlässe. Vor zwei Jahren traf ich meine ehemaligen Kameraden im Militärdienst und voriges Jahr meine Mitschüler vom schweizerischen Internat. Jetzt ist das Frauenjahr angesagt."

„Mir scheint es aber eine sehr künstliche und für die Frauen nicht schmeichelhafte Situation. Du bist pervers...

Gesund finde ich es nicht, dass du all deine Freundinnen zusammen wie eine Herde sehen möchtest."
„Vielleicht steckt ein Sultan in mir und ich würde am liebsten ein Harem besitzen. Wenigstens für ein paar Stunden werde ich es haben. Aber keine Sorgen. Es wird keine auffällige Orgie geben: Die Frauen werden sich gegenseitig vor mir und vor der Vergangenheit schützen."
„Manchmal habe ich das Gefühl, dass du nur Ehetricks ausprobierst, damit du dich danach intensiver um Eleonore kümmern kannst, sonst wärest du impotent. Oder hast du tatsächlich vor, eine Liaison mit einer deiner ehemaligen Geliebten zu erneuern?"
„Ich habe nichts Bestimmtes vor. Wir werden schon sehen, wie sich alles entwickelt, ob sie sich sehr verändert haben, ob sie mir noch gefallen."
„Wo wird die Feier stattfinden?"
„In einem Restaurant. Ich will nicht, dass Eleonore zu viel Arbeit damit hat. Du wirst sehen, mein vierzigster Geburtstag mit so vielen schönen Frauen um mich herum wird ein Erfolg sein. Aber die Schönste und Jüngste bist natürlich du."
Mehr als Großzügigkeit und Freundschaft für die Frauen fühlt er vermutlich Neugier auf ihre Veränderungen. Die Figur meines Bruders hat für mich immer etwas vom Mephisto. 0000... Obwohl er auch manchmal harmlos und gutmütig ist. Vielleicht hat er Heimweh nach vergangenen Lebensabschnitten; mit vierzig fängt schon die Nostalgie an.
„Wissen die Frauen, dass du mehrere triffst? Oder glaubt jede Einzelne, dass du sie persönlich als Einzige eingeladen hast?"
„Ich habe bloß geschrieben, dass ich Geburtstag feiere und dass ich mich auf alte, geschätzte Kontakte freuen würde."

„Es ist sehr peinlich. Am liebsten würde ich sie alle anschreiben und dich verraten."
„Das wirst du aber nicht tun. Du weißt auch nicht, wo sie wohnen."
„Aber einige habe ich gekannt, wie Almuth Fischer und Ottilie Wilson. Ich könnte sie anrufen und sie warnen."
„Du hast die Nummern doch verlegt, und du würdest mir sowieso nicht verraten. Du bist genau so neugierig wie ich, all meine ehemaligen Freundinnen zu sehen."
„Es mag sein. Aber andererseits finde ich es sehr peinlich."
Ottilie Wilson, mit einem Engländer verheiratet, hatte sich damals als mein Babysitter etablieren wollen (ich war zwölf), und sie erzählte mir immer Märchen mit einem chaotischen Ende, weil sie sich an den Anfang nicht mehr erinnern konnte.
Almuth Fischer ist Friseurin. Mit ihr hätte ich am ehesten sprechen können, denn ich habe immer noch die Adresse ihres Friseursalons, in dem meine Großmutter sich zu besonderen Anlässen den Haarschnitt oder eine Dauerwelle machen lässt.
Doch nein, ich werde nicht eingreifen... Ich möchte ihre überraschten Gesichter sehen, wenn sie sich gegenseitig kennen lernen. Beim Anblick so vieler Frauen, werden sie am Anfang denken, dass es sich um Eleonores Freundinnen handelt. Das sind alle Freundinnen oder Verwandte seiner Frau, werden sie am Anfang denken, und dann... Irgendwann werden sie dahinterkommen, dass sie in der Vergangenheit zu verschiedenen Zeiten eine intime Beziehung zum Geburtstagskind hatten.
0000... Ich werde eifersüchtig auf all diese Frauen sein, die dich mit ihren Reizen verlockt und das Bett mit dir geteilt haben. Eleonore ist ein kalter Fisch, aber ich kann nicht so passiv bleiben und mir alles ansehen, als hätte ich kein Blut in den Adern. Ich bin keine Verbrecherin,

doch ein Opfer von Inzest, weil alles so verdammt platonisch ist und ich dich nie werde haben können. Dieser Mann, der keine Kondome benutzen will...
Im Grunde war es leicht, ihn loszuwerden, weil ich nur dich allein lieben kann. Vielleicht ist es eigentlich auch keine Liebe, denn dein Charakter, deine Untreue den Frauen gegenüber, erscheint mir widerwärtig, und abgesehen von deiner brüderlichen, etwas ironischen Fürsorge für mich, finde ich nichts an dir, was zu lieben sich lohnen würde. Deine Eitelkeit und sicheres Auftreten irritieren mich eher, und dein Gesicht, das dem unserer Mutter sehr ähnlich ist, erfüllt mich mit Trauer und Ausdruckslosigkeit, weil der Kontakt mit ihr so unendlich weit weg und flüchtig war. Vielleicht handelt es sich nur um einen Automatismus, meine angeblich inzestuöse Liebe zu dir, damit ich so den anderen Männern nicht ausgeliefert zu sein brauche.
Wie viele Frauen werden kommen? 16 Zusagen hat er schon erhalten, sagt er, plus Amme Rosalie und Tante Julia, dann ich, Großmutter und das Geburtstagskind mit Ehegattin, dieses glückliche Paar, kinderlos, aber mit so vielen Beziehungen rundherum... sodass die Armen nie einsam sind.
Nach meiner Rechnung sind wir 22. Oder kommen auch die Freunde meiner Schwägerin als eine Art Vergeltungsaktion von ihrer Seite? Sie wird wahrscheinlich sagen, sie habe das gleiche Recht, ihre ehemaligen Liebhaber auch einzuladen. Aber so diplomatisch und scheinheilig wie sie ist, wird sie das Ganze mit einem kühlen Lächeln verharmlosen und murmeln: „Ich warte auch auf meinen vierzigsten Geburtstag in drei Jahren. Dann werde ich auch so eine ähnliche Feier organisieren."
Weitere Einzelheiten über den Geburtstag interessieren mich brennend, zum Beispiel, ob die vier Frauen, die von

außerhalb kommen... ob sie für ihr Hotel und Verpflegung selbst bezahlen werden oder ob mein Bruder großzügigerweise die Kosten tragen wird. Ich vermute eher, dass Prosper sie privat unterbringen wird, ja, auch unter der Begründung, dass ohne die Anonymität eines Hotels und in einer gemütlichen Familie ein lockerer und fließender Kontakt entstehen könnte.

Ich kenne meinen Bruder so gut! Sie werden bei Rosalie und Tante Julia übernachten, die schon öfters die Rolle der Kupplerinnen in seinem Leben gespielt haben. Tante Julia besitzt ein großes Haus und hat gern Gäste; Rosalie leitet eine einfache Pension und hat immer ein kleines, bescheidenes Zimmer frei.

„Werden wir insgesamt 22 sein auf deiner Party?", frage ich, von meiner fixen Idee der Zahlen erneut getrieben.

Er lacht mysteriös und zynisch mit der pikanten und sündhaften Zügellosigkeit der Untreue in seinen schelmischen Augen.

„Ja, 22 oder 23... Man weiß ja nicht, ob vielleicht noch jemand Neues auftaucht. Bis zu meinem Geburtstag sind noch zwei Monate und es kann noch vieles passieren."

„Wie wird unsere Großmutter reagieren, wenn sie so viele Frauen sieht?"

„Sie versteht sicher meine nostalgische Ader, sie versteht, dass ich meine Vergangenheit rekapitulieren möchte."

„Die vier Frauen, die von außerhalb kommen, wo werden sie schlafen?"

„Ich weiß es noch nicht, ich muss etwas Passendes organisieren. By the way, ich hätte eine schöne Aufgabe für dich, wenn du mir behilflich sein möchtest: Du könntest sie am Bahnhof abholen. Es ist zwar mit etwas Arbeit verbunden, denn sie kommen zu verschiedenen Zeiten, sodass du öfters zum Bahnhof fahren müsstest. Aber ich weiß sonst nicht, wie wir es arrangieren

könnten. Eleonore und ich arbeiten; von uns hast du noch die meiste Freizeit, sofern ich weiß."
Ich werde ärgerlich. Der Gedanke gefällt mir nicht, dass ich für unbekannte Menschen gewisse Verpflichtungen übernehmen sollte. Die schönen Damen kennen sich genug in der Stadt aus und brauchten gar nicht abgeholt zu werden. Aber ich sage nichts dazu. Ich kann noch in letzter Minute die Aufgabe an jemand anderen delegieren, sagen, dass ich krank sei oder irgendeine Ausrede erfinden: Dichterlesung, Verlagstermin, Empfang des Nobelpreises.
Ich frage neugierig: „Wie heißen die Damen?"
Er blättert in seinem Notizbuch und sagt monoton, ohne besondere Begeisterung:
„Patricia, Arlet, Fleur, Marie Celeste."
„Und wie sollte ich sie finden können? Ich weiß nicht, wie sie aussehen."
„Zu gegebener Zeit wirst du schon die nötigen Angaben bekommen. Alle vier sind sehr schön und intelligent. Arlet und Fleur sind Zwillinge; deshalb liebte ich beide, weil sie fast gleich aussehen. Marie Celeste gewann einen Schönheitswettbewerb in ihrer Geburtstadt, Lyon. Patricia schreibt Gedichte, so wie du. Vielleicht könnte sie dir helfen, einen Verlag zu finden."
Sind diese Frauen tatsächlich so interessant?
Ich möchte, über all diese Frauen etwas schreiben; ich möchte vor allem über Prosper und seine Gefühle ihnen gegenüber schreiben. Zum ersten Mal reichen mir die Gedichte nicht. Ich brauche Geschichten, Handlung, Verabredungen in Cafés, am Strand, in Kinos, Hotels und was weiß ich noch wo, am Wald oder auf den Stufen eines Schlosses...
Die Prosa ist mobiler als die Dichtung, nur in der Prosa kann man die verschiedenen Perspektiven richtig umfangen. Ich möchte zum Beispiel die Perspektive

Prospers annehmen, mich selbst verdrängen und nur er sein, er und seine Frauen. Ich werde nicht mehr über mich schreiben. Ich finde es zu langweilig, nur über ihn möchte ich Sätze bilden, aber als wäre er derjenige, der über sich selbst spricht. Mein Ziel ist die tiefste Form des Erzählens, eine Ich-Erzählung aus seinem Ich. Ich möchte den ganzen Verlauf seiner Untreue mit seinen eigenen Worten wiedergeben können. Nachher werde ich ihm den Zettel geben und sagen: „Du hast es geschrieben, du warst es, der es geschrieben hat."
Und beim Schreiben werde ich mir Partikel seiner Persönlichkeit einverleiben, seine Spuren essen und schlucken, wie die Luft, wenn wir atmen, und das ist immer, nur dass wir es fast nicht merken. Wenn wir an Atemnot leiden, dann merken wir es schon. Prosper, jetzt bin ich nicht mehr... jetzt bist nur du, der von uns beiden am Leben bleibt.

Ich bin in intimen Beziehungen mit Frauenkörpern besonders geübt und daher verfüge ich über die Kunst, die Frauen immer nackt zu sehen, auch wenn sie einen dicken Mantel angezogen haben, wie Marlene Loir, weil es kalt ist und weil es regnet. Ihre Nacktheit unter dem Mantel, die ich mir schnell, lebhaft und problemlos vorstellen kann, ist noch reizvoller, als wenn sie nur einen Bikini getragen hätte.
Der Regen hat uns, aber jeden für sich einzeln, inmitten eines Spaziergangs überrascht und jetzt unsere Individualität als Einzelgänger für einige Zeit ausgelöscht. Wir beide suchen Schutz vor dem Wasser im Eingang eines riesigen Kaufhauses. Das Kaufhaus hat einen Namen: Prix Uniques.
Das Mädchen hat noch keinen Namen, aber ich werde sie bald danach fragen. Sie duftet nach Blumen. Sie trägt auch einen Blumenstrauß, wie mir scheint, mit einer

unüberwindlichen Grazie. In der linken Hand trägt sie eine Handtasche und ein Paket. Sie hat keinen Regenschirm, und ich auch nicht, das verbindet uns. Ich bin ihr natürlich unterlegen, weil ich keine Blumen trage. Außerdem, was ich in meinem Paket trage, ist so lächerlich banal... bloß ein paar Schuhe, die ich mir gerade gekauft habe, während ihr Päckchen bestimmt etwas viel Vornehmeres enthält; es sieht wie ein Buch oder ein Fotoalbum aus.

Sie keucht atemlos, denn sie ist sehr schnell gelaufen, und versucht, ihre tropfenden, völlig durchnässten Hände an den noch nicht ganz nassen Stellen ihres Mantels abzutrocknen. Mit einer kindlichen Bewegung hat sie die ganze Zeit versucht, diese Hände als Schirm gegen das Wasser zu nutzen, um die Blumen, die Handtasche und das Paket zu schonen; jetzt sind sie die Hauptleidtragenden, auch ihre Arme, die sie jetzt nervös an ihrem Mantel reibt.

Ihr Mantel ist ihr Alles und hat eine schützende Funktion gegen den Regen. Ich bin beinahe auf diesen Mantel eifersüchtig. Sobald sie mich erblickt, grüßt sie sofort. Sie gehört eindeutig zur gesprächigen Sorte, und das gefällt mir auch. Ich mag die schweigsamen, zurückhaltenden Frauen nicht, die dem Fremden kaum ein Lebenszeichen geben wollen. Sie seufzt und sagt außer Atem: „Es ist ein Glück, dass ich... (dann bemerkt sie mich und lächelt), „dass wir uns unterstellen konnten. Es regnet ziemlich kräftig."

„Ja, es war sehr günstig, dass das Kaufhaus gerade auf unserem Weg war. Es ist sogar vorteilhaft, wir könnten hineingehen und noch etwas kaufen, um uns die Zeit zu vertreiben. Was halten Sie davon?"

„Ich glaube nicht, dass ich noch etwas kaufen möchte. Ich habe alles, was ich brauche. Hoffentlich sind meine

Theaterkarten und mein Fotoalbum nicht nass geworden."
Also doch ein Fotoalbum... Sie wird die schönen Fotos einkleben und sich selbst, ihre Freundinnen, ihre Eltern, vielleicht ihren Verlobten betrachten.
Sie sagt energisch mit dem Ton einer offiziellen Beschwerde: „Der Regen kann nicht ewig andauern. Er wird bestimmt bald aufhören."
„Aber ein bisschen Zeit sollte er uns geben, damit wir uns besser kennen lernen."
Sie kichert nervös, aber doch auch geschmeichelt.
„Dann machen wir schnell damit. Was möchten Sie über mich wissen?"
„Wie heißen Sie?"
„Marlene Eloir. Ich bin Musikstudentin. Und Sie?"
Ich werde ihr natürlich nicht sagen, dass ich verheiratet bin. Das erschreckt die Frauen meistens, gibt ihnen einen sauren Beigeschmack, sodass sie den Kontakt mit mir viel weniger genießen, als wenn ich nichts sage. Vielleicht tue ich das später, einmal wir schon miteinander geschlafen haben. Ich erzähle von beruflichen Dingen, von Informatik, Reisen, von unseren Großeltern (der Großvater ist noch nicht gestorben) und von zwei Schwestern.
Entschuldige, Eleonore, in diesem Augenblick bist du wie eine zweite Schwester, denn ich hege ja nur geschwisterliche Gefühle dir gegenüber. Im Moment ist mein Herz nur voll von diesem unbekannten Mädchen und seiner leuchtenden Gegenwart; sie erregt mich unsäglich durch ihre Spontaneität und Fremdheit, durch die Umstände des Regens, durch ihren dicken Mantel und die Nacktheit darunter.
Sie ist um die zwanzig, schlank und groß, aber nicht größer als ich, was unseren Kontakt vereinfacht. Sie ist modern, ich meine... kein Anachronismus, sie ist nicht

altmodisch, aber hat eine klassische Schönheit, wie ihre Sprache, die auch den Modeerscheinungen des Studentenjargons nicht unterliegt. Ihre Hose, die ich unter dem Mantel sehen kann, ist mehr als sportlich elegant.

Sie erinnert mich stark an Marie Celeste, eine Geliebte, die ich vor zehn Jahren hatte und die eines Tages Miss Lyon wurde. Damals schrieb ich ihr einen Gratulationsbrief, ich war stolz auf sie. Ich schrieb ihr schwärmerisch: „Ich brauche kein Zeugnis für deine Schönheit, die ich miterleben durfte. Aber du hast es wohl verdient."

Sie war im Fernsehen, und ich verliebte mich erneut in sie, wollte sie aufsuchen, doch sie ging ständig auf Reisen, und in ihrem Ruhm dachte sie nicht mehr an mich. Es gab glücklicherweise viele andere Frauen um mich herum, die mich über diesen Verlust hinweg trösteten.

Nicht nur durch ihre Jugend und Figur erinnert mich Marlene an Celeste, auch ihre Stimmen klingen fast gleich. Hätte ich bloß ein Aufnahmegerät, um sie miteinander zu vergleichen. Von Celeste verfüge ich über eine Videoaufnahme, sodass ihre Stimme mir nicht so einfach entschwinden kann, ich besitze sie ewig. Und vielleicht gelingt es mir, Marlene in Rosalies Pension zu locken und sie dann ein paar Worte auf meine Digitalkamera sprechen zu lassen, nur so leichthin, wie wenn man ohne weiteres Nachgrübeln ein Foto macht.

Ich habe festgestellt, dass das Repertoire an menschlichen Stimmen im Grunde begrenzt ist und dass die Stimmen sich oft wiederholen. Nicht nur Arlet und Fleur hatten fast gleich gesprochen, weil sie Zwillinge waren, sondern auch Almuth Fischer und Patricia hatten eine sehr ähnliche Stimmlage, obwohl Almuth als Deutsche eine ganz andere Betonung und einen starken ausländischen Akzent hatte, immer wenn sie Französisch

sprach. Also liegt es nicht an den Sprachen, sondern an der Formung und den Eigenschaften der Stimmbänder. Aber ich bin tatsächlich kein Stimmenanalysator; ich würde es als Beruf vorschlagen, als einen Zusatz zu meinen Computerwissenschaften.
Man sollte sich die eigene Stimme auswählen dürfen, ja... in dem gut ausgerichteten Labor unserer Zukunft, wie das Aussehen, Hautfarbe, Augenfarbe und die Größe der Brüste für die Frauen. Viele machen schon Gebrauch davon heutzutage. Doch wenige Menschen denken über die Stimme nach.
Ich bin nicht ganz zufrieden mit meiner eigenen, mit diesem halb aggressiven, halb schwachen Piepsen, das stolpert, hinfällt und am Ende wie eine Katze unerwartet hochspringt, um zu flüchten. Hoffentlich merkt Marlene nichts davon, wie die meisten Menschen, die hauptsächlich visuell ausgerichtet sind.
„Nein, wir kaufen nichts mehr ein", sage ich versöhnlich. „Wenn Sie möchten, bleiben wir hier so lange im Eingang stehen. Ich habe ein sehr großes, sauberes Taschentuch in meiner Tasche, und wenn Sie möchten... ich könnte Ihre Blumen und Ihr Fotoalbum damit abtrocknen."
„Das ist sehr nett von Ihnen."
„Theaterkarten, sagten Sie... Wann geht es ins Theater?"
„Am Sonntag."
„Mit wem?"
„Mit einer Freundin, Therese."
Mein Taschentuch, das ich vor ihr wie ein Laken ausbreite, verfolgt das Mädchen mit hartnäckiger Beständigkeit. Ich trockne als erstes ihr Gesicht ab. Die Blumen und das Fotoalbum interessieren mich weniger; dann ihre langen Haare, die ich mit meinen Fingern unwillkürlich, aber absichtlich, streichle. Dann schleicht sich mein Taschentuch, das über ein eigenes Leben zu

verfügen scheint, ganz sanft und beliebig über ihren Hals und ihre Brüste.
Verlegen sagt sie: „Es reicht, es reicht...", und wendet sich schnell von mir ab.
Sie lässt ihre Handtasche und ihr Päckchen sehr vorsichtig in eine Ecke an die Wand fallen und trägt nur noch die Blumen als eine Art Verteidigungswaffe, die aber wirksamer als alle anderen zu sein scheint, denn sie verdeckt ihr Gesicht und auch ihre Brust damit.
„Sie sind für mich unerreichbar", sage ich mit einem freundschaftlichen, gutherzigen Lachen. „Sie sind wie eine Göttin des Grünen, der blühenden Rosen. Für wen sind denn diese Blumen?"
„Für mich selbst. Morgen ist mein Geburtstag, und ich wollte mir dieses Geschenk machen."
„Gibt es denn keinen Mann, der Ihnen so etwas schenkt?"
„Nein. Und wenn es jemals einen gegeben hat, der hat mich schon vergessen."
„Das kann ich nicht verstehen."
Meine eigene Langsamkeit irritiert mich. Ich hätte sie schon längst umarmen sollen, ihr die Blumen abnehmen, sie mit meinem freien Arm umkreisen und mit dem anderen zu mir hinziehen sollen, sodass ihr Kopf zwischen den Blumen hinten und meinem Kopf vorne in Erwartung unserer wunderbaren gegenseitigen Berührung keinen Ausweg mehr finden könnte. Aber ich möchte nicht mit meiner Eile alles zerstören, deshalb bremse ich meinen Impuls und bleibe geduldig bei ihr stehen. Ich möchte sie nicht schrecken oder sie verlegen machen.
In meinem langen Leben als Don Juan habe ich erkannt, dass die Frau im Grunde das passende Tempo einer Beziehung mitbestimmt und dass man ihr nicht vorgreifen darf.

Jetzt übernehme ich die Rolle eines verständnisvollen, väterlichen Freundes.
„Der Mann hat Sie sehr enttäuscht, nicht wahr?"
„Ja. Ich war sogar schwanger, aber er wollte weder das Kind noch mich, und alles endete mit einer Fehlgeburt. Ich war sehr unglücklich."
Na ja, wenigstens ist sie nicht Jungfrau, sodass alles viel leichter sein wird. Trotzdem muss sie sehr unerfahren sein, dass sie mit einem Fremden nach zehn Minuten Bekanntschaft schon über ihre Schwangerschaft redet. So unerfahren war auch Aurelie, sie erzählte mir schon alles über ihr Leben nach einem Glas Sekt, und dieses Mädchen braucht nicht einmal ein Glas Sekt, so im Stehen und ohne jegliche Vorbereitung zur Intimität, beginnt sie schon zu erzählen.
Aber ich mag solche Frauen, die vertrauensselig sind, die gar keinen Schlag erwarten. Ich will ihr, um Gottes Willen, keinen Schlag versetzen, ich will sie nicht enttäuschen. Aber am besten denkt man gar nicht an solche Dinge, sonst hat man keinen Spaß mehr daran.
„Wenn der Regen aufhört, brauchen wir uns noch nicht zu trennen," sage ich mit Zuversicht. „Wir können Kaffee trinken gehen oder etwas anderes gemeinsam unternehmen, eine Zeitung lesen, einen Film sehen. Oder Sie können mir zum Beispiel Musikunterricht geben. Welches Instrument unterrichten Sie?"
„Gitarre."
„Meinetwegen Gitarre. Das wollte ich immer lernen... Sie können mich schon für die erste Stunde anmelden."
Sie scheint aber gar nicht erfreut, unser Treffen auszudehnen - ganz im Gegenteil, sie lässt erahnen, dass sie eine gewisse Abneigung gegen mich hat.
„Aber heute gebe ich keinen Unterricht, und morgen auch nicht, es sind meine freien Tage."

„Besser so, besser so... Die Freizeit kann man noch besser genießen."

„Doch ich hatte nicht mit Ihnen gerechnet. Ich habe eine Verabredung mit Therese, und sie wird zuhause auf mich warten. Ich kann sie nicht unnötigerweise warten lassen, um mit Ihnen Kaffee zu trinken."

„Immer sprechen Sie von dieser Therese! Sind Sie vielleicht lesbisch geworden?"

Sie ist eine dumme Gans, denke ich wütend. Sie verpasst eine einmalige Gelegenheit, jetzt, da ich ihr den ganzen Nachmittag und sogar den Abend zu Füßen legen wollte... Alle anderen Frauen wären froh darüber, Kontakt mit mir zu haben.

Meine arme Freundin Aurelie hat geweint. Ja, heute morgen... weil ich ihr keine Stunde mehr meiner Zeit aufopfern kann.

Und diese verwöhnte Ziege mit ihren nassen und verwelkten Blumen... sie sträubt sich dagegen, etwas mit mir anzufangen. Womöglich habe ich mich in ihrer Schönheit getäuscht. Sie ist wirklich unbedeutend und nicht sehr interessant, wenn sie so einen raschen Schlussstrich ziehen will, ohne dass wir etwas angefangen haben. Ich schaue sie an und habe plötzlich Mitleid mit ihr. Sie zittert, sie scheint verblüfft, verletzt und sehr verlegen. Sie ist ganz rot geworden, während sie wiederholt: „Lesbisch, lesbisch! Habe ich Ihnen nicht von meiner Schwangerschaft erzählt? Heutzutage verdreht man alles, man kann nicht an eine reine Freundschaft ohne Sex denken, nicht einmal zwischen zwei Frauen."

Das Wort „Sex" aus ihrem Mund erregt mich. Ich zittere auch, aber aus anderen Gründen als sie, aus Wollust und gespannter Erwartung. Ich erinnere mich an den flüchtigen Kontakt mit ihrem Hals und ihren Brüsten durch mein dünnes Taschentuch. Natürlich belästige ich keine Frauen und ich werde sie zu nichts zwingen, aber

ich finde es unlogisch, auf diese Freuden zu verzichten, es geht gegen meine Prinzipien.
Der Eingang eines Kaufhauses an einem regnerischen Tag scheint mir genau so ein legitimer Ort für die Liebe, als wären wir uns auf einer Party oder auf einem Vortrag über Nietzsche begegnet. Warum sollen wir uns so früh verabschieden, ohne dass ich die Möglichkeit gehabt habe, ihren richtigen Körper unter dem Mantel, nicht nur den meiner Vorstellungen, zu erforschen? Soll ich tatsächlich so tun, als hätte ich nichts für sie empfunden und ihr einfach höflich sagen: „Jetzt hat der Regen aufgehört, Sie können nach Hause gehen?"
Ich wäre ein Trottel, wenn ich so etwas tun würde. Stattdessen sage ich entschieden: „Wir können Ihre Freundin Therese anrufen und uns in einem Café in der Nähe mit ihr verabreden. Ich lade Sie beide zu einem Stück Kuchen ein."
Ist mein Angebot nicht großzügig genug? Wie in den alten Zeiten eine Gesellschaftsdame mit einladen. Aber das scheint ihr noch weniger zu gefallen. Ich wette, sie ist schon eifersüchtig auf diese abwesende, mir noch unbekannte junge Frau. Sie protestiert verwirrt: „Ein Mann und zwei Frauen... Das fand ich immer eine wenig glückliche Zusammenstellung."
„Was ist denn so schlimm daran? Wir feiern im kleinen Kreis Ihren Geburtstag vor, so wie ich auch bald meinen vierzigsten Geburtstag feiern werde. Ich hätte wirklich nichts dagegen, zwischen zwei schönen Damen zu sitzen."
Sie macht ein unzufriedenes Gesicht. Trotzdem ist sie sehr attraktiv, finde ich. Ich würde am liebsten ihre Hand drücken und sie küssen und dabei die ganze Welt von kritischen Auseinandersetzungen und mangelhaften verbalen & nonverbalen Ausdrücken vergessen.

Sie seufzt müde und behauptet: „Männer sind oberflächlich. So war auch der Vater meiner ungeborenen Tochter."
„Danke für das Kompliment. Aber ich bin nicht oberflächlich, sondern universell und ästhetisch veranlagt. Ich versöhne gerne alle Gegensätze, sodass die verschiedensten Schönheitsbegriffe der Menschheit bei mir einen Platz haben."
Im Grunde bin ich ehrlich. Ich belüge sie nicht und erzähle ihr von vornherein von meiner Vielseitigkeit, meiner Fähigkeit der gleichzeitigen Liebe für mehrere Frauen.
Sie lehnt meinen Vorschlag kategorisch ab: „Nein, Therese hätte keine Zeit. Sie wird schon merken, dass ich vom Regen abgehalten worden bin."
„Das arme Mädchen wird unnötigerweise auf Sie warten. Wenn Sie möchten, habe ich ein Handy mit, wir könnten mit ihr telefonieren."
„Nein. Ich habe auch ein Handy dabei, aber ich sehe die Notwendigkeit nicht. Sie hat schon meinen Wohnungsschlüssel und wird zuhause alles für morgen vorbereiten."
„Ja, genau... Seien Sie froh, dass sie die Vorbereitungen alleine trifft, so haben Sie weniger Arbeit damit. Lassen Sie die Freundin für Sie arbeiten."
„Nein. Das um Gottes willen nicht! Ich habe schon alles vorgekocht und es ist eigentlich nicht mehr viel zu machen. Es kommen ja nur unsere zwei Familien, und die werden sowieso auch mithelfen. Für so viel Hilfe bin ich manchmal nicht so dankbar. Eltern, Brüder und Schwägerinnen, alle wollen mir helfen und mir die Arbeit abnehmen, was mir widerstrebt."
„Ja, das kenne ich auch, es ist unangenehm. Am liebsten bleibt man selbstständig."

„Therese wird wahrscheinlich in meinen Büchern und Illustrierten blättern, meine CDs hören und fernsehen."
„Aber am Ende kriegt die Arme bestimmt Langeweile. Wir sollten sie doch anrufen. Es ist nicht das gleiche in einer fremden Wohnung zu hocken wie in der eigenen, in der man alle Gegenstände schon seinen eigenen Besitz nennen kann."
„Bei ihr ist es umgekehrt, sie freut sich über die Abwechslung."
Wir betrachten den immer noch heftigen Regen, der etwas Hypnotisches in sich hat, wie unser hämmerndes, zielloses und wenig ergiebiges Gespräch, das mir langsam wie eine Sackgasse vorkommt. Ihre hartnäckige Weigerung, ihr Handy oder meines zu benutzen, scheint mir rätselhaft. Vielleicht kann sie ihr Handy nicht richtig bedienen und schämt sich ihrer Ungeschicklichkeit. Vielleicht hat sie diese Freundin nur erfunden. Oder womöglich hat sie Angst, dass ich mich in die Stimme am anderen Ende der Leitung verlieben könnte.
Entweder will Marlene ein großartiges Abenteuer mit mir erleben und dafür ist ihr die Freundin hinderlich... oder im Gegensatz dazu ist es gerade das Gegenteil von Anziehungskraft, was sie für mich empfindet. Sie schämt sich meiner und will mich nicht ihrer Freundin vorstellen.
Aber bald schließe ich diesen letzteren Gedanken aus, denn ich bin, Gott weiß es, kein Monstrum, keine abstoßende Kreatur; also, es scheint mir plausibler, dass sie einfach den Wunsch hat, mit mir allein zu sein, und das stelle ich mir viel lieber vor. Es gibt mir Kraft, es ist wie ein Antidepressivum gegen die Trauer des Regens.
Unsere lange Unbeweglichkeit an der Tür des Kaufhauses macht uns schon zu schaffen. Mir tun die Füße weh, und ihr wahrscheinlich auch. Wir sind schließlich keine Statuen, und das Leben fordert sein Recht.

Sie sagt am Ende ermunternd:
„Es ist vielleicht richtig, was Sie sagen, dass wir hineingehen könnten. Wir könnten unsere Zeit ausnutzen, indem wir etwas kaufen. Mir ist plötzlich eingefallen, dass ich eine neue Strumpfhose brauche."
„Gut, einverstanden."
Ich folge ihr schweigsam. Das Wort „Strumpfhose" hat mich erneut erotisiert und elektrisiert. Ich denke an all das, was eine Strumpfhose vom Körper einer Frau enthält. Sie läuft graziös und unbekümmert durch die verschiedenen Etagen, Rolltreppe, Aufzug, normale Treppe... Sie hat sich den Mantel aufgeknöpft, hat mir die Blumen und das Album gegeben, um sich unbeschwerter bewegen zu können.
Sie schaut sich alles neugierig an, besonders Unterröcke und Büstenhalter, obwohl ich sicher bin, dass sie im Moment keine solcher Kleidungsstücke trägt. Ihre Brüste sind wirklich sehr klein. Aber sei froh, liebe Marlene, ich würde dir zu keiner Operation raten, sie gefallen mir schon so.
Ich finde es entsetzlich, wenn eine Frau sich ständig operieren lässt und mit ihren Körperteilen nie zufrieden ist, wie meine Freundin Rosemarie, die schon dreimal ihr hart erspartes Geld für drei korrigierende Eingriffe in ihrem Körper ausgab. Irgendetwas gegen Cellulitis unternahm sie, Bauchabsaugung oder so etwas Ähnliches. Dann wollte sie ihre Brüste etwas vergrößert haben, was an sich nicht notwendig war. Dann waren es die Zähne, die einen leichten Fehler hatten und die sie unbedingt richten lassen musste.
Marlene hat die Strumpfhosen gefunden und kauft drei davon, sehr schöne, provokative. Dann kauft sie einen großen, blauen Unterrock, der viel zu lang und breit für sie ist.

„Er ist für meine Mutter", erklärt sie. „Schließlich hat sie mich geboren, und ich schenke ihr oft auch etwas an meinem Geburtstag."

So eine gute Tochter! Ich kaufe mir auch etwas, Rasierwasser und Seife, damit nicht der Eindruck entsteht, dass ich kein eigenes Leben besitze. Aber sie ist der Hauptstar des Einkaufens. Sie kauft und kauft. Ich glaube, sie hat in ihrer Handtasche viel mehr Geld als ich. Sie kauft einen Wecker, eine Obstschale, einen Regenschirm, zwei Ordner und einen Läufer für ihren Wohnzimmertisch. Dann gehen wir nach draußen und, Gott sei Dank, hat der Regen aufgehört.

„Ironisch ist es schon...", beschwert sich Marlene. „Jetzt, da ich so einen schönen Schirm habe, brauchen wir ihn nicht mehr."

Ich helfe ihr mit ihren Einkäufen, so gut ich kann. Ich bin ritterlich, meine Schwester könnte stolz auf mich sein.

Unser Spaziergang ist nicht idyllisch, sondern eher beschwerlich, da wir so voll bepackt sind. Die Obstschale und die zwei Ordner sind besonders hinderlich, und ich überlege mir schon, ob wir nicht ein Taxi nehmen sollten. Aber dann erblicken wir ein schönes Café und wir setzen uns hin mit einem Seufzer der Erleichterung von meiner Seite, denn endlich kann ich die Pakete, die mich so sehr gestört haben, auf einer Couch uns gegenüber stapeln und wieder mit Genuss und voller Freiheit an ihren Körper unter dem Mantel denken.

Nach dem langen Herumstehen und Laufen im Kaufhaus ist es schön, endlich zu sitzen und auch ihre Ruhe zu beobachten, wie sie sich ebenfalls freut, die Last der lästigen Pakete los geworden zu sein und sich mit mir allein, mit unserem Gespräch nebst unserer Bestellung, beschäftigen zu können. Es tut uns beiden gut, wir seufzen und lächeln; wir sind ausgezeichnete Freunde geworden, keine Reibereien und Spannungen mehr. Nur eine erotische, spielerische Spannung ist hin und wieder da, immer wenn ich versuche, ihre wunderbaren Hände zu streicheln und sie in meinen eigenen gefangen zu halten.

Im Grunde ist jede Verführung wenig originell trotz aller möglichen Einfälle der Natur. Alles wiederholt sich, und ich habe schon mit so vielen Frauen geschlafen, dass es kaum noch Varianten gibt, die ich nicht kenne. Die meisten, die aufregendsten Varianten, ergeben sich am Anfang als Auftakt der Liebe: die allmähliche Bekanntschaft, die ersten Worte, das rätselhafte Mysterium, wenn ich noch kein Alter und keinen Namen weiß... Ja, solange ich die Frauen noch nicht in meine Arme geschlossen habe, solange sie mir fliehen können. Danach, wenn sie sich mit mir körperlich verbinden... dann habe ich schon eine gewisse Routine entwickelt. Trotz ihrer Unterschiede, reagieren sie alle ungefähr gleich: Die einen misstrauen mir zu sehr, die anderen vertrauen mir zu sehr. Die einen sind sehr von ihren Reizen überzeugt und glauben, mich für immer behalten zu können; die anderen geben sofort die Hoffnung auf, rennen zu ihrem Beichtvater und gestehen ihre Sünden.

Die Dauer meiner Beziehungen ist natürlich unterschiedlich. So rasch und rücksichtslos Schluss machen könnte ich nicht; bei einigen bleibe ich drei Wochen, bei anderen sogar ein halbes Jahr. Manchmal habe ich drei Geliebte gleichzeitig, aber das bedeutet nicht, dass ich herzlos und gefühllos bin, sondern gerade das Gegenteil. Ich kann mich nicht so einfach von Bindungen befreien; ich möchte wirklich keiner meiner Frauen einen Schlag versetzen, sondern den Schlag so gut wie möglich verzögern und warten.

Und jedes Mal geschieht mir das gleiche. Da es auch eine Routine geworden ist, leide ich immer weniger darunter. Es ist auch ein perverser Reiz darin, in diesem

mitleidsvollen Verschieben und dieser beliebigen Wartezeit, in der ich schon weiß, dass ich den Schlag, das heißt, die endgültige Trennung, noch bremse, aber trotzdem mit meinem Auge mich in eine ganz andere Richtung bewege und mein Herz für eine neue Beziehung vorbereite.
Doch jetzt feiern wir noch den Anfang, Marlene und ich.
Sie sagt zum ersten Mal mit einer rührenden, zärtlichen Offenheit: „Wir müssten dem Regen dankbar sein, denn dadurch haben wir uns kennen gelernt. Es war dumm von mir, dass ich den Regenschirm gekauft habe."
„Deshalb könnten wir ihn hier lassen, wenn du möchtest, genauso wie die anderen Päckchen. Ich lasse auch mein Rasierwasser und meine Seife zurück. So brauchen wir nicht alles mitzuschleppen und könnten schön Hand in Hand durch die Straßen von Paris bummeln."
Sie protestiert energisch: „Ich bin doch nicht so verrückt, dass ich auf meine Einkäufe verzichten könnte. Es wäre zu schade. Ich brauche doch die Strumpfhosen und den Wecker, und das Geschenk für meine Mutter. Ich wüsste nicht, worauf ich am leichtesten verzichten könnte. Und der Regenschirm wird mir auch eine schöne Erinnerung bleiben, abgesehen davon, dass er manchmal auch sehr nützlich sein kann."
Sie hängt stark an ihren Gegenständen, das kann ich schon sehen. Aber es bedeutet überhaupt kein Verbrechen, und ich will sie ja nicht enttäuschen.
Ich sage gelassen und ermunternd: „Es ist überhaupt kein Problem. Wir werden schon sehen, wie wir es machen. Wir könnten zum Beispiel zu meiner Pension gehen, die nicht sehr weit weg von hier ist. Dort habe ich mein Auto geparkt, und dann kann ich dich mit meinem Auto nach Hause fahren. Aber jetzt genießen wir die Ruhepause.

Was machst du beruflich? Erzähl... Du musst viel Geld verdienen, dass du so viel auf einmal kaufst... obwohl ich bemerkt habe, dass du auch sparsam bist und meistens nicht die teuersten Sachen holst."
„Ich arbeite als Graphikerin in einer Druckerei. Ich habe immer sparsam gelebt. Morgen habe ich mir frei genommen. Morgen werde ich 22 Jahre alt."
„Das ist schön. Morgen ist ein wichtiger Tag für uns beide."
Ich befinde mich in dieser Anfangsphase, in der die positivsten Wendungen ehrlich gemeint sind. Sie auch, sie teilt meine Anfangseuphorie. Sie ist dem Regen für unsere Bekanntschaft dankbar und ich finde ihren Geburtstag wichtig. In diesem Augenblick stehen unsere Gefühle ungefähr auf gleicher Ebene, und ich glaube nicht, dass sie mehr empfindet als ich.
Der bloße Kontakt mit ihrer Hand macht mich glücklich, ich halte sie vorsichtig wie eine heilige Reliquie in meiner, obwohl ich in meinen Gedanken diese sehr bescheidene Wirklichkeit mit vielen gewagten und weniger respektvollen Vorstellungen erweitere. Ich stelle mir vor, wie sie meinen ganzen Körper massiert und streichelt.
Da sie jetzt endlich ihren Mantel ausgezogen hat, ist mir die Nacktheit ihrer Figur noch näher und fassbarer. Zerstreut untersuche ich ihr Handgelenk in seinen vielen komplizierten Teilchen, dann ihre Handfläche, dann ihren Handrücken; dann folge ich der Linie jedes ihrer Finger mit meinen eigenen bis zu ihren Fingernägeln, die mich besonders zu interessieren scheinen. Sie sind glänzend, wie Edelsteine, lang, sauber und gut manikürt mit einem sehr auffälligen roten Nagellack.
Im Grunde ist es ein wenig altmodisch. Die meisten Frauen, die ich kenne, pflegen ihre Nägel nicht so sehr. Eleonore zum Beispiel hat sich noch nie eine Maniküre machen lassen; sie hasst nämlich alles, was nicht von

der Natur kommt: Lack, Cremes, Parfüm, Körperspray oder Haarspray. Sie ist gegen allerlei Produkte allergisch, und nur die Kernseife kann sie ertragen.
Das finde ich auch ein bisschen zu extrem, ich mag gern diese hochzivilisierten und erlesenen Perlen an einer Frauenhand. Eleonores Hand ist mir immer zu einfach und arm vorgekommen, schmucklos und ohne Phantasie wie ihre Frisur oder ihr Gesicht ohne Schminke und ohne die beeindruckenden Details der Körperpflege, die den Frauen eine gewisse Persönlichkeit verleihen.
Ich mag Schauspielerinnen mit ihrer Vielfarbigkeit in Lippen und Augen und mit ihren starken Gerüchen. Der Geruch nach Kernseife ist sehr monoton und kann den Naturgeruch von Frauenschweiß nicht ganz übertönen, deshalb hätte ich manchmal lieber, dass Eleonore mehr Körperspray benutzen würde. Und wenn ich ihre armen, ungepflegten Nägel mit denen meiner neuen Geliebten vergleiche... Ich muss sagen, dass ich Marlene doch den Vorzug gebe.
„Gehst du oft zur Maniküre?"
„Nicht so oft. Nur gestern, weil morgen mein Geburtstag ist."
Ja, ich möchte wie eine Art Geburtstagsgeschenk für sie sein. Ich werde ihr morgen viele Blumen bringen.
Ich beobachte vergnügt und entzückt, wie gerne sie ihre Orangentorte isst, und freue mich über ihren Genuss. Dieses Mädchen, lustig und ihrer jetzigen Situation fröhlich zustimmend, wäre wirklich eine reizende Aufgabe für mich. Ich empfinde sie nicht nur als Sexualobjekt, um mir selber körperliche Zufriedenheit zu verschaffen, sondern ich möchte sie auch als Mensch zufrieden stellen. Ich umfasse ihre Taille und versuche, meine Stimme, die vor Begehren und Verliebtheit beinahe versagt, unter Kontrolle zu bringen. Wie zufällig schlage

ich vor: „Wir könnten Silvester bei mir in der Pension feiern."
„Das ist unmöglich. Therese wartet auf mich in meiner Wohnung."
„Dann fahren wir zu dir und feiern wir zu dritt."
Aber das will sie auch nicht. Ich fange schon an, meine Geduld zu verlieren, obwohl eigentlich... ich habe es gar nicht so eilig. Ich habe oft in Beziehungen gesteckt, wo ich lange Zeit eine platonische Rolle gespielt habe. Ich schaue auf meine Uhr, und plötzlich erinnere ich mich an eine Verabredung, die ich mit einer Frau ausgemacht und die ich kläglich versäumt habe.
Die arme Lucille! Womöglich wartet sie noch auf mich, denn wir hatten uns für 17:00 Uhr am Eingang einer Zahnarztpraxis verabredet, in der sie sich unter starken Schmerzen einen Zahn hat ziehen lassen müssen. Jetzt ist es 17:30 Uhr. Vielleicht wandert sie noch ratlos zwischen der Zahnarztpraxis und der Bushaltestelle ihr gegenüber hin und her und überlegt sich, ob sie den Bus nehmen sollte. Wahrscheinlich ist sie sehr enttäuscht, nachdem wir so eine reizende Nacht zusammen verbracht haben.
Und dazu kommt noch das Zahnweh... Das ist schon zu viel. Das kann ich einer Frau nicht antun. Sie ist drei Jahre älter als ich, zweiundvierzig, aber sie hält sich sehr gut und sehr tapfer. Sie hat so viele Freunde überall! Ich kenne keinen Menschen, der so viele Freunde wie sie hat. Allein aus dem Grund müsste man sie lieben; sie ist sehr gesellig, und sie wird sich bestimmt bald darüber trösten, dass ich nicht erscheine. Trotzdem ist es gemein von mir, wenn sie weitere Zeit mit dem vergeblichen Warten auf unser Wiedersehen vergeudet.
„Entschuldige Marlene. Ich muss mit meiner Schwester telefonieren und ihr etwas sagen."

Ich stehe mit meinem Handy auf und ziehe mich etwas in Richtung Straße zurück, damit sie nichts von unserem Gespräch erlauschen kann. Lucille ist natürlich nicht sehr entzückt, aber sie verzeiht mir. „Morgen werden wir alles nachholen, was wir heute verpasst haben", sage ich.

Um die Wahrheit zu sagen, habe ich genug Frauen, und ich kann zu vielen anderen gehen, wenn Marlene noch keine Lust auf mich hat. Eleonore ist auch immer für mich da; und Aurelie, die sich so übertrieben intensiv nach mir sehnt und auf meine gelegentlichen Besuche hofft.

Marlene, meine neue verwöhnte Freundin, merkt auf einmal, dass meine Aufmerksamkeit nicht mehr bei ihr ist. Sie drückt meine Hand gegen ihre Brüste und verlangt regelrecht nach einem Kuss von mir. Meine Kleine! Wenn du wüsstest, wie untreu ich bin, dann würdest du dir wahrscheinlich nicht so viel Mühe geben. Meine Schwester beschimpft mich immer aus diesem Grund.

Ihre Lippen schmecken nach Orangentorte. Ich beiße gierig daran. Ich finde sie zum Aufessen faszinierend; auch ihre Perlennägel würde ich am liebsten in den Mund nehmen, und ihren süßen Pony, der nach Kaufhaus, Blumen und Regen duftet. Solange ich von dem Körper einer Frau nur kleine Vorspeisen empfangen darf, bin ich seltsam kannibalisch veranlagt... bis ich endlich meine richtige Portion bekommen kann, um nicht zu verhungern.

Auf einmal unterbreche ich unsere Zärtlichkeiten und sage entschlossen: „Es wird spät. Wir gehen zu meiner Pension, ich hole mein Auto."

Vielleicht gelingt es mir noch, sie zu überzeugen, ein paar Stunden bei mir zu bleiben. Rosalie ist eine sehr gute Gastgeberin und gibt meinen Freundinnen immer Gutes zu essen und zu trinken, außerdem bin ich ein

besonders geübter Redner und Verführer von jungen Mädchen.
Wenn nicht, dann werde ich die Freuden unseres intimen Austausches auf einige Zeit verzögern müssen. Dafür habe ich aber Aurelie, die sich riesig freuen würde, wenn ich heute Abend unerwarteter Weise zu ihr käme, und morgen habe ich Lucille.

Endlich habe ich Therese Moreau, die Freundin meiner neuen Geliebten, kennen gelernt. Marlenes Geburtstag haben wir zwar nicht zu dritt gefeiert, aber doch den Ostersonntag ein paar Wochen danach.
Marlenes Angst war schon gerechtfertigt, denn sofort habe ich mich in Therese verliebt. Als sie mir ihre Hand zum Gruß reicht, sehe ich auf Anhieb ihren nackten Körper vor mir, der so viele unerschöpfliche Freuden für mich bereithält. Sie ist viel intelligenter, erfahrener und attraktiver als Marlene, die nach einigen Wochen der Liebe zu einer Art Schwester für mich geworden ist. Alle werden zu Schwestern, einmal der Höhepunkt überschritten ist. Ob diese Liebe stärker als die anderen sein wird?
Wir diskutieren über Politik und Philosophie. Sie widerspricht mir gerne und spielt gerne die Rolle der überlegenen und kalten, geschiedenen Frau, die nichts mehr im Leben zu befürchten hat. Ich kann meine Leidenschaft kaum beherrschen. Sobald Marlene uns alleine lässt, drücke ich sie heftig an mich. Sie sagt empört, aber nicht ganz abgeneigt: „Monsieur, das ist eine monströse Untreue."
Sie dehnt die Silben so schön aus: Un-treu-e! Ich könnte ihre Lippen beißen.

Ich habe meinem Bruder nicht das gezeigt, was ich über ihn geschrieben habe. Ich ekele mich zu sehr vor ihm, seiner Behandlung der Frauen, aber auch vor meinem eigenen Stil, denn ich identifiziere mich zu sehr mit ihm und seinem Siegesrausch, viel mehr als mit der traurigen Situation seiner Opfer.

Das ist nicht normal. Masochistisch genieße ich, eher als dass ich sie verabscheuen könnte, seine Eigensucht, seine Wechselhaftigkeit und den dummen, unzuverlässigen Sturm seiner Triebe, die ihn immer wieder zu neuen Ufern führen und ihn ständig die große Liebe vergessen machen. Von der großen Liebe hat er leider keine Ahnung, und ich noch weniger. Die Welt hat er entwertet, alles korrumpiert wie eine billige Komödie. Die schönsten Gestalten sind nur Wind und Fleisch, flüchtige Gerüche für seine Nase, und dann weg damit...

Aber es fällt mir noch schwer, auf meine eigene Perspektive als Frau zurückzukommen. Ich habe noch seine, seine entzückenden Worte der ersten Bekanntschaft mit einem Mädchen, seinen Durst nach neuen Körpern, seine Höhepunkte und dann seine wetterwenderische Gutherzigkeit für die Frauen (Schwestern), die ihn „bitte in Ruhe lassen sollen, damit er sich auf etwas Neues konzentrieren kann".

Noch identifiziere ich mich mit ihm, seinen Bedürfnissen und seinem Triumph über die anderen Menschen. Vielleicht ist wirklich das Neue das einzige, was noch Leben besitzt. Wir sollten uns jeden Tag etwas Neues zulegen, etwas, das noch nie da gewesen ist: Einen neuen Hund, eine neue Kirche, ein neues Kleid, eine neue Stelle, eine neue Haut, neues Blut, neue Freunde, neue Dokumente, neue Straßen, eine neue Brille, neue Gedanken und sogar einen phantastischen neuen Tod.

Ich bin verärgert, von mir selbst angeekelt. Ich beiße auf meinen Kugelschreiber und werfe ihn aus dem Fenster.

Ja, ich glaube, ich werde nie wieder schreiben, genauso wie Rimbaud, der es ganz plötzlich fallen ließ und der

noch über zwanzig Jahre lebte, ohne je wieder Lyrik zu schreiben; nur noch Reiseberichte, was natürlich einen sehr armen Ersatz bedeutete.
Ich habe es immer so ernst genommen, das Schreiben... Ich könnte ohne das Schreiben gar nicht sein.
Aber prosaische Erzählungen haben etwas Zerstörerisches an sich; vielleicht bin ich jetzt zu allen Formen der Lyrik untauglich, weil ich die schmutzige Prosa aus Prospers Perspektive eingeatmet habe.
Aber nein... Ich werde viele andere Perspektiven suchen und finden und über sie alle weiter schreiben.
Seine Banalität hat meine Poesie beinahe getötet, und auch dieser andere Mann, der keine Kondome von mir haben will und sich so schäbig benommen hat.
Aber nein... Ich werde doch überleben. Die Frauenperspektive wird mich retten, ich muss doch die Frauenperspektive annehmen.

Die Frauen sind schon da, auf der großen Feier, vollzählig und gewaltig mit ihrem kollektiven Parfüm, das eine Mischung von Christian Dior, Saint Lorain und noch andere Marken darstellt und die ganze Luft im Saal des Restaurants mit unserem süßen Aroma bevölkert, sodass man den Küchengeruch nicht mehr merkt.
Sie umarmen Prosper flüchtig, geben ihm ein Päckchen und sagen mit einer angestrengten Fröhlichkeit: „Herzlichen Glückwunsch zum Geburtstag." Die meisten von ihnen sind wahrscheinlich überrascht, dass Prosper sie alle mit einem Lächeln seiner Frau Eleonore vorstellt. Also, diese Masse von Frauen kommt nicht von ihrer Seite, es sind keine Verwandten von ihr, sondern...
Heute Morgen habe ich doch Patricia vom Bahnhof abgeholt. Wir haben uns hauptsächlich über Lyrik unterhalten. Sie kennt ihre eigenen Gedichte nicht auswendig, aber ich doch meine, sodass ich ihr den

ganzen Weg im Taxi bis zu Tante Julia Gedichte vorgetragen habe. Jetzt schäme ich mich dessen. Hoffentlich hat der Taxifahrer nicht gelauscht und vor sich hin gelacht. Sie hat voller Begeisterung in die Hände geklatscht und behauptet, dass mein Schreiben wirklich bekannt werden müsse und dass es ein Verbrechen wäre, wenn es weiter in einer Schublade bliebe.
„Du könntest in Literaturzeitschriften veröffentlichen. Ich kenne viele Leute, ich könnte dir Lesungen vermitteln."
Gegen Lesungen an sich hätte ich nichts (mit einem aufmerksamen Publikum, das gespannt zuhört und dann applaudiert); nur, dass mir zufälligerweise ein Taxifahrer lauscht... das hätte ich nicht so gerne. Ihr Hilfsangebot klingt ehrlich. Ob sie es meinetwegen tut? Oder für meinen Bruder, um ihn wieder zu erobern? Aber ich glaube es kaum, denn sie behandelt ihn ziemlich gleichgültig und distanziert. Sie sei hauptsächlich gekommen, sagt sie, weil sie gern reist und Paris liebt, außerdem hegt sie eine langjährige, innige Freundschaft zu Tante Julia.
Aber wer weiß es? Wer weiß, was all diese Frauen noch für ihn empfinden?
Marie Celeste holte ich gestern vom Bahnhof ab. Sie kam mit ihrer kleinen, zweijährigen Tochter an der Hand. Sie sagt immer wieder: „Ich konnte sie nicht allein lassen, ich musste sie mitnehmen."
Sie schaut nicht mehr so schön aus, wie sie angeblich gewesen war. Sie macht einen ziemlich traurigen und unausgeglichenen Eindruck. Sie hat zwei Klinikaufenthalte - wegen Depression und mehrerer Abtreibungen - hinter sich.
Das Kind ist sicherlich nicht von Prosper... Er hat nie Kinder mit den Frauen, entweder weil er es nicht kann oder nicht will, und außerdem war seine Beziehung zu Marie Celeste ungefähr vor acht Jahren. „Armes

Geschöpf!", denke ich betrübt. Diese modernen, alleinstehenden Frauen mit ihren Höhen und Tiefen! Hoffentlich kann sie ihr Leben noch in Ordnung bringen.

Arlet und Fleur sind zwei unbekümmerte, fröhliche Schwestern, die immer kichern und sich gegenseitig zufriedene und komplizenhafte Zeichen geben. Sie können sehr gut zusammen singen, Gitarre spielen, und manchmal organisieren sie Konzerte in der kleinen Stadt, in der sie wohnen.

Aber sie kümmern sich wenig um ihr Äußeres, sie essen zu viel, sie sind schon um die fünfzig. Sie behaupten immer wieder, dass Prospers Beziehung zu ihnen rein platonisch gewesen sei; er sei damals sehr jung gewesen und hatte beide gleich gern gehabt.

Auf der Feier sitze ich am Tisch zwischen zwei Frauen, die ich nicht kenne. Die eine heißt Christine und scheint sehr erkältet zu sein, die andere Beatrice. Diese redet ununterbrochen mit ihrem Handy und gibt vor, viele Geschäfte aus der Ferne zu erledigen. Na ja, die meisten kenne ich noch nicht mit Ausnahme der vier Damen, die ich abgeholt habe.

Almuth Fischer und Ottilie Willson kommen schnell auf mich zu, um mich zu grüßen; angeblich freuen sie sich sehr mich wiederzusehen, obwohl sie so viele Jahre gar nicht den Kontakt mit mir gesucht haben. Almut sagt selbstentschuldigend: „Ich frage deine Großmutter immer nach dir."

Ottilie schreit fast voller Verblüffung und Sorge mit ihrem übertriebenen englischen Akzent und der selbstbewussten, überzeugenden Stimme einer Verkäuferin, die ihre Produkte hoch preist: „Meine Güte, du hast dich so verändert... Damals hatte ich dir Märchen erzählt."

Beatrice liebt ihr Handy mehr als alles andere auf der Welt, denke ich. Es ist beinahe unmöglich, ein Gespräch

mit ihr zu beginnen. Ich frage mich, wo Prosper sie kennen gelernt hat. Christine lehnt das Fleisch ab, das man ihr anbietet. Sie ist Vegetarierin.
So wie ich ihren Worten entnehmen kann, ist sie eine sehr stark religiöse Person. Sie spricht von der Reinkarnation und den Geistern. Jetzt verstehe ich, warum Prosper vor vier Jahren eine Zeit lang kein Fleisch aß und unbedingt mit dem Geist einer toten Freundin kommunizieren wollte, einer Freundin namens Lucille, die vor neun Jahren starb und deshalb jetzt nicht auf dieser Feier dabei sein kann.
Ist es die gleiche Lucille, die vergeblich an der Zahnarztpraxis eine ganze halbe Stunde auf Prosper gewartet hatte? Wahrscheinlich nicht. Er hat zwei Frauen kennen gelernt, die zufälligerweise Lucille heißen, eine, die schon starb, und eine, die noch lebt... Ich suche nach ihr in dem Raum, aber man kann unbekannte Gesichter nicht mit Namen etikettieren. Prosper sitzt in einer Ecke mit seinen drei jüngsten Geliebten. Er stellt sie mir feierlich vor: „Aurelie, Marlene, Therese."
Marlene macht einen gequälten, eifersüchtigen Eindruck. Sie tut mir leid, die Arme... Habe ich nicht schon über sie geschrieben, über ihre Blumen, den Regen und ihr Fotoalbum?
Therese Moreau dagegen scheint unangreifbar, resolut und sehr von sich selbst überzeugt. Jedem, der sie hören will, sagt sie öfters: „Ich nenne alles beim Namen, so grausam es ist. Ich mag keine Umwege." Am Ende wagt sie sogar eine zynische Geburtstagsreede, in der sie ungeschmückt, grob und geschmacklos in aller Öffentlichkeit über Lautsprecher verkündet: „Dieser Mann hier, den wir heute feiern, hat uns alle in sein Bett gelockt."
Die meisten Frauen schauen über sie hinweg und sind sehr verlegen; am liebsten würden sie diese

unverschämte junge Frau in kleine Stücke zerreißen. Die Schwestern kichern nervös.
„Es war ja nur platonisch, platonisch..."
Ottilie Willson schreit wie auf dem Markt: „Mein Gott, es ist so lange her! Wer kann sich noch daran erinnern?"
Beatrice, die noch neben mir sitzt, durch das Geräusch des Lautsprechers und das Gemurmel der Frauen plötzlich gestört, legt ihr Handy auf den Tisch und sagt zerstreut, während sie etwas auf einen Zettel schreibt: „Monsieur, ist das ein Scherz? Warum haben Sie sich mit mir verabredet, wenn Sie so viele Frauen haben? Ich habe viel zu tun, und hier ist keine Ruhe. Ich glaube, ich gehe lieber."
Sie ist die erste, die den Raum verlässt. Die anderen folgen ihrem Beispiel nicht. Sie sind wie gebannt, zu neugierig auf einander, um die Beschäftigung der Beobachtungen sofort zu unterbrechen.
Almut Fischer sagt taktvoll mit fürstlicher Gebärde: „Wir wollen trotzdem höflich bleiben. Er hat uns eingeladen, es ist sein Geburtstag und wir dürfen ihm nicht den Tag verderben."
Patricia zeigt sich auch versöhnlich und stimmt dem zu, aber mit einem verächtlichen Ton in ihrer Stimme: „Er hatte seine guten Seiten, als wir ihn kennen lernten. Und jetzt ist er auch noch liebenswürdig, nicht wahr?"
Ich merke, dass die Frauen, die von außerhalb kommen, etwas diplomatischer als die anderen sind. Hat es etwas mit der Übernachtung zu tun? Auf jeden Fall fühlen sie sich zu mehr verpflichtet und abhängiger als die anderen, die in Ruhe und ohne Komplikationen einfach die Wahrheit sagen und danach nach Hause fahren können.
„Er hat kein Gewissen, er ist unfähig zu lieben", sagt Marlene schrill.
„Er sollte bloß so eine kleine Tochter erleben, wie ich sie habe", sagt Marie Celeste strahlend und stolz zum ersten

Mal. „Dann würde er die Treue der Vaterliebe kennen lernen."

„Unsere gute Eleonore!", beginnt Christine katzenfreundlich und mit einem Hustenanfall. „Du bist letzten Endes diejenige, die ihn am meisten ertragen musst, du bist mit ihm verheiratet."

Meine Schwägerin antwortet nicht. Würdevoll und kalt bestellt sie Kaffee und Eis für die ganze Gesellschaft. Die anderen bedanken sich mit einem peinlichen Gefühl, als hätte man sie gezwungen zu gestehen: „Wir sind fehl am Platz. Entschuldige, dass wir gekommen sind." Einige sagen schnell, dass sie lieber „wegen der Figur" auf den Nachttisch verzichten. „Kaffee oder bitte Tee", sagen sie scharf.

Mit dummer Hartnäckigkeit fragt der Kellner dann, wer eigentlich Eis wolle und wer keines, wer Sahne im Kaffee und Milch im Tee haben wolle.

Diese Tischverhandlungen haben die Aufmerksamkeit der Frauen ein wenig vom Geburtstagskind abgelenkt. Mein Bruder öffnet dann die Geschenke seiner ehemaligen Geliebten mit einem offensichtlichen Genuss. Er schaut jeder einzelnen der Frauen dabei in die Augen - mit einem tiefen Blick und fast eine ganze Minute lang. Als Dankeszeremonie nimmt er sich Zeit für jedes Päckchen.

„Dieses hier kommt von Penelope, meiner schönen, unvergesslichen Penelope. Es kommt bestimmt aus deiner Heimat, Peru."

Wir sind etwas enttäuscht, als er es aufmacht und sich herausstellt, dass es nur französische Seife enthält. Jetzt schaut er Gabriele mit schelmischer Eindringlichkeit an.

„Liebe Gabriele, was hast du dir einfallen lassen? Hast du mir wieder etwas Schönes gestrickt?"

Tatsächlich, sie hat einen Schal für ihn gestrickt. Die angesprochene Frau, die mir gegenüber am Tisch sitzt,

kommt sich lächerlich vor und sagt drohend: „Du hast es wohl nicht verdient."
Dann greift unsere Großmutter plötzlich ein und sagt in einem kläglichen Versuch, ihren Enkel zu verteidigen: „Er ist wie sein Vater, er kann nichts dafür. Er hat es von seinem Vater geerbt."
Die Zeremonie der Geschenke und der persönlichen Anreden geht voran.
„Danke Lucille, deine Überraschung ist wunderbar", sagt Prosper weiter und macht eine theatralische Stimme, wie ein Schauspieler, der mit zögernden, effektvollen Pausen Hamlet deklamiert.
Jetzt habe ich die so genannte Lucille entdeckt. Sie sitzt fast an der Tür neben Arlet und Fleur. Sie ist ziemlich gealtert und sieht melancholisch aus. Plötzlich sehe ich Tränen in ihren Augen. Sogar mein oberflächlicher Bruder sieht es auch und fragt halblaut, unbequem berührt: „Warum weinst du? Ist es meinetwegen? Habe ich etwas Falsches getan?"
„Nein. Ich weine um meine verlorene Jugend... Und weil ich meinen Hund gestern habe einschläfern lassen müssen."
„Das tut mir leid. Und hast du immer noch die große Wohnung, die du nie benutzt aber auch nicht verkaufen oder vermieten willst, weil du Angst hast, dass die Leute dir etwas kaputt machen könnten?"
„Ja, die habe ich noch. Ich werde sie wahrscheinlich behalten, solange ich lebe."
„Es ist aber schade um die schöne, leere Wohnung mit den vielen ungebrauchten Dingen darin. Es ist totes Kapital, du solltest wirklich etwas damit machen."
So wie ich ihn kenne, überlegt er sich vielleicht, seinen 80. Geburtstag in 40 Jahren dort zu feiern. Aber er sagt nichts mehr dazu. Er wendet sich den letzten zwei Päckchen von Monique und Sandra zu, zwei

Kassiererinnen im Supermarkt, die ihn besonders kameradschaftlich und kollegial umarmen, als hätte er nie etwas mit ihnen gehabt außer Schachspiel oder Fußball auf einem Campingplatz.
Ich glaube, ich habe sie jetzt alle 16 durchgezählt; mir fehlt keine mehr. Es sei denn... mir fehlen die abwesenden Geliebten, die Tote und all die Übrigen, die nicht kommen konnten, die, die im Ausland leben. Schade, ich hätte sie auch gerne gesehen.
In diesem Moment hält mein Bruder eine Dankesrede, und er wird sogar weinerlich und sentimental, weil er so viele Frauen um sich herum hat, vielleicht auch, weil er viel Champagner getrunken hat.
„Ich wollte euch nicht auslachen, im Gegenteil. Ich wollte euch eine gewisse Treue erweisen, meine Hommage an die Schönheit. Es ist, wie wenn ein Mensch sterbenskrank ist und das Bedürfnis hat, die Frauen, die er geliebt hat, an seinem Sterbebett zu sehen. So war es mit mir. Ich wollte euch unbedingt wieder erleben.
Gut, ich sterbe noch nicht, hoffe ich zumindest... Aber mein Bedürfnis war da und mein 40. war ein guter Anlass dazu, euch einzuladen."
Wenn er 80 wird, wird er wahrscheinlich die doppelte Zahl an Frauen einladen. Ich ekele mich davor. Ich habe auch zu viel getrunken, und das Risiko ist da, dass ich mich erbreche. In großer Eile verlasse ich den Raum Richtung Toilette. Die Schicksale der Frauen haben mich beeindruckt, obwohl ich nicht genau sagen kann, ob sie seine Opfer oder Opfer des Lebens selbst sind.
Vor allem leide ich mit Marie Celeste, Marlene, Aurelie und Lucille mit. Die anderen reagieren ganz ungehindert, sie beherrschen besser die Kunst des Weiterlebens. Für die meisten bleibt mein Bruder nur ein kleines Pünktchen in ihrer Existenz.

Epilog

Und ich komme jetzt zum unvermeidlichen Ende meiner Geschichte. Ich genieße es, mich endlich davon zu befreien. Ich habe es so eilig, dass ich kaum eine letzte Zeile vor dem Schluss schreiben möchte.
Drei Jahre lang hatte ich einen gewissen Ruhm als Dichterin dank der Vermittlung Patricias und auch meiner Glückssträhne. Ich hatte mehr Lesungen als Haare auf meinem Kopf mit einem Durchschnitt von drei bis vier Lesungen am Tag. Die Kritiker sprachen von mir wie von einem vielversprechenden Talent. Ich kam mir wie eine Wortmaschine vor, und ich konnte meine Berufung endlich uneingeschränkt ausleben.
Gerade deshalb bin ich der Sache schnell überdrüssig geworden. Es ist einfach zu ergiebig, zu übertrieben viel, ohne Verstand, auch ohne Gefühle, nur nach dem Show-Prinzip der Kommerzialisierung gestaltet. Ich finde alles sehr gekünstelt, unecht.
Auch die Zeilen, die ich noch hin und wieder zu produzieren versuche. Man kämpft mit ganzen Kräften für etwas, was man nicht hat, und wenn man es endlich erreicht, dann lohnt es sich nicht mehr. Ich fühle mich so dumm, schwachsinnig. Ich habe meine Menschlichkeit und meine ganze Inspiration eingebüßt. Es lohnt sich ja gar nicht mehr, für die anderen zu schreiben, die ich aus irgendwelchen verborgenen Gründen nicht mehr verstehen und lieben kann.
In meinem vertrockneten Brunnen gibt es kein Wasser, und es wäre unsinnig, wenn ich weiter versuchen würde, daraus zu trinken. Jetzt zieht mich eher das Schweigen als das Wort an. Lass uns ewig schweigen.
Ich beiße auf meinen Kugelschreiber und werfe ihn aus dem Fenster. Nein, ich werde nie wieder Lyrik schreiben, wie Rimbaud. Ich bin dem Schreiben untreu geworden.

Unser ganzes Leben ist Untreue. Fragen Sie ihn nicht, warum er keine Poesie mehr schrieb und nur Reiseberichte. Er allein kennt den Grund; aber er will ihn nicht mehr erzählen.

Und ich will auch nicht mehr erzählen, warum mir die Welt ganz anders geworden ist, sodass mein Wort nur überflüssig dahintrottete und am Ende paralysiert und fade in den Abgrund des Nichts gestürzt ist.

Ich hatte gestern meine letzte Lesung. Das Publikum weiß es nicht, dass es mein Abschied war. Ich muss einen neuen Lebensweg einschlagen, aber ich weiß noch nicht, welchen. Ich bin nicht die einzige, es gibt so viele! Michael Mann verwarf seine glänzende musikalische Karriere mit 43 Jahren und begann ein anderes Studium, um als Germanistikprofessor mit Selbstmord zu enden.

Erste Schritte in irgendetwas... Ich möchte etwas ganz Neues beginnen, etwas, das ich bisher noch nicht gemacht habe. Auch ich bin untreu, wie sie alle.

Unerwartetes Glück, die Geschenke
Drei Aufzüge und ein Epilog

Love

Melina Ferber und Bertil, noch ohne Nachnamen für sie, verbringen ihre erste Nacht zusammen. Sie ist etwas nervös, aber gar nicht erschrocken über diese neue Beziehung, die angefangen hat und die sie so sehr aus der Fassung gebracht hat, dass sie zum ersten Mal mit einem völlig fremden Mann nach drei Stunden in der Disco, unter einem unbesiegbaren Rausch von Musik und Alkohol, ins Bett gegangen ist. „One-Night-Stand" nennt man das. Für eine ziemlich traditionell erzogene junge Dame argentinischer Provenienz (mütterlicherseits heißt sie Marquez) ist das unvorstellbar.
„Ein erstes und letztes Mal tue ich so etwas", sagt sie sich selbstentschuldigend.
„Und dabei wird aus meiner Liebe zu Bertil womöglich eine ernste Angelegenheit. Er ist so gut aussehend, stark, warm und freundlich zu mir! Und vor allem ist der Urlaub schuld daran, dass ich meinen Kopf so schnell verloren habe."
An ihrem letzten Urlaubstag auf Kuba hat sie diesen Mann aus Berlin kennen gelernt, der sie mit Liebkosungen besonderer Art und mit euphorischen Versprechungen von täglichen E-Mails und einer demnächst bevorstehenden Begegnung der beiden in Deutschland, wahrscheinlich im kommenden November, betört hat. Und morgen, schon morgen, muss sie wieder nach Hause fliegen.
Wie knapp ist die Freude, die Erfüllung, aber wie süß ist diese Zeit mit ihm! Sie zittert vor Erregung unter der Decke. Sie freut sich über sein Geflüster, seine Worte

des Lobes über ihren Charme, ihre Haut und ihr Haar, und sie unterliegt gänzlich dem Zauber der Nacht, dem Männlichkeitsdruck seines atmenden Körpers.
Nicht einmal der Oralverkehr, der als Vorspiel entsteht, macht sie verlegen. Daran ist der Alkohol schuld. Ich bin noch ein bisschen benebelt. Aber das bedeutet nicht, dass es hässlich ist, was wir tun. Er zwingt mich zu nichts, sondern alles geschieht spontan und freiwillig, weil wir beide es mögen. Ich weiß nicht genau, wer mehr davon hat, ob er oder ich...
Wir sind sexuell ebenbürtig angezogen, gereizt und befriedigt. Es mag aber sein, dass er oft die Initiative ergreift und mich zu diesen sonderbaren Spielen treibt, die ich noch nicht kannte. Dabei fühle ich mich halb abwesend, nicht ganz da, verträumt und fern entrückt, wie von einem Schlafmittel betäubt. Doch richtig betrunken bin ich tatsächlich nicht, nur wie hoch gehoben und fest getragen, immun gegen Scham und Alltäglichkeit.
Nach der gegenseitigen Leibesvisitation seiner und ihrer Hände, seiner und ihrer Wünsche, und nach der Krönung des Liebesaktes haben sie sogar ein wenig Zeit zum Gespräch. Dadurch kommen sie sich immer näher und näher, denkt sie beruhigt, denn sie fühlt, dass das Tierstadium von dem Menschenstadium abgelöst worden ist.
„Bertil, ich freue mich, dass das mit dir geschehen ist und nicht mit einem Kubaner. Ich habe nichts gegen die Kubaner, aber dann wäre unsere Beziehung durch die Entfernung viel komplizierter gewesen. Nicht die Sprache wäre das Problem, denn meine Mutter kommt aus Argentinien, aber die Entfernung... weil ich schon in wenigen Stunden abreise und dieses Land verlassen muss.

Sie werden mich alle fragen, ob ich nicht etwas mit einem Kubaner gehabt habe. Sie wissen nicht, dass es gerade mit einem aus Berlin... Erzähl mir ausführlich von deiner Familie und von deinem Leben."
Aber er will nichts erzählen; er lächelt nur und küsst sie leidenschaftlich.
Sie befinden sich in seinem Hotelzimmer, einem Zimmer von einem Hotel in la Avaana. Sie hat nicht einmal Zeit gehabt, um nach der Nummer zu gucken. Und der Name des Hotels ist ihr auch entfallen. Sein Nachname klingt etwa wie Hoffmann, denkt sie, Hofer oder Offermann, aber ob mit einem oder mit zwei F möchte sie nicht ergründen.
Obwohl sie schon 35 ist, sagt sie wie eine kitschige, pubertierende 16-Jjährige:
„Die Liebe ist ein schönes Geschenk, nicht wahr? Love, love, love, love, love." Sie sagt es so oft und so schnell, dass sie sich am Ende dummerweise auf die Zunge gebissen hat. Es tut weh, aber sie möchte es nicht zugeben, weil es so eine unbeholfene und lächerliche Handlung darstellt. Die Silbe „Lo" ist gefährlich.
Ich hatte nie gedacht, dass manche Silben gefährlicher als andere sein können. Aber meine Zunge vergisst schnell den Schmerz, weil ich so viele Gründe zur Freude habe.
Sie murmelt fröhlich, kühn und hoffnungsvoll: „Sag, nach all diesen intensiven Stunden mit mir... bist du auch ein bisschen in mich verliebt?"
Er nickt geheimnisvoll, ohne eine direkte Antwort zu geben. Langsam und feierlich steht er auf, holt eine mit Geschenkpapier verpackte, mit einem roten Bändchen verzierte Schachtel aus einer Schublade heraus und sagt schelmisch, verführerisch wie ein Warenhändler sehr teurer und einmaliger Waren: „Ja, ein Geschenk... Nimm das, es ist für dich. Ich habe es schon vor einigen

Monaten gekauft und für dich, für die eine Frau, aufgehoben, die imstande ist, mich zu lieben. Aber bitte, nicht jetzt aufmachen. Es ist ein Andenken. Ich möchte, dass du das Päckchen erst öffnest, wenn du im Flugzeug sitzt und dich an mich erinnerst. Aber nicht vorher, versprichst du mir das? Auch wenn du sehr neugierig bist."
„Natürlich, ich verspreche es. Erst nach unserem Abschied... im Flugzeug, um mich dafür zu trösten, dass wir getrennt sind, werde ich dein Geschenk auspacken."
„Aber nicht früher, wie gesagt. Mir liegt viel daran, dass du es tust, wenn du alleine bist."
„Einverstanden. Es ist schade, dass ich im Moment gar nichts für dich habe. Aber wenn ich in Deutschland bin, dann werde ich bestimmt auch etwas für dich holen."
Er lächelt gutmütig und sanft und drückt die verpackte Schachtel in ihre rechte Hand.

Im Flugzeug ist Melina Ferber Marquez sehr froh darüber, dass ihr Freund, der unbekannte aber geliebte Bertil, ihr ein Geschenk hinterlassen hat. Sie spekuliert minutenlang über den Inhalt der Schachtel: Parfüm, Pralinen, Schmuck?
Vielleicht hat er das für eine andere Freundin gekauft und die beiden haben sich gezankt, bevor er ihr das geben konnte. Aber es macht nichts, jetzt gehört es mir. Wie wunderbar und wertvoll erscheint mir dieser Gegenstand! So bin ich weniger allein und sitze in gemütlicher Erwartung von schönen Dingen. Ich würde am liebsten noch den Augenblick hinauszögern, in dem ich das Päckchen öffnen werde. Aber du hast Recht, Bertil, ich bin zu neugierig und möchte das Geheimnis enthüllen.
Das Papier knistert in frühlingshaften Tönen wie die Blätter in den Bäumen; die Schachtel aus dicker Pappe fühlt sich würdevoll und bedeutsam an, duftet nach

Museum, nach alten Gemälden und auch nach ihm... oder vielleicht bildet sie es sich nur ein.

One-Night-Stand... Wie hat der Partner geduftet? Was enthält die Schachtel? Eine Reliquie, die Asche eines Toten? Unsinn, es sind nur schöne Sachen darin: Pralinen, Chanel Nummer 16. Vielleicht gibt es ein Päckchen Kondome darin, um weiterhin Liebe zu machen, oder ein kleines Spielzeug seiner Kindheit. Die erste Schachtel enthält eine zweite Verpackung, eine dünne, runde aus Metall. Ach, ja, Schmuck, vielleicht ist es ein Ring, ein Verlobungsring...

Aber es ist nichts dergleichen. In dem Augenblick, als sie sorgfältig, vorsichtig, den Deckel nach oben schiebt und ihre Augen auf das Innere des Etuis mit einem ungeduldigen Seufzer richtet (während sie einen sehnsüchtigen Lovesong zu singen anfängt), da sieht sie plötzlich... eine tote Ratte und daneben einen kleinen Zettel mit folgender Botschaft: „Ich habe Aids."

(Anmerkung: Diese Geschichte basiert auf einem Zeitungsbericht)

Freundschaft

Meine Freundin Mechthild und ich haben uns 30 Jahre nicht gesehen. Nur kurze Briefe und Weihnachtskarten haben wir uns in der Zwischenzeit geschrieben. Seit den letzten drei Jahren sind es E-Mails, die unseren Kontakt einigermaßen aktiviert und beschleunigt haben, denn jetzt sind die Tausenden von Kilometer, die uns trennen, kein Hinderungsgrund mehr zur Kommunikation. Sie heiratete einen Russen, adoptierte einen Jungen aus Peru und lebte die ganzen Jahre in Neuseeland.

Neuseeland ist doch ziemlich weit und zu umständlich für telefonische oder sogar briefliche Mitteilungen. Aber durch die E-Mails haben wir uns in letzter Zeit gegenseitig aufgemuntert und unsere alte Freundschaft neu aufleben lassen.

„E-Mails sind eine sehr schöne Sache", schreibt sie, „und auch sie wären zu teuer für mich, aber ich gehe meistens zu einer öffentlichen Bibliothek, und wenn kein Mensch da ist, der mich beobachten könnte... dann schicke ich meine E-Mails kostenfrei überall hin, durch die Welt; bisher bin ich noch nicht erwischt worden."

Mechthild zeichnet sich dadurch aus, dass sie öfters Gesetzeswidriges tut und sich nicht wie andere duckmäuserisch einschüchtern lässt. Ich wette, sie telefoniert auch schwarz in der Firma, in der sie als Aushilfe arbeitet, und sie bezahlt keine Steuern für ihre zwei Eigentumswohnungen, die sie im Ausland hat, die eine in Spanien, die andere in Peru. Weder Deutschland noch Neuseeland, ihre zweite Heimat, haben je Geld von ihr zu sehen bekommen. Ob das eine positive oder eine negative Eigenschaft ist, bleibe dahingestellt.

Schon als wir uns kennen lernten, als junge Frau, war sie auch so: Sie nahm gerne Einladungen an, Getränke und Kinokarten, und nicht nur das, sie übernachtete ständig bei Freundinnen, reklamierte ihr „gutes Recht" auf freie Unterkunft und Verpflegung, und sie gab geliehene Bücher nie zurück.

Andererseits war sie aber auch sehr liebevoll, äußerst kooperativ bei allen Gruppenarbeiten an der Uni, die wir mit ihr hatten, und sie opferte uneigennützig viel von ihrer Zeit und Aufmerksamkeit für die anderen. Ihnen Wissen vermitteln und mit ihnen über kulturelle Ziele sprechen, das war ihre Hauptfreude, und als Gegenleistung dafür bekam sie die materiellen Dinge, die sie als selbstverständlich, nicht als Almosen annahm.

uch jemand, der gegen das Gesetz des Eigentums verstößt, kann im Grunde ein Idealist sein, der solche Besitzbestimmungen für überflüssig hält. Sie gehorchte ihren eigenen Ethikprinzipien und meistens mit viel Glück, ohne jemals bei einem Verstoß ertappt zu werden. Ich wusste zum Beispiel, dass sie bei Klausuren pfuschte, ohne dass es auffiel. Und später erzählte sie in ihren nicht ganz zu Ende geschriebenen Nachrichten, zwischen den Zeilen... so gravierende Dinge, dass mir die Haare zu Berge standen.

Zum Beispiel adoptierte sie ihren Sohn Harry in Peru auf eine nicht ganz saubere und legale Weise; der Kleine wurde ihr einfach verkauft oder so... wenigstens gab sie es so zu verstehen. Sie ging sogar so weit, ihren peruanischen Freund, Rubén, katholisch und ganz offiziell zu heiraten, ohne je von dem Russen geschieden worden zu sein.

Hat sie wirklich Bigamie betrieben? Oder ist es nur so, dass sie vergessen hat, die Scheidung von ihrem ersten Mann zu erwähnen? Bei ihr habe ich immer den Eindruck, dass sie vieles verschweigt und einiges am Rande des Unerlaubten tut, aber es könnte auch sein, dass sie nur mit Scheinhandlungen angibt, die nur in ihren Gedanken bestehen, weil sie sich doch nicht zutrauen würde, solches ganz bis zum bitteren Ende zu führen.

In einer E-Mail schrieb ich ihr einmal: „Ich möchte dich schon auf die Probe stellen, ob du den peruanischen Freund geheiratet hast oder ob Wladimir noch dein Ehemann bleibt. Auf jeden Fall benutzt du in deiner Adresse beide Namen, habe ich gesehen: Mechthild Korolenko Suarez, aber ich weiß nicht, ob das nur eine Zierde ist."

Sie schrieb mir mit einem scherzenden Ton zurück: „Ich habe zwei Ehemänner, ob du es glaubst oder nicht, in zwei sehr weit voneinander entfernt liegenden Ländern. Keiner würde so etwas kontrollieren... Ich lache mich tot."

Das mit den vielen Ländern und den vielen Reisen ist ein Teil ihres Vergnügens, aber auch ein Teil ihrer wohlverdienten Strafe: Da sie offensichtlich Steuerhinterziehung betreibt, in Neuseeland zur Miete wohnt und ihr Eigentum im Ausland nicht deklarieren will, hat sie manchmal Angst vor den Unklarheiten ihrer Situation als beides, Sozialhilfeempfängerin und Eigentümerin.
Sie macht sich Sorgen, dass sie bei der Enthüllung ihrer Manipulationen im Gefängnis landen könnte. Doch bleibt ihr Bedürfnis, die Bürokratie zu missachten und nur Vorteile für sich zu ziehen, immer noch so stark, sie kann ihre Lebensart nicht mehr ändern.
Sie pendelt zwischen Neuseeland, Spanien und Peru. Sie sieht sich zu diesen ständigen Reisen gezwungen, weil sie auf ihre Wohnungen aufpassen muss, die oft von Stürmen oder von unehrlichen Mietern bedroht sind. Auf der einen Seite hat sie das Reisen gern, auf der anderen aber bedeutet es, viel Geld auszugeben. Ich frage mich, ob sie wirklich einen Gewinn aus dem Ganzen hat. Sie reist immer wie eine aufgehetzte Pilgerin ohne richtige Ziele, es sei denn... diese perverse und wenig fruchtbringende Genugtuung, irgendwelchen Behörden das Geld aus der Tasche zu ziehen.
Sie übernachtet in billigen Pensionen ohne Komfort oder sogar auf Bahnhöfen und Flughäfen, wenn es sein muss, um eine günstige Reisemöglichkeit zu bekommen. Es ist kein schönes Reisen: Schmutzige vorübergehende Umsteigequartiere, das unbequeme und hektische Warten auf Anschlüsse und dieses ewige Wandern... mit Ankunft und nach zwei oder drei Monaten wieder Abschied, denn in ihren Wohnungen in Peru oder Spanien will sie nicht bleiben. Dann würde sie die Sozialhilfe in Neuseeland verlieren.

„Aber Mechthild, ich verstehe die Logik des Ganzen nicht", schrieb ich ihr in einer E-Mail. „Du sagst, die Mieter seien nicht vertrauenswürdig und verursachen dir nur Schäden."
Manchmal zerstören diese Mieter ihre guten Möbelstücke, klauen ihr wertvolles Porzellan und Bücher. Sie musste für teure Reparaturen und Rohrverstopfungen aufkommen, die sie verschuldet hatten, und einmal musste sie sogar die hohen Kosten von Brandschäden in der peruanischen Wohnung tragen, denn wie immer hatte sie keinerlei Versicherung abgeschlossen, um das Geld zu sparen. Aber na ja, so lebt sie... Sie ist mit ihrer eigenen Schläue, mit ihren schwarzen Telefonaten und ihren teilweise interessanten Reisen zufrieden, die ihr Abwechslung verschaffen.
In diesem Jahr wird sie nicht nur von drei, sondern von vier Ländern in Anspruch genommen, sie besucht auch Deutschland und bleibt den ganzen Sommer bei verschiedenen Verwandten. So können wir uns nach 30 Jahren einmal wieder treffen.
Ich halte noch den Hörer in der Hand und ihre vertraute Stimme im Ohr; diese überrascht mich durch ihre alte Musikalität und den selbstbewussten Klang. Sie hat jetzt einen sehr starken englischen Akzent, sonst hat sie sich nicht verändert. Wenigstens die Stimme nicht.
„Wenn du willst, können wir uns am Sonntag sehen. Ich bin bei Anke, meiner Nichte, du weißt, das ist die Jüngste, die neulich geheiratet und ein Kind geboren hat. Ich muss oft auf das Baby aufpassen, aber sonntags mache ich einen kleinen Ausflug bis zu dir nach Hannover, wenn es dir recht ist. Ich komme einfach zu dir nach Hause und dann können wir spazieren gehen und feiern, dass wir uns endlich wieder gesehen haben."
„Natürlich, ich freue mich riesig", brülle ich in den Telefonhörer hinein, als wäre sie auch noch in

Neuseeland. Ich bin sehr aufgeregt und begeistert. „Du kannst dir nicht vorstellen, mit welcher Ungeduld ich deinen Besuch erwarte. Es ist eines der schönsten Geschenke, das man mir machen könnte."
„Du hattest immer sehr poetische Bilder im Kopf in Bezug auf Freundschaft, daran erinnere ich mich noch."
„Freundschaft ist das Wunderbarste, was wir haben, nicht wahr?"
„Ja. Es ist schade, dass immer wenn ich in Deutschland war (dreimal insgesamt), wir uns nicht sehen konnten; meistens war ich ja bei meiner Schwester in Berlin. Anke kennst du nicht und Albertine auch nicht, nur meine Mutter kanntest du, glaube ich. Aber sie lebt nicht mehr."
„Ja, ich weiß. Bei mir sind auch einige gestorben."
Damit ist der elegische, nostalgische Ton unserer kommenden Unterredung bereits eingeleitet: Zwei Frauen über 50, die sich an die Toten oder an Verschollene, an damals jung und jetzt schon gealterte Freunde erinnern. Doch, vielleicht wird es nicht nur so sein, wir können ebenfalls viel lachen, erzählen und gegenseitig auf neue, gemeinsame Erlebnisse zusteuern. Ich freue mich über unser Treffen.

Ausdrücklich für meine Freundin Mechthild habe ich mir eine kleine Biographie von diesen 30 Jahren ausgedacht, mit leicht verständlichen, anschaulichen Beschreibungen und Kapiteleinteilungen versehen. Ich habe mir ein paar Stichworte aufgeschrieben, vorausgesetzt, dass wir die Zeit finden, uns richtig auszusprechen.
Meine Biographie sollte folgendermaßen lauten:
Ich heiße immer noch Minni wie damals, aber auch Frau Rosenmarkt. Es klingt so lächerlich wegen „Rosen" und „Markt"; manchmal komme ich mir wie eine Blumenverkäuferin vor. Ich habe keinen Peruaner oder Russen geheiratet wie du. Mein Mann heißt Gregor

Rosenmarkt und er ist Professor an einer Universität. Kannst du dir das vorstellen? Er ist viel intelligenter als ich, aber nicht im mindesten arrogant. Er ist Ingenieur, Sportler, Mathematiker, alles andere als ein steifer und Hamlet-artig grübelnder Geisteswissenschaftler; er ist pragmatisch, dynamisch, offen und transparent über seine eigenen Zweifel an sich selbst und seinem eigenen Fach.
Aus Zerstreutheit macht er sogar Rechtschreibfehler, und er stottert, wenn er eine lange Rede halten muss. Nur aus diesem Grund habe ich das mit der Professur überlebt.
Du kennst mich ja... Ich war nie perfekt, eher vertrottelt und unbedeutend. Und dann plötzlich, stell dir das vor, haben wir vier Kinder auf einmal in die Welt gesetzt! Was heißt plötzlich? Nach einer Schwangerschaft natürlich; aber alle vier zusammen, es war ein Viererwurf. Wir waren so überrascht, dass ich mich jahrelang nicht ganz davon erholen konnte.
Ist das nicht auch ein bisschen lächerlich? Rosenmarkt, sein Stottern... mein vertrotteltes Nachplappern von Algebrageschichten und dann der Viererwurf... Rebecca, Paloma, Gregor und Ursula. Und alle kamen aus mir heraus, aus der Grotte meines Leibes, jubilierend und leicht, im Gänsemarsch, aber nicht schmerzlos... und in einem Abstand von wenigen Sekunden voneinander; ja, als wäre mein Leib eine riesige Kathedrale oder die unendlichen Katakomben, die alles umfassen konnten.
Du hast nur einen Sohn adoptiert, halb gekauft oder gestohlen, ich weiß es nicht... Beneide mich bitte nicht um meine so schnelle und beinahe groteske Überzüchtung, diese planlose und überstürzte Ankunft von vier Figuren, für die wir den richtigen Platz noch nicht vorbereitet hatten.

Die Kinder änderten mein Leben ganz endgültig. Ich bekam eine ganz klare Aufgabe: Ich musste früh aufstehen, und an den Luxus, im Bett zu frühstücken, war gar nicht mehr zu denken. Das Verantwortungsgefühl, plötzlich so viele Kinder zu haben, machte mich älter und in zwei Jahren nach unserer Heirat waren wir durch unsere viele Arbeit wie ein altes Paar.
Aber jetzt kann ich natürlich wieder im Bett frühstücken. Diese ganze Veränderung meines Lebens durch die Kinder dauerte im Grunde nur ein paar Jahre. Ob du es glaubst oder nicht, die Kinder sind jetzt schon alle verschwunden. Der kleine Gregor und die zwei um ein paar Sekunden älteren Töchter leben im Ausland, verheiratet, geschieden, scheinen wenig Sehnsucht nach uns zu haben. Paloma ist die Einzige, die noch hin und wieder zu uns kommt, wenn sie finanzielle Schwierigkeiten wegen ihrem Freund hat.
Dann, als die Kinder aus dem Haus kamen, erlebte ich eine sehr stark religiöse Phase, in der ich alles unter dem Begriff „Menschenliebe" und „universelle Harmonie" zu sehen glaubte. Ich wurde wie eine Priesterin der heiligen, wundertätigen Maria, die an mehreren Pilgerorten wie Lourdes und Fatima erschienen war, um die Menschen von ihren Krankheiten zu heilen oder ihr hartes Schicksal zu erleichtern. Ich wollte nicht ganz abergläubisch und ungebildet erscheinen, deshalb vermischte ich meine „innere Stimme", meinen sechsten Sinn, mit wissenschaftlichen Erkenntnissen.
Nach einigen Lehrgängen machte ich mein Diplom als Heilpraktikerin, und ich empfing viele Menschen zu Hause, die sehr krank waren. Ich behandelte sie viermal in der Woche und an den anderen drei Tagen versuchte ich viel zu lesen, zu meditieren und meine Energien zu sammeln.

Eine Zeit lang war ich wirklich davon überzeugt, überdurchschnittliche Kräfte zu besitzen, sogar Gedanken lesen und die Patienten von ihren Depressionen oder geheimen Hexereien heilen zu können.

Manchmal schickte ich meine Gedanken zu dir nach Neuseeland und hatte die Illusion, dass wir uns telepathisch, ohne jegliche Worte, verständigen konnten. Natürlich war das ein leichtes Spiel, denn du antwortetest ja nie und hast mir deshalb nie widersprochen. Neuseeland war genauso gut wie der Mars, Jupiter oder das Jenseits, genauso wie der Olymp mit seinen vielen Göttern und Göttinnen oder wie Tibet mit seinen hoch sensiblen, stillen Einsiedlern und hypnotisch singenden Mönchen.

Aber vor Kurzem fragte ich dich gezielt in einer E-Mail, ob du es irgendwann bemerkt hattest, dass meine Gedanken dich mit fieberhafter Intensität verfolgten, besonders an jenem 4. Oktober 1996, an deinem 55. Geburtstag, als ich den ganzen Tag in meinen visionären Gedanken mit dir sprach.

In deiner E-Mail sagtest du einfach: Nein, du habest gar nichts bemerkt; gerade an jenem Tag hattest du dich besonders einsam gefühlt. Nicht einmal eine kleine, weiche Welle von Freundschaft aus der Ferne hattest du gespürt.

Diese Phase der spirituellen Transzendenz bei mir dauerte ungefähr zwei Jahre. Plötzlich, genauso plötzlich wie ich vier Kinder geboren habe, genauso unvermittelt, wie ich einmal glaubte, eine Auserwählte der Jungfrau Maria zu sein, wurde ich radikal ernüchtert und von meinen Allmachtsphantasien und magischen Vorstellungen kuriert.

Es hat natürlich nichts mit deiner E-Mail zu tun. Meine Enttäuschung bezog sich eher auf meinen offensichtlichen Misserfolg mit meinen Patienten. Ich konnte den Kranken gar nicht helfen; da sah ich ganz klar meine eigene Unbeholfenheit und Zerbrechlichkeit vor dem Bösen.

Meine Schwiegermutter und mein Schwager starben unter meinen Händen und trotz meiner sehr intensiven Behandlung, Gregor wurde auch krank und Paloma musste an Gebärmutterkrebs operiert werden.

Ich denke, dass ich – unbeabsichtigt - bei allen Geräten immer auf den falschen Knopf gedrückt habe. Es war nicht so, dass immer das Gegenteil von dem kam, was ich mir wünschte, aber doch ist viel gelöscht und vernichtet worden von alldem, was ich mir mit so viel Beständigkeit aufheben wollte.

Heutzutage mache ich eine anti-spirituelle Phase durch und bin als Priesterin ganz am Ende. Das Unsichtbare macht mich gleichgültig und schläfrig. Es ist erstaunlich, mit welcher Verzweiflung, ich mich jetzt an das Irdische und Materielle klammere. Am liebsten würde ich nur in Sexualität ertrinken, Gregor zur Liebe zwingen oder einen Liebhaber dazu bestimmen, mich von surrealen, schleierhaften Substanzen zu befreien.

Du hast wenigstens deine Reisen, deine Fremdsprachen und deine gesetzwidrigen Spielchen mit den Behörden, ob Gefängnis oder Eigentum, die dir erhalten bleiben; und du hast deine multikulturellen Pläne: Du schreibst sogar hin und wieder ein Gedicht in deutscher und in englischer Sprache, und dann übersetzt du es ins Spanische im Kreise deiner peruanischen Freunde.

Ich dagegen, habe nur ein sehr bescheidenes Einkommen an Lust, Kraft, Überraschungsmomenten, kein Gefühl mehr der Macht oder des Abenteuers. Sag, kannst du meine Biographie verstehen?

Aber an dem Sonntag, als wir uns treffen und sie zu uns kommt, da versuche ich, meine jetzige Niedergeschlagenheit vor meiner Freundin zu vertuschen. Bin ich nicht letzten Endes mit einem Professor verheiratet? Habe ich nicht drei schöne Töchter, einen klugen, gesunden Sohn und vier sehr begabte Enkelkinder? Habe ich nicht meinen Traum erfüllt, ein ruhiges Haus außerhalb der Stadt mit einem großen Garten zu besitzen?

„Ja, Mechthild, ich habe dir auch viel zu erzählen: Seit Kurzem spiele ich Schach in einer Frauengruppe und wir machen viele kreative Übungen: Musizieren, schreiben, malen wie in den Waldorfschulen. Und mit einer sehr guten Nachbarin gehe ich manchmal schwimmen oder wandern. So unbedeutend, wie du mich jetzt hier siehst, habe auch ich meine Geheimnisse, meine besondere Ausstrahlung: Die Tochter einer Freundin meiner Mutter habe ich von einem Asthmaleiden mit Akupunktur geheilt."

Leider können wir nicht viel über uns selbst erzählen, denn Gregor ist auch dabei mit seiner Zerstreutheit und senilen Anwandlungen; er wiederholt die ganze Zeit stöhnend und melancholisch: „Wie die Jahre vergehen!" Meine Mutter und Melissa, meine Schwester, haben den Wunsch geäußert, die Freundin meiner Jugend auch zu sehen, und nach ein paar Minuten, kaum dass Mechthild und ich uns umarmt haben, erscheinen sie.

Unsere Mutter ist wie gewöhnlich sehr gesprächig, hämmernd, verschlingend und voller Fragen, in diesem Fall über das Leben in Neuseeland, über Mechthilds Gedichte, über ihre Reisen und ihre Wohnungen.

Wir fahren alle fünf, sehr eng zusammen gepresst, mit Gregors Auto in die Stadt und essen in einem mexikanischen Restaurant gemeinsam zu Mittag. Das Essen verläuft langweilig und für mich persönlich ohne

Gewinn, ohne Glanz. Immer wenn unsere Mutter dabei war, haben Melissa und ich wenig von unseren Freundinnen gehabt. Wir laufen introvertiert und eifersüchtig herum... und die dominierende, schreiende Persönlichkeit der Mutter kommt immer mehr und mehr zur Geltung; die Freundinnen werden regelrecht von ihr beschnuppert, eingekerkert, übernommen, in die Luft hochgeworfen und verschluckt, oder wenigstens hatte ich diesen Eindruck oft in meiner Jugend.

Auch Gregor, der in letzter Zeit ziemlich isoliert lebt, möchte etwas von der neuen Frau aus Neuseeland, von der ich so oft mit ihm gesprochen habe. Er ist nervös, verärgert über die ständigen Reden seiner Schwiegermutter, weil auch er kaum zum Sprechen kommt. Melissa und ich beobachten mit etwas Sorge die antagonistischen Bedürfnisse der beiden, die immer - jeder auf seine Art - im Mittelpunkt stehen wollen.

Melissa ist eine eher versöhnende Gestalt, die uns alle gewähren lässt. Sie verlässt uns auch bald, weil sie zur Arbeit muss. Sie küsst Mechthild schnell und verabschiedet sich mit einem Seufzer.

Mechthild spricht ein sehr schlechtes Deutsch. Sie hat tatsächlich vieles vergessen und vermischt alles mit englischen Ausdrücken, die die Kommunikation unheimlich verfremden. Es ist nicht nur normales Vergessen dabei. Mechthild hatte leider einen Autounfall und ihre Gehirnfunktionen waren lange Zeit davon betroffen; sie litt unter Amnesie, Verwirrung und sprachlichen Schwierigkeiten. „Vielleicht hätte ich dich damals mit Akupunktur heilen können, wer weiß?"

Meine Mutter spricht über weitere Unfälle von Bekannten; Gregor unterbricht sie beinahe, schildert aufgeregt und ungeduldig den letzten Unfall unseres Enkels in der Schweiz, der aber - Gott sei Dank - schon wiederhergestellt ist. Mechthild versucht oft, ihre eigenen

Deutschfehler zu korrigieren, hört meistens zu und informiert sich diplomatisch über das Leben von uns allen. Ich bewundere ihre Kämpfernatur, dass sie es trotz ihres Unfalls geschafft hat, ein normales Leben zu führen und sich mühsam die Sprachen zurück zu erobern. Und jetzt hat sie noch angefangen, Japanisch zu lernen! Mein Kopf!
In ihrem Kopf ist viel drin, viel mehr als je in meinem Kopf gewesen ist! Und mit fast 60 will sie noch arbeiten gehen! Sie ist eine Teenagerseele, sie ist die typische Freelance-Mitarbeiterin, die oft nebenbei ohne feste Verträge Jobs annimmt und auch schwarz arbeitet, genauso wie sie schwarz telefoniert oder E-Mails verschickt.
„Aber das ist nicht gut für dich", wende ich wie immer ein. „So hast du keinerlei Rentenansprüche und jetz,t da du schon älter geworden bist... Irgendwann wirst du keine Arbeit mehr finden können."
„Das macht nichts. Ich habe immer so gelebt, dafür bekomme ich doch etwas anderes."
Ja, immer diese Landstreicher-, Betrüger- und Pfuschermentalität... Ob sie sich nicht damit schadet? Aber ich sage es nicht, denn das ist der geheime Stolz ihrer Persönlichkeit, genauso wie meiner ist, angebliche, im Grunde gar nicht bestehende Heilungen durchgeführt zu haben, vier Kinder auf einmal gekriegt zu haben, wieder im Bett frühstücken zu können und eine neue, zu früh zum Stillstand gekommene Sexualität in mir selbst zu entdecken. Lieber entwaffnen wir uns nicht gegenseitig mit der Wahrheit, lieber sammeln wir weiter unzerbrochen die Schätze unserer Selbsttäuschungen.
Beim Nachtisch reden wir noch immer nur von finanziellen Dingen: Arbeitslosigkeit, Sozialhilfe, Prozesskostenhilfe und Schmerzensrente nach dem Unfall, bei dem sie ihr Leben und ihre ganze Intelligenz

beinahe verloren hätte. Ich beschwere mich darüber, dass ich auch nur eine mickrige Rente bekommen werde, weil ich insgesamt nur 20 Jahre gearbeitet habe. Aber was interessieren mich diese Themen eigentlich? Ich würde viel lieber mit Mechthild über ganz andere Dinge sprechen.
Mutter und Gregor lassen nicht locker und wissen immer alles besser. Für sie sind Geld und Essen besonders wichtig; für Gregor ist auch die Zeitdimension, sind die historischen Höhepunkte der Menschen und Deutschlands besonders wichtig. Da wenigstens sind wir uns einig, denn ich finde auch die Zeitdimension gerade in dieser Wiederbegegnung mit meiner Freundin von besonderer Tragweite.
„Gregor wiederholt noch einmal seine rituelle Formel der Nostalgie: „Wie die Jahre vergehen!"
Ach, könnten die beiden endlich verschwinden und uns alleine lassen!
Zum Schluss ist es so weit. Die beiden stehen auf und gehen ihre getrennten Wege, Gregor nach Hause, meine Mutter zu Melissa, wo die beiden zusammenleben. Haben sie doch meine Gedanken erraten? Auf jeden Fall bin ich sehr glücklich, dass ich jetzt mit Mechthild unter vier Augen über alles reden kann.
„Damals haben wir vieles zusammen gelernt, viel gelesen und uns Konzertplatten angehört. Damals gab es nur Platten und noch keine CDs in den siebziger Jahren, weißt du noch? Ich bin etwas eifersüchtig auf Gregor, ehrlich gesagt... Nur ich darf nostalgisch sein. Und warum stürzt sich meine Mutter immer auf die Freundinnen ihrer Töchter? Schon damals konnte ich es nicht leiden, dass sie immer deine Aufmerksamkeit beanspruchen wollte."
Mechthild lacht und schluchzt gleichzeitig mit plötzlichen Tränen.

„So war auch meine Mutter. Sie sind alle wie Vampire, diese armen Mütter ohne eigenes Leben. Das war diese alte Generation der siebziger Jahre. Mit meinem Sohn Harry gehe ich aber ganz anders um: Ich habe ihm nie die Freunde geklaut."

Wir freuen uns immer stärker und stärker über dieses Gefühl, dass wir jetzt wie in den alten Zeiten etwas zusammen unternehmen können. Was werden wir tun?

Eine gewaltige Freude, ein Rausch der Zusammengehörigkeit, ergreift mich und macht mich fast verrückt vor Kommunikationslust. Ich bin entzückt, neugierig und dankbar für diese so bezaubernde Wiederauferstehung der alten Freundschaft zwischen uns. Ach, so ein Geschenk, so ein Geschenk! Ist es nicht schön, sie wieder in meine Arme zu schließen?

Wir spazieren durch die Straßen und wie in einem Traum fühle ich mein Portemonnaie in meiner linken Manteltasche. Ich habe ziemlich viel Geld mit, ich habe es von der Bank abgeholt, um das Essen bezahlen zu können und auch weil Paloma unbedingt ca. 1.000 Euro von mir geliehen haben will. Ja, die DM ist verschwunden wie die Schallplatten; jetzt gibt es nur noch den Euro und CDs, und bald sind die Letzteren auch veraltet, da kommen andere digitale Aufnahmen von noch höherer Präzision.

Bei unserem faszinierenden Spaziergang vergesse ich alles, sogar, dass ich vor hatte, Paloma das Geld im Laufe des Tages zu bringen. Wir laufen und laufen.

Mechthild erzählt wie hypnotisiert ihre nebulösen Geschichten, jetzt ausschließlich in englischer Sprache, denn die deutsche scheint ihr doch zu viele Mühe zu bereiten und sie ist fast am Ende ihrer Kräfte, genauso wie ich, vor Spannung und überkonzentriertem Interesse. Sie ist voller Sehnsucht nach fließenden, kindischen und leicht auszusprechenden Vokabeln, die keinerlei Schmerzen mehr kosten.

Sie erzählt von ihrer „Bigamie", die keiner je entdecken werde, weil die Menschen viel zu oberflächlich und halbherzig seien, um einer Sache wirklich auf den Grund zu gehen; sie erzählt von ihrem verkauften Sohn, von der Steuerhinterziehung, den Wohnungen. Sie glaube zwar nicht, dass sie ins Gefängnis komme, aber so ganz ausschließen könne man es nicht. Sie ist mir immer wie ein Charakter aus einem Spionagefilm vorgekommen, der mit Genuss wiederholt etwas Illegales, Hinterhältiges tut, diese kleine Spionin, die viel riskiert und wenig gewinnt.

Sie habe sogar einmal einen „kleinen Diebstahl" begangen, sie habe zwölf Pakete Schreibmaschinenpapier aus einem Büro entwendet. Und dann habe sie ein Plagiat benutzt, ja, sogar das... Sie habe ein Gedicht von einem sehr bekannten Autor als ihr eigenes ausgegeben und immer wieder mit unverschämtem, unbändigem Zynismus darauf bestanden, dass sie die Verfasserin sei; sie habe sich gar nicht unwohl gefühlt, als sie eines Tages dafür bejubelt und ihr applaudiert wurde, denn „die meisten Menschen verstünden nichts von Literatur und wüssten nicht im geringsten, von wem eine Zeile oder eine andere stamme".

„Du bist prinzipienlos, Mechthild, es ist wie ein Abgrund... Und trotzdem mag ich dich sehr, weil du so ehrlich zu mir bist. Ich hätte nie den Mut, so etwas zu tun."

Nach langem Reden und Laufen gehen wir in verschiedene Gaststätten hinein und trinken, trinken viel... auf das wunderbare Geschenk, auf die Feier unserer erneuten Freundschaft. Nie habe ich in meinem Leben so viel getrunken. Ja, zum ersten Mal habe ich jede Kontrolle über mich selbst verloren und bin total betrunken, in einen mir unerklärlichen, unwiderruflichen Schlummer hineingefallen, bei dem ich aus der Ferne noch die Stimme von Mechthild, ihr unaufhörliches Geplauder, zu hören glaube. Es macht echt Spaß und ist wirklich ein Abend, der mir immer in Erinnerung bleiben wird!

Komm, Mechthild, wir wollen zusammen Japanisch lernen und die Menschen heilen. Ob das in den siebziger oder neunziger Jahren oder im Jahre 2002 geschieht, ist weniger wichtig. Wir haben uns doch nicht so sehr verändert. Wir können noch träumen und so den Anschein wahren, als lebten wir noch.

Ich glaube, es ist diese verteufelte Mischung aus Martini, Sekt, Cointreau, Wein und noch vielem anderen, was mir so dermaßen zu Kopf gestiegen ist, und die berauschende Anwesenheit meiner besten Freundin, meiner geliebten Mechthild, die ich 30 Jahre lang nicht gesehen habe. Ich strecke die Hand aus, um dieses schöne Geschenk zu bekommen.

Meine Hand ist nicht verbrannt. Keiner hat Streichhölzer oder brennende Zigaretten in meine Richtung geworfen. Aber ich bin unangenehm erschüttert, wie vom Blitz getroffen, wie von einem harten Gegenstand an den Kopf gestoßen. Die Hände sind vielleicht der beste Teil unseres Körpers, deshalb müssen wir sie schützen. Ich ziehe die Hand schnell zurück.

Als ich nach ein paar Stunden von meinem Rausch wach werde, kann ich die vergangenen Handlungen nicht mehr rekapitulieren. Ich liege auf einer Bank auf der Straße ohne Portemonnaie und ohne Mantel. Und Mechthild ist nicht mehr bei mir. Wo ist die Arme? Vielleicht liegt sie auch auf einer anderen Bank in ihrem Schlummer, der so intensiv ist wie mein eigener, sodass sie gar keine Möglichkeiten hat, nach mir zu suchen.

Irgendwann wird sie mir schreiben und mir erklären, was mit uns beiden passiert ist. Was sollte denn passiert sein? Wir waren einfach betrunken, haben geschlafen. Vielleicht liegt sie mit einem unbekannten Kerl in einem Zimmer und versucht umsonst, sich an deutsche Worte zu erinnern.
Aber wer hat mir das Geld für Paloma geklaut, die ganz vielen Euroscheine, die ich hatte? Ich strecke meine Hand nicht mehr aus, um das schöne Geschenk der Freundschaft zu empfangen.
Den Verdacht wage ich gar nicht zu äußern.
War es ein Dieb auf den Straßen und aus den Kneipen?
War Mechthild die Diebin?

Family

„Wir gratulieren dir, liebe Viktoria."
Als ich von der Arbeit nach Hause komme, warten schon alle auf mich. Sie drücken meine Hand mit ihren tausend Händen und meine Wangen mit ihren Gesichtern; sie gratulieren mir mit ihrem Gelächter und ihren fröhlichen Stimmen, als kämen die Schulkinder von einem langersehnten Ausflug mit einem höchst aufregenden Waldpicknick zurück und die Erwachsenen von verführerischen, verbotenen Sexorgien.
Die Kinder schreien natürlich am allerlautesten, es sind die zwei Enkelinnen von meiner Schwägerin Olivia und der winzige Enkel von meiner Schwägerin Rollande. Die dritte Schwägerin, Marion, hat - Gott sei Dank - keine Enkel und hat nur eine befreundete Nachbarin zu unserem Familientreffen mitgenommen. Wir sind 16 Leute in unserem kleinen Wohnzimmer, in dem wir äußerst selten Besuch empfangen. Um so ungewöhnlicher erscheint es mir, und deshalb auch so schön, einmalig.

Beim Eintreten, als erstes, zähle ich sie automatisch, zufrieden, mit der Genugtuung, dass wir doch nicht zu viele Plätze im Restaurant reserviert haben. Es sind die bereits Eingeplanten: Meine vornehme Schwiegermutter mit ihrer alten Sekretärin und Haushälterin, die drei Schwägerinnen, die drei Kinder, Marions Freundin, Olivias Lebensgefährte, ihr Sohn und ihre Schwiegertochter, Hugo und ich; später kommen noch meine zwei Cousinen Tanja und Fiona, die einzigen von meiner Seite, die mir noch übrig geblieben sind.
Alle gratulieren mir zu meinem fünfzigsten Geburtstag. Ich bin die Königin des Tages, ich bin Viktoria, die Siegreiche, ja, so lohnt es sich zu leben... Es ist nicht so, dass ich es als mein Lebensziel betrachte, aber es ist schön, im Nest der Familie bemuttert und verwöhnt zu werden. Ich freue mich, so eine große Familie zu haben, die mich mit Wohlwollen und Sympathie an diesem wichtigen Tag begleitet. Bei aller Bescheidenheit... jeder Mensch will irgendwann Geschenke bekommen, irgendwann gelobt werden und wenigstens einmal die Hauptrolle in einem Film spielen. Ja, tatsächlich, heute bin ich der Star.
Mein Arbeitstag ist zu Ende und bald werde ich meine Belohnung erhalten, zu Hause werde ich von den Meinigen erwartet und gefeiert. Im Grunde bin ich nicht viel erwachsener als die Kleinen, Sybille, Olivia und Hans. Lustig, wie sie meinen Namen aussprechen! Wie sie mich umkreisen und versuchen mich zu kitzeln: „Tante Vik-to-ri-a."
Es sind sehr schöne Kinder. Es ist mir ein Rätsel, dass wir sie nicht schon öfters eingeladen haben. Warum sind wir, Hugo und ich, nicht aufgeschlossener und halten einen häufigeren Kontakt mit der Familie? Bei unserer Hochzeit vor ungefähr 20 Jahren war niemand von ihnen

da. Diese kleine Feier ist in gewissem Sinne wie eine verspätete Hochzeit und ich frage mich nur, warum.
Zum ersten Mal in meiner 20-jährigen Ehe sitze ich an meinem Geburtstag mit Hugos Familie zusammen. Es ist doch nicht zu spät; nichts spricht dagegen, dass wir in Zukunft vielleicht an Wochenenden und Feiertagen wieder zusammen sitzen. Ich bin euphorisch und großzügig, genauso großzügig, wie die anderen es zu mir sind.
Ich sehe die vielen verpackten Geschenke und die Blumen. Nie habe ich so viele Blumen in meinem Leben erhalten... Und sie werden auch ein gutes Essen von uns bekommen, wir werden uns gegenseitig Gutes tun.
Olivia ist diejenige, die mich ständig umarmt; sie scheint an einer Intensivierung unserer Beziehung am meisten interessiert zu sein; ihr Lebensgefährte, Paul, werde unsere Wohnung anstreichen (gegen Bezahlung natürlich... „Ob er es richtig tun wird?", frage ich mich misstrauisch). Die Schwiegertochter und die Kleinen werden oft zu uns kommen und mir Gesellschaft leisten, wenn ich mich einsam fühle, wenn Hugo verreisen muss, sagt Olivia.
„Wir sind immer für dich da, weißt du. Und wenn du krank werden solltest... da brauchst du uns nur anzurufen und wir sind sofort bei dir."
Tanja und Fiona, die meistens meine vertrautesten Freundinnen sind, bleiben heute etwas im Hintergrund, im Schatten der großen und vitalen Schwägerinnen und der anschwellenden, immer mehr Platz einnehmenden Familieninvasion. Ich nehme die kleine Sybille in meine Arme, ich mag sie besonders. Marion lobt meine Frisur und ich lächle in gutmütiger Dankbarkeit, ich bin ja extra für die Familie zum Friseur gegangen.
Nachher öffne ich, überraschungssüchtig, wie in einer alten Wiederspiegelung von Kindheitstagen, die

Geschenke, die sie mir in einem Chor von jubilierenden, übertriebenen, herzlichen, guten Wünschen und Ausrufen entgegenstrecken. Der kleine Hans hat Blumen für mich, und Sybille hat ein Schokoladenosterei wie zur Osterzeit. Sogar meine Cousinen bekommen ein Trostgeschenk, damit sie sich nicht benachteiligt fühlen und weil die Familie weiß, wie sehr ich an ihnen hänge. Wie nett! Das ist eine Aufmerksamkeit, das schätze ich sehr.

Meine Schwiegermutter hat ein Kaffeeservice für mich mitgebracht und ihre Haushälterin viele Handtücher, ein Sonderangebot, aber immerhin, sehr praktisch. Man braucht immer Handtücher. Strümpfe, Pralinen, eine Sonnenbrille, zwei Flaschen Parfüm, von wem genau alle Geschenke sind, weiß ich nicht recht. Es herrscht eine sehr große Unordnung in dieser rituellen Schenkung, die mich ein bisschen ermüdet, verwirrt, aber auch gleichzeitig freut. Es ist eine Häufung von beliebigen Gegenständen, die von allen Seiten kommen, während die Familie meinen Namen öfters ruft und die Cousinen und ich aufgefordert werden, die ganzen Päckchen aufzumachen.

„Viktoria, Viktoria!"

„Zwei Mal Weihnachten dieses Jahr!", sage ich atemlos, und natürlich komme ich mir ein wenig dumm vor, aber was sonst kann man in so einer Atmosphäre sagen? Das ist eher etwas für die Kinder. Im Grunde sollte ich meine ganzen Geschenke den Kindern geben.

Marions Freundin hat Kastagnetten, Marion eine Schürze und Roulande eine Digitalkamera geschenkt, damit ich viele Bilder von uns allen mache. Danach gehe ich in mein Schlafzimmer, um mich umzuziehen. Ich ziehe ein sehr schönes, weißes Kleid für die Familie an; es ist nicht neu, aber es gehört zu meinen besten Sachen im Schrank, und teilweise schaue ich wie eine Braut an

ihrem Hochzeitstag aus, so wenigstens haben meine Cousinen gesagt, die mich besonders mögen. Die anderen behaupten auch, dass das Kleid sehr schön sei. „Wir kauften es vor fünf Jahren in Mexiko, als wir dort unseren Urlaub verbrachten."
Ich bin eine kleine Angeberin, aber das sind auch die anderen. Die vornehme Schwiegermutter spricht von ihren reichen Freunden; reiche Freunde und gutes Essen, das sind ihre Themen. Und meine Schwägerin Olivia spricht von dem „brillanten" Abschlusszeugnis ihrer zweiten Tochter Gabriela, die, wie ich weiß, immer eine sehr schlechte Schülerin gewesen ist.
Hugo zieht sich auch um und Roulande, die besonders auf äußere Details, auf Sauberkeit und Eleganz achtet, kommt in unser Schlafzimmer hinein, um ihn zu beraten, was er am besten anziehen soll.
Ich glaube, wir sehen gut aus, Hugo und ich, aber sonderbarerweise sehr entfernt voneinander und unverbunden. Als wir hinausgehen, sind wir von der ganzen Familie umkreist. Er geht zwischen zwei seiner Schwestern, ich gehe zwischen Hans und Sybille. Das Restaurant befindet sich ganz in der Nähe unserer Wohnung, sodass wir bloß ein paar Schritte zu machen brauchen, und da sind wir schon. Da sind schon die Teller vor uns auf dem Tisch, da spüre ich schon die heiße Suppe auf meinen Lippen, die mich beinahe überrascht, weil ich mit meinen Gedanken noch bei den Fotos gewesen bin, die wir gemacht haben, und bei den zwei Flaschen Parfüm, die besonders gut dufteten, als ich sie vor ein paar Minuten angefasst habe.
Aber jetzt, da es mir doch gelingt, in der Gegenwart zu bleiben, nehme ich das Essen wahr, und es schmeckt mir. Und vor allem die Gespräche mit der Familie, auch wenn man nicht viel Interessantes erzählt, halt nur über die Kinder, über gemeinsame Bekannte und über die

Vergangenheit der vier Geschwister, als diese noch jung waren. Family, Family, Viktoria... Olivia verteilt Komplimente an meine Cousinen und mich.
Wenn ich es mir überlege... wir sind in der Runde alle Frauen, es gibt nur drei Männer: Hugo, Olivias Sohn und ihren Lebensgefährte. Im Grunde ist einer meiner Träume in Erfüllung gegangen: Ich hatte mir immer gewünscht, meine Schwägerinnen als Freundinnen zu haben.
Nach dem Essen und nach einem erfrischenden Eis, das nach Frühling schmeckt, gehen wir wieder nach Hause. Nach ein paar Minuten beginnt der Abschied, wir trennen uns mit lächelnden Gesichtern, noch mit fröhlichen Umarmungen und Küssen, als wäre das gerade der Anfang und nicht das Ende unserer Begegnung. Die Familie geht. Ach, tragisch ist es nicht, die kommen ja wieder.
Ich küsse die Kinder, die Erwachsenen und sage verträumt: „Danke für die Geschenke, für alles. Es hat mir sehr gut gefallen."
Ich bin noch in meinem schönen, weißen Kleid. Dieser kitschige Anspruch, für ein paar Stunden Königin zu sein, bleibt noch in mir, während ich allen mit meinen naiven, königlichen Bewegungen meine Hand reiche.
Plötzlich sagt Roulande, die als letzte noch ein paar Minuten bei uns verweilt: „Du musst aufpassen, Viktoria. Die Toilette war schmutzig. Hast du es nicht bemerkt? Müssen andere für dich sauber machen? Die Kinder, die Kinder haben es gesehen und Marion gerufen, sie gefragt, was das wäre, dann bin ich auch dazu gekommen. Wir alle haben es sauber gemacht. Es war Dreck, richtiger Dreck... so hart und schwer weg zu kriegen. Es hat wahrscheinlich schon tagelang da gelegen und sich festgesetzt, festgeklebt. Das ist wirklich

nicht schön. Entschuldige, aber ihr müsst euch eine Putzfrau holen."
Am Anfang verstehe ich sie nicht. Dann bin ich geschockt, beleidigt. Ich suche noch nach einer besseren Vase für die Blumen von Hans.

Epilog

Ein Mann flirtet seit ein paar Minuten mit einem hübschen, polnischen Mädchen im Flugzeug. Sie fühlt sich angenehm geschmeichelt und lächelt den Unbekannten an.
Er seinerseits atmet mit Erleichterung auf.
„Gott sei Dank! Die von der Sicherheitskontrolle haben meine Bombe nicht entdeckt."

Der Augenblick der Entscheidung

Abgetragene Kleider

Elli Zimmermann. Was habe ich davon, dass mein Name so gewöhnlich ist, so geläufig und einfach fließend wie Wasser und wie Tränen? Nicht deswegen wird es mir leichter, mich zu verstehen und mit mir selbst in Harmonie zu leben. Die Komplexität meines Inneren wird dadurch nicht aufgehoben, vielleicht sogar noch verstärkt. Eine Frau Zimmermann kann genauso viel wie eine Frau Tagore oder Swetaewa leiden und sich noch dazu mit der Würdelosigkeit dieser Massenabfertigung ihres Namens quälen müssen.
Ein abgetragenes Leben. Ich glaube, man braucht hin und wieder neue Kleider. Genauso sollte man mindestens alle 25 Jahre sein Leben radikal ändern dürfen. Sonst ist die Wäsche so alt, verschlissen, ohne frische Farben und so lächerlich aus der Mode gekommen, dass sich keiner mehr darin sehen will. Keiner will bettelarm erscheinen, deshalb... Wenn das alte Leben uns nur kompromittiert und nicht mehr schön ist, wenn wir dadurch bloß verhungern und keine Freude mehr daran haben, dann werfen wir es weg, die alte Leiche unserer Träume und unserer Wirklichkeit von so vielen Jahren. Wir werfen sie in den Fluss mit dem berauschenden Luxus unserer noch übrig gebliebenen Kräfte. Aber ob wir nicht auch hinterher fallen werden... nass, zerkratzt, geschwächt und womöglich ertrunken in den Abgrund herunter geschmissen werden?
Ein Abendkleid ist besser als ein schmutziger Arbeitskittel.
Das ist nicht immer gesagt. Ein Arbeitskittel kann sehr praktisch und vielleicht lebensfähiger sein.

Aber man bezahlt mehr für das andere und es macht einen viel besseren Eindruck.

Doch, um die dreckige Ecke in unserer Wohnung zu putzen, da, wo die Tauben sich so hartnäckig über die Jahre eingenistet haben... da wäre ein Abendkleid wirklich zu schade.

Warum muss ich unbedingt die dreckige Ecke sauber machen? Ich könnte einfach Putzfrauen kommen lassen, eine ganze Kolonne von mit Spaten, Besen und Eimern beladenen Frauen, fünf davon und einen Mann mit einem elektrischen Strahler, der alles wegmachen würde, was stört, und ich könnte das Geld für das Kleid mit vollen Händen unter sie verteilen. Da brauchte ich weder zu kaufen noch zu putzen noch den Schmutz weiter zu sehen.

Ja, mindestens alle 25 Jahre sollte eine Veränderung gestattet sein. Es ist schon eine lange Zeitspanne; ich habe mich in Geduld eingeübt und mich nie beschwert, aber ich möchte schon etwas anderes erleben.

Mit 25 heiratete ich meinen Mann, Thomas Zimmermann; ich verlor meinen Geburtsnamen, der nie wieder zurückkehrte. Aber dieser war auch nicht besonders originell. Ich hieß damals Elisabeth Krämer. Und Elisabeth Krämer litt und weinte auch viel... nicht aufgrund des Verlustes ihres Namens, sondern wegen unnennbarer Mischungen von Gefühlen, der ewigen Komplexität meines Charakters.

Ich weinte wegen Missverständnisse, Krankheiten, unerfreulicher Ereignisse oder Gespräche. Und damals stand die Jugend noch auf meiner Seite, Hoffnung, Energie und Verliebtheit. Ich konnte leicht das alte Leben verabschieden und zärtlich das neue umarmen.

Aber was für einen Lebensabschnitt kann ich jetzt erwarten? Was wünsche ich mir eigentlich? Ich bleibe auf der Hut und ersehne teilweise diesen großen Augenblick, in dem ich wieder, wie damals, einen endgültigen Entschluss treffen muss, der meinen zweiten Lebenszyklus für beendet erklären wird. Im Grunde habe ich Angst vor jeglicher Veränderung. Was wird aus meinem Mann und aus mir?

Musik und die fremde Freundin

„Ich habe keine Ahnung von Musik. Meinst du, ich könnte mit 50 noch ein Instrument lernen?"
„Mit 50 kann man noch ein Buch schreiben, aber gerade Musik..."
Esmeralda Jakobs lächelt gutmütig, doch nicht besonders ermutigend. Sie ist Musiklehrerin, sie kennt sich in den Tiefen und Schwierigkeiten ihres Faches aus. Sie betreibt es zu ernst und gründlich, als dass sie es mir zuliebe vereinfachen und verharmlosen könnte mit dem abgegriffenen Klischee: „Musik macht Spaß".
„Sobald ich es lernen würde, würde es keinen Spaß mehr machen. Ich habe schon gehört, wie zeitaufwändig Musik ist."
Esmeralda nickt. Sie nickt zufrieden und gleichzeitig müde in ihrem Rückblick auf die Vergangenheit, mit dem zwiespältigen Stolz derjenigen, die Tausende von Stunden einem Metier gewidmet haben und sich immer fragen müssen, ob es wirklich der Mühe wert gewesen sei.
Auch ich selbst erfuhr dieses Gefühl oft, immer wenn meine riesigen Investitionen an Zeit für irgendwelche Beschäftigungen, die großes Engagement und viel Ausdauer von mir abverlangten, von anderen Menschen zertrampelt, in Zweifel gezogen und gedemütigt wurden. So viel Genuss empfand ich letzten Endes nicht bei der hartnäckigen Durchsetzung meiner Ziele, meiner Studien und edlen Hobbys. So viel von meiner Zeit, Klumpen,

Blöcke und Berge von meinem Leben wurden mir stückweise entrissen (wie in Hemingways Roman dem alten Mann im Meer seinen Fang vom Haifisch unterwegs abgefressen wurde), sodass mir am Ende nur ein kleines Skelett von mickrigen Stunden blieb, eher Zeiteinheiten, die Sekunden glichen.

Und es ist seltsam. Gerade nach so kostbaren Unternehmungen und monumentalen Anstrengungen scheint die Gefahr umso größer, ohne tatsächliche Leistung und ohne Ziel, ganz leer auszulaufen.

„Meine zu ernste Natur erschreckt mich, Esmeralda. Deshalb will ich, dass die Musik für mich nur Unsinn bleibt: Schöne Laute, lose Noten, ohne die quälende Technik sie zu verbinden oder sie voneinander zu unterscheiden, so wie ein Spielzeug, wie lautmalerische Wörter ohne richtige Sprache.

Trotzdem macht es mich schon traurig, dass ich niemals Orgel spielen lernen werde, während andere Menschen sie beherrschen. Sollte sie etwas von meinem neuen potentiellen Leben in sich tragen, dann behandle ich sie sehr stiefmütterlich, indem ich ihr kaum Zeit und Aufmerksamkeit widmen will."

Das Keyboard, ein schon altes, ungebrauchtes Geschenk meines Mannes, welches er mehr aus Kauflust denn als Notwendigkeit erwarb, liegt auf meinem Schreibtisch wie eine große Puppe, die unglaublich wohlklingende, exotische Laute von sich gibt. Meine ungeübten Finger streicheln über die Tasten, kitzeln an der Haut der vielen Instrumente und Rhythmusgruppen und erfreuen sich an so vielen unkontrollierbaren Lauten, Kaskaden von Musik der verschiedensten Art. Spielerisch wie ein Kind drücke ich auf Walzer und dann auf Bossnova, Polka, Rock und genieße den Kontrast; dann drücke ich auf die einundzwanzig Register unter so vielen Bezeichnungen: Jazz-Gitarre, elektrisches Klavier, Violine, Klarinette,

Music Box usw. Es ist wirklich wie ein Orchester und ich erstaune immer wieder über diese großartige Erfindung.

Bei so einer Erfindung dürfte ein Mensch gar nicht einsam sein, denn es gibt so viele Töne und begleitende Variationen. Für mich selbst, auch wenn ich nichts von Musik verstehe, habe ich schon einige als meine Lieblingslaute entdeckt, die mir besonders angenehm oder voller Bedeutung erscheinen. Die werde ich beliebig zu meiner eigenen Freude wiederholen, wenn ich alleine bin, mit dem traurigen Wissen im Hintergrund jedoch, dass ich nicht imstande sein werde, ein richtiges Lied zu spielen.

Musik ist für mich ein erstaunlicher, unentzifferbarer Code wie ein Labyrinth von faszinierenden Fragen, die keine Antwort mehr suchen. Bisher war ich daran gewöhnt, den Code zu beherrschen, mit dem ich es zu tun hatte, so die verschiedenen Fremdsprachen, die ich gelernt habe... Es sind meine Haifische, die mir so viele von meinen Stunden geraubt und so viel von meinem Leben rücksichtslos geschluckt haben.

Doch andererseits brachten sie mir auch reiche Spenden von Intensität, Abenteuer und Weltoffenheit, einige schöne Reisen und Gespräche. Damit wurde ich gewissermaßen von der Passivität des Lernens entschädigt. Aber ich frage mich manchmal, ob es nicht Selbsttäuschung war, denn diese mühsame Errichtung des Denkmals jeder Fremdsprache, diese unmenschliche Fixierung nur auf Arbeit und Häufung von Regeln, auf den Weiterbau Stein um Stein, bloß um etwas „richtig" zu sagen... das war schon lebensbedrohlich. Auf der einen Seite schenkte der Vampir meines Lernens mir Leben und auf der anderen Seite saugte er das Blut des Lebens aus.

Die Regel lautet so oder so... Wenn man die Regeln nicht vergisst, spricht und versteht man besser. Das Wort

„Hausfrau" wird in fast allen Sprachen von „Haus" abgeleitet; aber es gibt auch sehr trügerische Beziehungen, die man miteinander nicht vermischen darf. Die deutsche „Hausfrau" ist „Hausherrin" im Spanischen und „Hausehefrau" im Englischen. Die Ebene der Bedeutungen quält mich am meisten, mehr als die der Laute.

Und am schlimmsten von allem ist die Gefahr des Verlernens, dass das Gedächtnis sich in einer ironischen und plötzlichen Verweigerung vom Vertrauten abwendet und es ohne Weiteres löscht, vernichtet. Diese mit Schweißtropfen erworbenen Geldscheine des Intellekts, die so ein reiches Kapital zu bilden versprechen, können im Grunde allmählich verblassen und immer mehr an Wert verlieren.

Ich bin entsetzt über die Schnelligkeit des Entschwindens erworbener Kenntnisse. Wenn ich jeden Tag neu gelernte Vokabeln vernachlässige, kann es schon sein, dass ich mit der Zeit nicht mehr imstande bin, gewisse ursprünglich leichte und selbstverständliche Verbindungen herzustellen. Dankbar bin ich schon, wenn ich wenigstens Teile von dem Gelernten behalten darf und nicht alles unterwegs verlege.

Meine größte Sorge ist, dass ich meinen Lebensabend mit Alzheimer, Parkinson oder Alterssenilität beenden könnte. Für jemanden, der sich keine Fremdsprache, keine Wissenschaft oder keine Form der Kunst angeeignet hat, dürfte der Verlust weniger tragisch sein. Oder ist es ein Irrtum vielleicht? Der Verlust an der elementaren Kraft zu einer Unterschrift kann genauso tragisch sein wie der Verlust einer ganzen Bibliothek im Kopf eines Menschen.

Na ja, was die Musik betrifft, kann ich nicht viel verlernen, weil ich nichts weiß. Das ist wenigstens beruhigend.

Esmeralda zeigt mir noch einige Tasten: Eine für den Nachhall, mit der die Töne wie vom Jenseits zu kommen scheinen und sich in der Luft, in der Schwebe verdoppeln, verlängern; eine Taste für Akkorde und eine andere, mit der man die Geschwindigkeit oder Langsamkeit, das Tempus der Rhythmusgruppen einstellt. Ich experimentiere mit dem Knopf und lache, dann sinke ich wieder in meine sündhafte Übersensibilität für unbekannte Laute. Es klingt in etwa wie ein menschliches Herz dieser Laut, sehr schnell... wie wenn man aufgeregt ist und außer Atem durch die Felder läuft, und dann sehr langsam, der Puls kaum noch spürbar, immer mit mehr Pausen dazwischen, wie die letzten Bewegungen eines Sterbenden.
„Wie schade, dass du nicht in meiner Nähe wohnst. Wenn das der Fall wäre, dann hättest du mir das Keyboard etwas mehr erklären können. Vielleicht hätte ich ein paar Stunden bei dir genommen, Esmeralda. Ich kokettiere immer mit dem Lernen, wie du weißt."
Esmeralda wohnt nicht in Köln, sondern in Mainz, und besucht mich nur hin und wieder, zwei oder drei Mal im Jahr auf dem Weg zu ihren Eltern. Sie ist ca. 15 Jahre jünger als ich, fröhlich, selbstbewusst. Trotz einer unglücklichen Liebe zu einem langjährigen Freund, der sie verlassen hat, gibt sie sich nicht geschlagen und scheint mit ihrem Leben zufrieden. Im Moment lebt sie alleine in einem Zimmer, aber sie schließt die Möglichkeit nicht aus, irgendwann wieder mit einem Mann, einer Freundin oder mehreren, eine Wohnung zu teilen.
Sie ist schön für meine Begriffe, offen, gesprächig und mit einer sehr gesunden Einstellung zu Außenseitern. Meistens spricht sie von Minderheiten, Randgruppen, denn sie ist Sonderschullehrerin. Sie spricht von den Stummen, den Blinden, den Ausländern in ihrer Gemeinde, den Lesben und Schwulen, den Aidskranken,

den Gefangenen, besonders von den Bettelkindern und Analphabeten in Peru, wo sie geboren wurde.

Ich finde ihre Themen schon sinnvoll, denn ich bin selbst nie ganz gesund gewesen, eine halb Behinderte bin ich und vielleicht eine zukünftige Alzheimerpatientin. Ich mag grundsätzlich keine oberflächlichen, verwöhnten Menschen, sondern eher diejenigen, die über Armut und Schmerzen sprechen.

Sie ist auch nicht lesbisch wie andere. Mit ihr könnte man schon zusammenleben, ohne sich sehr stark zu verpflichten. Sie verlangt ja nur eine leichte Freundschaft und führt ein eigenes, selbstständiges Leben. Immerhin wäre es eine mildere Alternative zum völligen Alleinsein in einer leeren Wohnung. Ja, mit ihr könnte ich es versuchen, denke ich, erstaunt über meine eigene plötzliche Vorstellung.

Wie könnte ich denn mit ihr leben? Und warum? Ich lebe schon 25 Jahre mit meinem Mann zusammen, und es bleibt so. Es wäre auch Unsinn. Mit Esmeralda habe ich keine Gemeinsamkeiten, von der Ausnahme der „Außenseiter", unserer Lieblinge, abgesehen, und wir haben noch nie einen Geburtstag zusammen gefeiert. Außerdem wäre meine Schwester, Veronika, sehr eifersüchtig auf diese Freundin und könnte es mir nie verzeihen, dass ich sie nicht als erste und einzige für mein drittes Leben gefragt hätte.

Veronika

Nein, Veronika, wenn ich irgendwann nicht mehr mit Thomas zusammenlebe, dann doch nur mit dir. Oder sonst ganz alleine. Sollte es unzumutbar sein, dass ein Mensch mich ertragen müsste.

Um die Wahrheit zu sagen... Ich habe heute morgen schon die Entscheidung getroffen: Da, wo die Liebe ist, da lasse ich mich fallen, und ich will vom Boden der Liebe nie wieder aufstehen, sondern nur daliegen, mich ausruhen und von noch mehr Liebe träumen. In meinen letzten Jahren brauche ich sie noch mehr als je zuvor, eine liebende Gestalt an meiner Seite, ein Freudegefühl von Dankbarkeit und Wärme gegen die gefrorenen Strömungen unserer vergangenen Einsamkeit. Ja, die Dankbarkeit von meiner Seite aus würde besonders der Einsamkeitsunterbrechung gelten. Befreiende gemeinsame Spaziergänge und vielfältige, unermüdliche Dialoge... Ja, die Kostbarkeiten des Lebens mit jemandem, wirklich genießen.

In Gedanken rede ich oft mit Veronika: „Du bist der einzige Mensch auf der Welt, der mich tatsächlich liebt, der Heimweh nach mir hat und mich in letzter Zeit noch intensiver braucht. Deshalb, warum länger zögern? Ich strecke dir meine Hand entgegen. Komm, wir wollen nicht mehr getrennt leben, nicht mehr beim falschen Partner bleiben.

Aber wie soll es vor sich gehen? Ich mache mir Sorgen um die Durchführung unseres Plans, der im Grunde kein Plan ist, sondern nur ein Wunsch. Was sollen wir mit unserer Mutter machen, mit der du zusammenlebst? Und mit Thomas, mit dem ich lebe? Wir können sie nicht einschläfern lassen wie Hunde, und wir können nicht zu viert zusammenleben oder zu dritt... Es wäre unmöglich.

So frieren wir beide, jede in einer anderen Stadt, teilen uns gegenseitig nervöse Nachrichten am Telefon mit und nur hin und wieder gelingt es uns, unsere Partner während eines kurzen Urlaubs zu verlassen, den wir miteinander verbringen. Ich glaube schon, dass wir beide zusammen viel glücklicher wären... die zwei reifen Schwestern, die mit einem einheitlichen Willen des Einverständnisses sich neuen, dynamischen und verlockenden Zielen zuwenden könnten: Wir könnten

eine Schule gründen, eine Tochter adoptieren, eine lange Forschungsreise machen und vielleicht sogar ein Buch zusammen schreiben. Die Musik lassen wir lieber, sie wäre zu schwer für unser Alter. Aber ein Buch schreiben, das geht, Esmeralda hat es gesagt".
Ich wünsche mir dieses dritte Leben wirklich. Stellenweise noch inmitten meines zweiten Lebens mit Thomas denke ich daran.
„Im Vergleich zu Thomas beinahe autistischer Verschlossenheit und Unerreichbarkeit ist deine tiefe Zärtlichkeit zu mir wie ein Aufhänger für Glück und positives Denken. Thomas fragt nicht nach meinen Wünschen - ob ich gern ins Theater ginge - und pflegt mich nicht, wenn ich krank bin, mit Aufopferung seiner Nachtruhe, wie du es damals bei meiner Operation getan hast. Selbst wenn er mich auf seine Art und Weise auch liebt, bin ich manchmal für ihn wie eine lästige Fliege, die er mit nervöser Hand von sich zu entfernen versucht.
Ja, gelegentlich komme ich mir wie ein verjagtes Tier vor, wie unangenehm! Es ist seine furchtbare Unruhe, die ich als seine Frau alarmiert registriere und wofür er auch nichts kann. Es ist ihm, als müsste er seinen Körper von unsichtbaren Fliegen befreien und ich selbst bin eine, ohne es zu wollen, die in seiner Nähe verweilt.
Veronika, heute Morgen habe ich mich wirklich wie ein Insekt gefühlt. Er hat eine sehr schlechte Nacht verbracht und ist stundenlang mit seinem Kopfhörer durch die Wohnung gegeistert. Als ich ebenfalls aufstehen und zu ihm gehen wollte, um dasselbe zu hören, was er hörte - Hörspiel, Musik, Nachrichten oder was es sei - und vielleicht darüber zu reden (denn das ist bisher meine größte Freude gewesen: Mit ihm über Gehörtes zu plaudern)... Als ich schon von seiner mich umarmenden Nähe träumte, da hat er mit seinen Händen gewedelt und sich in höchster Unruhe von mir losgelöst.

Besser gesagt, ich hatte ihn noch nicht angefasst, ich wollte nur das Bett verlassen und ein paar Schritte zu ihm gehen. Er befahl, ich solle ihn in Ruhe lassen; ich solle aufhören, ihn mit meiner Gegenwart zu verfolgen. Wie gelähmt, blieb ich dann im Bett und wagte es nicht ihn zu stören. Ich versuchte nur am Geräusch seiner Schritte oder seines Kopfhörers zu erraten, in welchem Zimmer er war. Was meinst du dazu Veronika? Ja, höchste Zeit sich von ihm zu trennen.
Wer fällt die Entscheidung über Trennungen? Gott oder die Menschen selber? Ich neigte immer zur traditionellen Ansicht, dass es Gott war... genauso wie er über Leben und Tod eines Menschen entscheidet. Dein Schwager ist krank und alt geworden, soll ich ihn deshalb verlassen, nachdem schon so viele Jahre vergegangen sind? Hoffentlich leidet er nicht an einem Anfang von Alzheimer! Man liest überall davon, in der Zeitung über Schauspieler, Schriftsteller, Maler...
Es ist der Albtraum, die Plage unserer Zeit für die Intelligenz wie Aids für den Körper. Wie könnte ich da eine Entscheidung treffen? Da kann man nur stehen bleiben, beobachten und mitleiden. Es ist das Rätsel, Veronika, dass ich gar nicht weiß, ob ich die Entscheidung zur Trennung fällen darf oder nicht. Wenn er tatsächlich krank ist, dann darf ich es nicht, dann ist es schon zu spät für eine Wahl; mir bleibt dann nur, bis zu seiner Heilung oder bis zu seinem Tod abzuwarten.
Sollte er irgendwann vor mir sterben, dann wäre mir die Entscheidung sowieso schon vom Schicksal abgenommen worden und ich wäre dann dem dritten Leben, zu dir oder zu etwas anderem, unwiderruflich zugeworfen, zur Himmelfahrt eines glücklicheren, überreichen Daseins oder eines trostlosen Vegetierens, wie das Leben alter, verwitweter Menschen manchmal ist."

Aber auch wenn die Entscheidung über die Trennung mir abgenommen würde, müsste ich auf alle Fälle auch andere sehr wichtige Vereinbarungen treffen und der harte Augenblick der Wahl mit ihrer quälenden Ambivalenz bliebe mir nicht erspart. Thomas Existenz hat bisher immer den Augenblick der Entscheidung für mich in die Ferne gerückt, da ich mit ihm lebe und im Moment mit keinem anderen leben kann... Aber dann müsste ich schon wissen mit wem, und in welcher Stadt, und wofür, und ob überhaupt noch ein drittes Leben möglich ist.

„Natürlich, Veronika, heute Morgen ist meine Entscheidung für dich klar und ohne Zweifel in mir gereift. Es wäre ein erstrebenswertes Überleben mit dir.

Ich habe nur die Schwierigkeit, dass ich nicht genau weiß, wie und wann, und ob ich das wirklich bin, was du brauchst, was deinem Leben einen gesunden Sonnenschein und neue Kräfte geben kann. Oder ist dein Wunsch mit mir zu leben nur aus Verzweiflung entstanden, weil du den falschen Partner, die alte Mutter, an deiner Seite hast? Wirst du mich auch zu einem späteren Zeitpunkt haben wollen oder dich schon mit anderen Ersatzmöglichkeiten getröstet haben?"

Nein, das mit der Esmeralda Jakobs war nicht ernst gemeint, trotz ihrer Freundlichkeit und meiner Sympathie für sie. Ich kann nur mit einem Menschen leben, den ich über alles liebe. Sonst wäre es für mich besser, die meiste Zeit in meiner Wohnung allein zu verbringen, dann lieber ganz still und anspruchslos den Fremden gegenüber sein, aber durch die Erinnerung an geliebte Menschen doch einen letzten echten Rest vom Leben behalten können.

Thomas

Ein Selbstgespräch über Thomas führe ich ständig und überall, im Büro, wenn ich am Computer sitze und Übersetzungen mache, während ich neue Wörter im Wörterbuch nachschlage oder während ich meine Freizeit mit Baden, Telefonieren, Lesen oder aufräumenden Tätigkeiten ausfülle. Immer will ich etwas in Ordnung bringen, wenn ich über Freizeit verfüge, entweder in meinem Schrank, auf meinem Schreibtisch oder in den Bereichen, die mir weniger gehören wie unser Balkon und Thomas' Arbeitszimmer.
„Selbstgespräch ist gut. Mit anderen Menschen traue ich mich nicht, über unsere Beziehung zu reden."
„Ja, das kann man nicht leicht, und die anderen würden sich nur langweilen."
„So bringe ich uns auch nicht in Verruf, so kann keiner mich oder ihn beleidigen. So kann keiner mich verletzen und meinen Geschmack hinterfragen."
„Thomas ist nicht mehr an dir interessiert, er bleibt nur aus Gewohnheit bei dir."
„Mein Vater reparierte Uhren mit unendlicher Geduld. Es war Millimeterarbeit, fein und vornehm wie Massage oder Akupunktur, ohne Fluchen und ohne schrilles, unschönes Geschrei. Ich liebte unseren kleinen Laden, in dem er immer so schön beschäftigt war, und ich auch, als ich meine erste Fremdsprache zu lernen begann. Meine Arbeit war wie ein Kinderlied ohne Probleme, ich verkaufte nur, packte ein und schaute nach den Preisen."
„Zum ersten Mal scheint dir die Trennung nicht mehr undenkbar? Du machst dich langsam mit dem Gedanken vertraut. Warum denn? Wünschst du sie dir sogar? Damals machte dich die Angst davor beinahe verrückt."
„Aber jetzt zerlege ich die Vorstellung sachlich und fast neugierig; ich spekuliere schon - obwohl gedämpft und

mit Widerwillen - über die verschiedenen Varianten der Trennung. Damals hatte ich auch mein erstes Leben so zerlegt, bevor ich es endgültig aufgab."
„Ja, es ist ein schlechtes Zeichen, wenn es so anfängt. Mit einem oder zwei Tagen ist es nicht getan, vielleicht dauert es sogar Jahre... Aber allmählich wirst du der Sache überdrüssig, und dann kommt die Zeit des Handelns, der Entscheidung."
„Ich gab es auf und sehnte mich kaum danach zurück, nur manchmal nach dem Uhrenladen mit dem herrlichen Ticken überall, der wie ein kleiner, ruhiger Himmel gewesen war, und nach Veronika, die immer wieder fragte: ‚Warum willst du jetzt in eine ganz neue Stadt gehen, sodass wir uns kaum noch sehen werden?' Sie blieben in Hamburg."
„Na ja, das Übliche, man heiratet."
„Ich möchte nicht, dass er... Es ist gut, dass ich es keinem erzählt habe, nur mir selber, das Unaussprechbare. Sein Tod wäre schrecklich für mich. Aber ich mache mich schon mit dem Gedanken vertraut, dass er eines Tages verschwinden könnte."
„Ja, das Übliche, man trennt sich, ob wegen Tod oder wegen anderer Dinge..."
„Ja. Warum an den Tod denken? Es können auch andere Gründe sein... das sage ich mir oft, und es ist weniger schrecklich, denn dann bin ich weniger schuld, wenn er nur aus meinem Leben scheidet und für die anderen noch lebendig bleibt."
„So schminkst du die Trennung mit Blumen, mit einem traurigen Gefühl von Verlust und Ungerechtigkeit, aber ohne die Tränen für ihn zu vergießen, die nur den Toten gebühren."
„Er reist ja so gerne! Ich sehe da eine neue Möglichkeit des Lebens für ihn. Im nächsten Jahr wird er Rentner, während ich noch ein paar weitere Jahre arbeiten muss.

Er wird viel Zeit zum Reisen haben und ich muss hier bleiben, gebunden, wie ein Stück unserer Wohnung. Am Anfang wird er sich dagegen sträuben allein zu reisen, aber dann gewöhnt er sich allmählich an den Gedanken, wie ich mich an den Gedanken gewöhne, dass er ohne Reisen nicht leben könnte. Vielleicht wird er im Ausland, in der paradiesischen Karibik, die er so mag, eine jüngere Frau kennen lernen, die ihn in ein schönes Reich der Vergessenheit entführen wird."
„Ja, eine schöne Frau wie Dolores Cuenca, nicht wahr? Du bist eifersüchtig auf Dolores, die musikalische Mulattin mit den vielen Kindern, die ihr auf der Reise vor zwei Jahren kennen gelernt habt. Sie erscheint dir im Traum. Du hast bei ihr einen Beigeschmack im Mund wie nach Salz oder Seife."
„Ja, es ist so ein trauriges Gefühl von Sinnlosigkeit und Verschwendung. Waren die 25 Jahre nur eine Täuschung? Dann hätte ich mich schon viel früher befreien können. Waren sie nur ein Zeitverlust?"
„Ja, das Übliche: er geht dir fremd, du könntest ihm auch fremdgehen, aber mit 50 ist es nicht mehr so einfach, genauso wenig wie Musik zu lernen."
„Die Noten der Leidenschaft habe ich zu wenig geübt. Jetzt habe ich kaum noch Lust sie zu hören; sie klingen unbeholfen und unnatürlich wie zwecklose und störende Hammerschläge in einer Kirche beim Gottesdienst. Und wie wird er sein, wenn er nicht mehr arbeitet?"
„Ja, das Übliche: Die Arbeit war sehr wichtig für euch, sie war die häusliche Schnecke eurer Ehe, Hand in Hand mit der alltäglichen Sicherheit eurer Arbeitsliebe. Jetzt, da seine Arbeit zu Ende geht, beginnt ein neuer Lebensabschnitt."
„Die Zukunft ist vorhersehbar und schmerzhaft. Ob durch Tod oder durch seine neue Lebensgestaltung... Ich ahne schon den Verlust, seine Abwesenheit. Und früher oder

später komme ich nicht zu dem befürchteten, gleichzeitig befreienden, Augenblick der Entscheidung."

„Die Entscheidung fällt dir schwer. Schon damals fiel es dir ziemlich schwer, als du von deinem ersten Leben Abschied nahmst, und damals warst du resolut, blind; jetzt bist du schwankend, stellst alles in Frage und relativierst alle Möglichkeiten, glaubst nicht mehr an großartige Veränderungen."

„Ich weiß auch nicht sicher, ob es zu einer Entscheidung von mir kommen muss. Vielleicht sterbe ich vor Thomas und dann brauche ich es nicht mehr zu tun. Als ich mich damals in ihn verliebte, wusste ich doch, dass ich etwas tun musste, Hamburg zu verlassen und zu ihm zu ziehen. Aber jetzt habe ich keine Richtlinien von irgendeiner Seite. Ich arbeite weiter und bleibe weiter in meiner Wohnung. Eine bessere Arbeitstelle oder ein besseres Haus könnte ich nicht finden. Als bereits ältere Frau will ich nicht wieder von null anfangen wie ein Lehrling; ich mag keine ziellosen, zu verspäteten Veränderungen, die nichts mehr bringen und nur zerstören."

„Aber innerlich bereitest du dich auf den Augenblick der Entscheidung vor, gerade damit du den Mut zum Wechsel, zum Neuen nicht verlierst. Du hast dich allmählich in die Idee verliebt, deine letzten Jahre mit Veronika zu verbringen."

„Ja, wie damals... Ich ziehe die Gardinen auf und schaue aus dem Fenster in einer Mischung aus Angst und Hoffnung. Es ist wie ein Kreis von Anfang, Erinnerung und Ende: Der Kontakt eines noch fremden Mannes verlockt mich in meiner Jugend und jetzt lockt mich die Liebe zur Schwester mit ihrem einsamen Leben bei der alten Mutter.

Veronika ruft mich aus der Ferne und macht ihre Bluts- und Verwandtschaftsrechte zu mir geltend. Sie fordert nicht, sie braucht und versteht mich mehr als alle

anderen. Sie ist wie die wohltätige, milde, biblische Gestalt Veronika, die so viel Mitleid mit Jesus hatte."
„Du vergleichst dich mit Jesus? Sei nicht albern. Es ist das Übliche: Wenn du Enkelkinder hättest, dann würdest du zu ihnen gehen. Man nimmt das, was einem übrigbleibt, was noch überlebt. Wenn deine Mutter, Frau Krämer, nicht mehr ist und Thomas auch nicht, dann bleibt nur noch die Schwester."
„Aber sie ist nicht nur das Einzige, sondern das Schönste, was ich habe... Schon immer war sie etwas Besonderes für mich und ich wollte schon immer mit ihr leben. Aber damals war sie von so vielen Gestalten umgeben, von Großeltern, Eltern und Geschwistern. Jetzt aber ist sie fast alleine wie ich und wir könnten uns beinahe die Hand reichen."
„Doch nur beinahe, es bleibt eine unmögliche Liebe; der Augenblick ist noch nicht gekommen."
„Vor Enkelkindern würde ich mich in Acht nehmen und auch vor den Aggressionen der Söhne und Töchter; vielleicht würden sie mich in ein Altenheim stecken wollen. Aber mit 50 braucht man kein Altenheim. Ich bin noch voll im Berufsleben, habe noch nicht alles verlernt. Ich habe noch viele Jahre für mein neues Leben, das heißt, wenn der Augenblick der Entscheidung sich nicht zu sehr verzögert..."
„Sei ehrlich, du hast nicht nur einen Plan, sondern mehrere. Im Grunde bist du unbeständig und hältst dir immer ein Hintertürchen offen. Veronika ist genauso kompliziert und ambivalent wie du, und du hast Angst vor ihren Reaktionen. Was, wenn du sie enttäuschst, wenn sie nur Langeweile, bei dir empfindet? Sie darf unter keinen Umständen gezwungen werden, dich anzunehmen, dich zu pflegen und zu erdulden, bloß weil du keinen anderen Platz auf der Welt hast. Sie hat immer die Familienlast tragen müssen. Sie verdient das Privileg

der Wahl mehr als du es je verdient hast. So lass' sie wählen, auch wenn sie, mit ihrem Veronika-Tuch in der Hand, nur den Schweiß von deinem Angesicht abwischt und dann zu anderen Menschen geht."
„Deshalb halte ich mir das Hintertürchen offen, ich überlege mir die vielen Möglichkeiten, die ich noch habe."
Das Selbstgespräch über Thomas ist im Grunde schon beendet. Jetzt kommt nur noch die Liste der Möglichkeiten, die mich in ihrer Vielfalt mehr nerven und verunsichern, als dass sie mich wirklich erfreuen.

Die anderen Lebenswege

Unsere alte Mutter, Ba (sie heißt so wie ich, oder besser gesagt, ich heiße wie sie, Elisabeth), kann ich jetzt ohne Schwierigkeiten in meine Wohnung holen. Da der Schwiegersohn nicht mehr da ist, wird sie sich bei mir trotz der langjährigen Trennung vermutlich wohl fühlen. Ich werde ihr unsere Schlüssel geben; ich werde ihr unsere Teppiche geben, unseren Fernseher, unsere Figuren. Sie kann alles aus dem Fenster werfen, wenn sie will.
Aber die Arme wird so etwas nicht tun, sie wird nur weinen und an vergangene Zeiten denken, und ich werde auch weinen, die Figuren, Geräte und Pflanzen streicheln, die wir, Thomas und ich, damals mit so viel Liebe gesammelt hatten.
„Komm zum Tisch, Ba. Wir werden zusammen essen und trinken. Es fehlt uns an nichts, wir lassen uns etwas von einem Restaurant bringen und so haben wir keine Arbeit damit. Dann kannst du weiter fernsehen und ich mich mit Wörterbüchern herumwälzen. Hier hast du Sicherheit, Wärme, keine Probleme... selbst wenn dir die Beine wehtun. Die Gesundheit kann ich dir natürlich nicht

wieder geben. Aber bald kommt Veronika uns besuchen, so wie ich euch damals besucht habe."
Elisabeth spricht von den bösen Verwandten meines Vaters, die ihr damals als junges Mädchen so viele Schwierigkeiten gemacht und sie gedemütigt hatten. Ich denke an meinen letzten Geschlechtsverkehr mit Thomas, bevor er... wie ich so hartnäckig, spielerisch und leidenschaftlich immer wieder versucht hatte, ihn gegen seinen eigenen Willen zu küssen.
Ich denke an die schwierige, verantwortungsvolle Arbeit eines Uhrmachers, doch ohne eine Uhr kann man auch gut leben, besonders wenn man Rentner ist. Ich denke an die Arbeit eines Arztes, ja... des Arztes, der bald zur Mutter kommen und ihr neue Tabletten bringen wird. Eine neue Tablette bedeutet kein neues Leben.
Die Mutter spricht wieder von den bösen Verwandten: „Sie waren so schlecht!"
Wenn Thomas, der Rentner, tatsächlich mit der schönen Mulattin zusammen ist, darf ich nicht mehr von ihm sprechen. Wenn er mir aber durch den Tod entrissen wird, dann darf meine Mutter nicht mehr sagen, dass er herzlos und egoistisch gewesen sei, dann kann ich mit dem Märchen „seiner guten Seiten" beginnen und sie muss sich sogar den Vergleich mit meinem Vater gefallen lassen. Obwohl die beiden Männer wirklich sehr unähnlich waren. Wir preisen und glorifizieren die beiden, die schon tot sind, und weinen umso mehr, weil unser jährlicher Hochzeitstag durch die Abwesenheit der Partner eine besondere Grausamkeit angenommen hat.
Und wenn ich seinen Namen nicht aussprechen darf, weil er mich mit der Mulattin verraten hat, dann werde ich wütend... aus den verschiedensten Gründen hysterisch und wütend auf mich selbst, weil ich mir diesen Mann ausgesucht hatte, weil ich ihn trotz meiner heldenhaften Liebe nicht festhalten konnte, weil andere schon immer

gegen unsere Verbindung waren, weil ich auch sehr gerne viele Reisen gemacht hätte, weil Thomas mich durch seine Flucht nicht mehr davor retten konnte, wieder mit der Mutter zusammen zu leben.
Hoffentlich freut sich Veronika darüber, dass sie jetzt endlich frei sein kann. Einer soll wenigstens den Nutzen davon tragen. Hoffentlich nimmt Veronika es mir nicht übel, dass die Mutter unter dem Gewicht der Jahre irgendwann bei mir, weit weg von ihrer fürsorglichen Betreuung, sterben muss und dass sie vielleicht in der Stadt meines zweiten Lebens – in der ich als Frau Zimmermann gelebt habe - begraben wird.
„Wir, verlassene Frauen! Das Verschwinden unserer beiden Männer und unsere schlechte Gesundheit haben uns immer näher gebracht, Mutter. Das sind gemeinsame Erfahrungen, die wir täglich zusammen machen."
Nicht mich beklagen, sondern eher mich bedanken, sollte ich mich. So ein schwaches Geschöpf zu ermuntern und zu erwärmen, ihr in ihrer Orientierungslosigkeit und ihrem Zittern zu helfen, ihre Beschwerden zu lindern, sie vor dem Tod zu schützen so lange es noch geht... Das wäre auch eine sinnvolle Aufgabe, sollte ich sonst keine andere mehr im Leben haben.

Meine Schwägerin Charlotte ist auch Witwe. Da alle ihre Schwestern verheiratet sind oder Männer bei sich haben (Sohn, Liebhaber, Neffe), wäre sie gar nicht abgeneigt, mit mir zusammen zu leben. Sie ist ein paar Jahre älter als ich; sie liebt vor allem ihre Vögelchen, mit denen sie spricht, und ihre Sauberkeit. Sie ist der sauberste Mensch, dem ich je begegnet bin; sie besteht auf Sauberkeit an ihrem Körper und auch in den Räumen, in denen sie sich aufhält. Das Böse ist für sie der Schmutz, und sie bekämpft ihn mit aller Macht. In ihrer einseitigen, vereinfachenden Einstellung materialisiert sie das Böse und beraubt ihn des Metaphysischen.

Sie ist genau so einseitig wie die Menschen, die nur im Sexuellen das Böse suchen oder im Neid der Feinde und sonst alles andere nachsichtig durchgehen lassen. Sie ist immer weich, höflich und zuckersüß mit einer sehr gebildeten und harmonischen Art zu sprechen. Sie schmeichelt mir ständig, benutzt reichlich Lobesworte, an die ich nicht mehr gewöhnt bin, und ich muss mich manchmal fragen, ob sie von Herzen kommen oder ob Charlotte sie nur sagt, weil sie schöne Worte und eine positive Einstellung im Allgemeinen liebt.

„Mit meinem Bruder musstest du viel Geduld haben, aber jetzt werde ich alles bei dir wiedergutmachen können, dich wie meinen Augenstern behandeln, meine gute Prinzessin. Du brauchst dich nicht mehr um den Haushalt zu kümmern, ich tue alles für dich. Du bist so intelligent und musst für deine Fremdsprachen und deine Arbeit fit bleiben; ruhe dich jetzt aus. Ich putze alles für dich, koche, räume auf.

Wenn du willst, können wir auch zusammen reisen und uns wunderbare Kostüme in einer Boutique kaufen. Wir können uns zurechtmachen, uns feierlich anziehen und auf Männerjagd gehen. Wir sehen gut genug aus, dass die Männer uns noch anschauen werden.

Aber im Grunde brauchen wir keine Männer mehr, unser beider Gesellschaft reicht uns vollkommen aus. Wir können Karten spielen, fernsehen. Und wenn es uns zu einsam wird, dann ist meine Familie auch deine Familie. Meine Enkel, Schwiegertöchter und Schwestern werden uns hin und wieder besuchen, und ich werde dich auch vor ihnen loben und immer wieder sagen, dass wir uns sehr gut verstehen."

Aber sie kann kein Instrument spielen wie Esmeralda und redet auch nicht von „Außenseitern". Was verbindet mich eigentlich mit ihr und mit ihrer Familie?

Vielleicht wäre es gar nicht so verkehrt, doch ganz von null anzufangen in einer ganz neuen Umgebung, in der die Erinnerung an das bisher Erlebte weniger präsent wäre. Ich fliege nach Amerika... oder nach Kanada zu meiner Brieffreundin Carol, Carol O'Brien. Sie haben so ein riesiges Haus und mir schon ein paar Mal ihr Gästezimmer angeboten, natürlich nur für ein paar Tage, aber ich könnte auch für die Unterkunft zahlen und einige Monate oder für ganz... dort bleiben, wie eine Marmorstatue oder wie eine Plastikstatue, denn ich wäre ja mehr Plastik als Marmor, eine Kunststoffpuppe mit Kaugummi im Mund. Kaugummi geht nie zu Ende; man kaut endlos...

Aber ich will mein drittes Leben nicht mit Kaugummi vergleichen, ich will alles konstruktiv ineinander einfügen und meinen schweren Übergang über die klaren Gewässer der Ozeane mit Humor sehen.

Carol sagt mild aber entschieden: „Es gibt keine Probleme, Englisch kannst du schon, und auf dem neuen Kontinent kann man sogar mit sechzig einen neuen Job finden. Ein Zimmer hast du schon hier bei uns. Warum brauchst du eine ganze Wohnung? Außerdem sind wir, mein Mann und ich, meistens verreist und dann hast du das ganze Haus für dich."

Ich bin die Erbin eines großen Hauses. Ich habe mehrere Jobs gehabt. Vor allem habe ich Deutschunterricht gegeben und dabei an alle Menschen denken müssen, die ich in Hamburg und Köln damals kannte, an Ba, Charlotte, an Esmeralda und ihre Schule für die Taubstummen.

Mein Psychoanalytiker hat mir geraten, Veronika aufzusuchen, denn nur sie, wie damals Thomas, kann mich vor verfehlten, falschen und kaum noch lohnenden Lebenswegen ohne Ziel und Überzeugung retten. Ich bin zwar psychisch nicht sehr gesund, aber wer ist das in unserer Zeit schon? Vielleicht können Veronika und ich es noch schaffen und etwas zusammen aufbauen. Unsere große, schonende Liebe, der Mangel an Egoismus beiderseits, wird uns schon zum Glück zwingen, uns vorwärtstreiben und uns Kräfte geben. War ich nicht immer bemüht, ihr Geschenke zu machen und nette Abende für sie vorzubereiten? War nicht der Gedanke an ihre Freude mir schon immer eine Belohnung?

Das Problem mit meinem dritten Leben ist, dass es viele Abschnitte und keinen selbstständigen, in sich abgeschlossenen Zyklus zu enthalten scheint. Es ist, als wäre ich verurteilt, noch ein viertes und ein fünftes, sogar ein sechstes Leben in meinem müden späten Alter zu absorbieren, als ein Monster der Existenz mir alle Lebensmöglichkeiten einzuverleiben und immer neue Umzüge zu planen.

Ach nein, kein Umzug! Wenn meine Kräfte nicht mehr reichen, dann bleibe ich halt in meiner Wohnung, in der drei Uhren meines Vaters und die Erinnerung an meine 25-jährige Ehe mich noch begleiten werden. Ich lasse sie mir nicht wegnehmen, diese Inselhaftigkeit des Alleinseins in meiner Wohnung. Ich verlasse sie nie, nicht einmal um eine Woche Urlaub irgendwo zu verbringen; bei Krankheit weigere ich mich ins Krankenhaus zu gehen. Bis zu meiner endgültigen Versetzung ins Jenseits bleibe ich dort.

Ich werde höchstens einiges umstellen: Aus unseren intimsten Räumen mache ich jetzt ein Übersetzungsbüro oder ein Verlagsbüro, in dem ich stundenlang arbeiten werde. Damit wird der Weg bis zu meiner heutigen Arbeitstelle nicht mehr nötig sein und ich bleibe immer zu Hause. In meinem neuen Büro zu Hause wird vielleicht eine sonderbare Verwandlung mit mir stattfinden. Kann es sein, dass ich eines Tages selbstzufrieden lächle, weil ich, die arme Elli Zimmermann, einen Verlag oder ein Übersetzungsbüro besitze und kaum noch meinen bequemen Stuhl zu verlassen brauche?

Veronika und Thomas haben den Schlüssel zu meinem Glück. Könnte ich die beiden zusammen aufbewahren, da wäre ich der glücklichste Mensch. Aber das ist mir nicht gegönnt. Unsere Insel zu dritt wäre voller Fetzen, Slums, Verletzungen und verlorenen Diamanten. Ich bezahle schon sehr teuer den Preis der Konstellationen mit beschränkter Haftung, die mir ein Weiterleben ermöglichen.
Ach Veronika, rette mich vor dem Nichts, wenn es so weit ist, dass ich meine Entscheidung treffen muss. Und was für eine Entscheidung wird es sein? Wo leben? Unter welchen Bedingungen? Werden wir zusammen ein Buch schreiben? Werden wir vielleicht Missionarinnen in Afrika werden?
Ich denke an die ältere Lehrerin, von der du mir erzähltest, die plötzlich ihre Familie, ihren Beruf und ihr schönes Zuhause verließ und alles Geld, das sie besaß, in ein Projekt für arme Frauen ohne Schulausbildung in Indien und Pakistan steckte. Und jetzt ist sie nicht mehr bei uns, sondern ganz in ihrem neuen Leben bei ihnen gefangen. Adoptieren wir ein Kind, du und ich gemeinsam? Wie und wann können wir leben?

Gespräche mit dem unbekannten Schöpfer der kleinen Malvisi

Mit wem überhaupt könnte ich sprechen? Mit den übrigen Menschen wäre es zu schwierig, ich habe die Lust daran verloren. Und mit mir selbst zu reden wäre zu langweilig. Es ist bestimmt eine schöne Aufgabe, mit dir zu sprechen, weil ich dadurch weniger einsam bin, weil du Verständnis hast und alles von mir weißt.
Malvisi ist kein Frauenvorname, sondern ein Ortsname oder ein Nachname, aber meine Eltern sind sehr originell und nennen mich so, und du wahrscheinlich auch. Ich war schon müde von Lügen, verstreuten Angaben über meine Person, von ewigen Einführungen, damit die anderen mich besser kennen lernen, damit sie meinen Schritt erkennen...
Sag, dass schon Schluss ist, mit so vielen Einleitungen, plumpen Wiederholungen und Selbstdarstellungsversuchen, um mein Leben zu begründen und vor geheimen Vorwürfen zu schützen. Die Kindheit ist schon Vorwort genug, alles andere ist überflüssig und unecht.
Du hattest damals den Grundstein gelegt, und ich bin entstanden, oder wenigstens ein Teil von mir.
Es gibt nichts Direkteres, als den Kontakt mit dir. Ich verzichte auf Nachthemden, Pyjamas und sogar auf meine Haut, mein Blut, meine Knochen, wenn es sein muss. Ich gehe auf den Kern der Sache los, lese diagonal, das letzte Blatt, auf dem meistens das Wichtigste erscheint. Ich will keine Minute mehr mit unnötigen Arbeiten und falschen Behörden vergeuden, hasse Vermittler und Nebenfiguren, du bist das Höchste, die Hauptfigur, deshalb treibt es mich zu dir, in aller

Offenheit, auch wenn du mir unbekannt und verborgen bleibst.

Erst komme ich und dann du. Und wir teilen uns die Welt rücksichtslos in unserer Wichtigkeit. Im Grunde sollte es die umgekehrte Reihenfolge sein, denn du bist immer der erste. Aber für mich selbst bin ich die Hauptfigur; du hast mich so gemacht, dass ich mich selbst am stärksten empfinde und alles andere schwächer, dass dich sogar als meine eigene Schöpfung empfinde, als die Wiederspiegelung meiner eigenen Gedanken und Gefühle.

Der große Unterschied zwischen uns beiden ist, dass du weder am Anfang noch am Ende stehst, sondern immer in der Mitte, während ich chronisch beide Kategorien, den Beginn und das Ende, zu verkörpern scheine, als die kleine Malvisi damals und die verstorbene Malvisi der Zukunft. Dadurch erkenne ich, dass du der Schöpfer bist, dass ich nur ein Produkt bin, wie ein Häuschen, das gebaut wurde.

Meine Eltern schlossen einen Vertrag mit dir auf Leben und Tod, auch wenn sie nicht mit dir sprachen. Ihr bautet, zusammen oder getrennt, gegensätzlich oder miteinander verbunden, das Dach meines Äußeren, ihr bautet an der Substanz meines inneren Wesens.

Ich bin sehr verschieden von dir, insofern als dass ich sterben werde und du nie stirbst. Aber vielleicht habe ich es ganz falsch verstanden, ich sterbe ja nur einmal, und du stirbst mit jedem Menschen. Ich neige dazu zu glauben, dass das Letztere stimmt. Du bist immer wirklich mittendrin, während ich nur beginne und beende. Die Fortsetzung und Beständigkeit aller Dinge ist nur durch dich zu bekommen.

Gott als Ansprechpartner zu haben ist heutzutage recht ungewöhnlich, aus der Mode gekommen, kitschig, fast krankhaft, die Wahnvorstellung einer überspannten

Phantasie. Aber warum soll ich nicht mit dir reden können? Heutzutage gibt es kaum Mystiker oder Heilige, höchstens Teufelsanbeter aus verbrecherischen, sadistischen Sekten. Sonst verdient das Übernatürliche kaum Beachtung. Aber ich verabscheue alle Trends, wie du weißt. Im Mittelalter, als alle Leute mit dir sprachen, nur von dem Tod und dem Scheiterhaufen für die Ketzer sprachen, hätte ich wahrscheinlich kaum Worte mit dir austauschen können. Es hätte mich sehr gestört, dass alles um dich kreiste, um die Priester und das Jenseits, dass die Menschen nur Geschöpfe waren und keine Selbstbestimmungsrechte besaßen. Aber jetzt, da wir so frei sind und die Menschen kaum an dich denken, fühle ich mich zu dir hingezogen. Wir sind beide sehr einsam.

Ich darf wohl einen vernachlässigten kranken Gott besuchen und mit ihm reden, Blumen über sein Bett verstreuen. Aber ich bin nicht stolz auf meine Tat, und ich werde es keinem erzählen, dass ich mit dir gesprochen habe, dass ich manchmal meinen sozialen Tag habe. Die Menschen würden es sowieso nicht für wahr halten. Diejenigen, die an dich glauben, würden mich nie als eine Heilige bezeichnen, und diejenigen, die nicht an dich glauben, glauben auch nicht an mich: Sie würden dieses Gespräch mit dir nur als ein Selbstgespräch abwerten.

„Es ist bloß eine alte, alte Tante, die laut mit sich selber redet oder mit den Tieren und den Gegenständen. Sie spricht mit dem Spiegel oder mit der Katze, und dann glaubt sie, mit Gott gesprochen zu haben."

Nein, ich bin keine alte Tante, ich bin jung, ich brauche dir ja gar nichts über mein Alter oder meinen Namen zu erzählen, denn du bist am besten unterrichtet. Doch irgendeinen Gesprächsstoff müssen wir schon finden. Ich bin 20. Ich bin Malvisi Schreiber, geborene Rosenfeld. Nein, nicht verheiratet, ich bin ledig, auf der Suche nach einem Mann, der vielleicht Schreiber heißen wird. Meinen

Vornamen habe ich erfunden - oder besser gesagt - ich traf einmal flüchtig ein sehr süßes Mädchen, welches Malvisi hieß, und sofort, wie vom Blitz getroffen, ergriff ich Besitz von diesem Vornamen. Ich taufte mich selbst Malvisi und dachte: „Der Vorname wird irgendwann in einer Geschichte über meinen Schöpfer und mich erscheinen."
Ich habe ein besonderes Mitleid mit den Menschen, die nicht ganz klar bei Verstand sind und laut mit sich selber reden. Ich erinnere mich zum Beispiel an den alten Herrn in der U-Bahn in Moskau, der so viel gestikulierte, der so viele Rollen und Stimmen von Bekannten spielte und uns am Ende ganz verwirrt alle ansprach.
Auch meine Mutter tut es manchmal, mit sich selbst reden, aber natürlich nur in der Wohnung, nicht auf der Straße, denn sie ist ja nicht verrückt. Sie spricht in einem Flüsterton, bewegt die Lippen, an bestimmten Stellen sogar laut, wenn sie sich alleine glaubt, geht im Zimmer auf und ab mit nervösen Schritten. Das geschieht meistens, wenn sie sich bei einem Gespräch mit jemandem sehr aufregt. Sie hat etwas sagen wollen und hat es nicht geschafft, sie will das Gespräch vervollständigen, sich streiten und die besseren Argumente für sich gegen den anderen finden. Im Grunde redet sie nicht mit sich selber, sondern weiterhin mit anderen Menschen.
Bei mir ist es anders. Ich spreche mit dir, zur Abwechslung. Wie ich auf diese Idee gekommen bin, weißt du wahrscheinlich auch, denn du hast mich diesen Roman von Alice Walker lesen sehen, „The Colour Purple". Der Roman ist so ergreifend entsetzlich, besonders für mich, die ich noch so jung und unerfahren bin und in einer ganz anderen Zeit leben möchte. Dieses Buch vermittelt keine religiöse Botschaft, eher einen gequälten, unerhörten Hilferuf, oder es ist wie eine immer

wiederkehrende Frage: „Wo bist du überhaupt? Ist das wirklich dein Werk?" Die Frauengestalt beginnt jeden neuen Abschnitt der Handlung mit dem unkommentierten Ausdruck „Dear God, dear God". So möchte ich es auch tun.

Als erstes besprechen wir eine etwas strittige Frage, die eine gewisse Uneinigkeit in unserer Beziehung stiften könnte. Aber es gibt keinen Grund zur Unruhe, glaube es mir. Ich will nicht aggressiv auf dich reagieren, ich will nichts beanstanden, was du gemacht hast, oder wenigstens, was mich betrifft. Ich mache dir nicht die schlechten Stunden meines Lebens zum Vorwurf, bin mit meinem Los relativ zufrieden, wenn ich es mit dem anderer Menschen vergleiche.
Ich kam zwar blind zur Welt, aber ich genoss viele Vorteile, das ist mir klar. Ich wuchs innerhalb einer guten Familie auf, im schützenden Kreis der Liebe, der konstruktiven Arbeit, des Lernens und der Normalität. Ich habe noch keinen Mörder kennen gelernt und deshalb könnte ich versucht sein, zu glauben, dass Verbrecher nur in Büchern, Filmen und Zeitungen existieren. Mein Gott, ich müsste dir sehr dankbar sein, dass ich diese Erfahrung noch nie gemacht habe.
Die Sehenden bemitleiden mich automatisch und machen sich große Sorgen um mein Gebrechen. „Wie können Sie so ohne Augen leben?" Sie liegen schon richtig in der Annahme, dass ich in einem großen Nachteil stehe, besonders, weil die Sehenden schönere Stunden erleben, materielle und intellektuelle Auszeichnungen und allerlei interessante Varianten der Existenz, die mir unerreichbar bleiben; sie leben ohne Entbehrungen und Gesundheitsprobleme. Aber die meisten Menschen wissen nicht, was auf sie wartet, ob sie nicht eines Tages vielleicht einem Unfall, einem

Mörder oder einem Nervenzusammenbruch zum Opfer fallen werden.

Dann gibt es die große Mehrheit der Unglücklichen, die man nicht vergessen darf, auch wenn man denen nur vom Hörensagen her in den Nachrichten begegnet. Tote Kinder, vergewaltigte Frauen in Jugoslawien, Krieg, verhungernde Menschen in Indien, Millionen von Unglücklichen - da ist mein Elend sehr klein im Vergleich mit ihrem Elend.

Manchmal, wenn ich die Nachrichten höre, überkommt mich ein Gefühl der Panik. 1993 scheint das Böse überall mehr und mehr an Macht zu gewinnen, das Böse in Form von Gewalttaten, Naturkatastrophen, Kriegen, Armut und Hunger. Nur eine lachhaft kleine Minderheit von Menschen, Australien und Teile von Europa und Nordamerika, wird verschont und stellt unverschämter Weise seine Glückstrophäen zur Schau. Alle übrigen Länder leiden umso mehr an der Ungerechtigkeit der Güterverteilung ohne Rettungsmöglichkeiten. Mir wird schwindlig, wenn ich erfahre, dass Organraub zu Transplantationszwecken für die Reichen unter entführten Kindern in Brasilien und Kolumbien häufig praktiziert wird.

Blind geboren zu sein ist, verglichen mit alledem, wirklich gar nichts. Ich bin so froh, dass ich so vielen furchtbaren Schicksalen entronnen bin, dass ich nicht vom eigenen Vater missbraucht wurde, dass meine Babys nicht verkauft wurden, dass ich nicht geschlagen wurde, dass ich nicht zur Prostitution gezwungen wurde, dass ich noch mit Freude einen Schokobecher essen und „Liebchen" zu den Menschen sagen kann, die gut zu mir sind.

Deshalb, was mich betrifft, kann ich dich nicht verurteilen, ich könnte dir fast dankbar sein, dass ich nicht zu den übertrieben wenigen Privilegierten gehöre; es wäre mir zu beschämend und ich wäre zu sehr ein Beispiel für die Ungerechtigkeit, um bequem leben zu können. So kann ich wenigstens auch mein Stück Unglück und Leid zeigen und behaupten, dass ich mich ziemlich in der Mitte der Skala menschlicher Qualen befinde. Unsere Beziehung wird dadurch gerettet, dass ich dir keine Vorwürfe machen kann. Aber das ist auch, weil ich eigensüchtig bin und nur mich selbst betrachte.

Deine Schöpfung ist bei Weitem nicht sehr zufriedenstellend, doch verfügt sie über sehr schlaue Mechanismen, die uns vor dem Unglück schützen und unsere Empfindlichkeit abstumpfen. Eines der großartigsten Mittel ist zum Beispiel die Entfernung.

Heute, am 23. August 1993, habe ich im Radio gehört, dass Mutter Theresa sehr krank ist. Aber ich kann ihre Krankheit nur sehr gedämpft ahnen. Mein eigenes Leben trennt mich von dem Inhalt der übrigen Lebenden oder Sterbenden, Verbrannten, Ausgebombten oder Misshandelten. Das ist die größte Wohltat deiner Schöpfung, dass das simultane Erleben von allem, was in der Welt geschieht, uns nicht gegeben ist. Ob du alles erlebst, was in der Welt geschieht?

Eine Schwierigkeit in meiner Verständigung mit dir ist, dass ich deine Macht nicht genau bemessen kann, wie viel du eigentlich von mir weißt. Wüsstest du schon alles von mir, wäre dann alles weitere Erzählen überflüssig, oder? Dann könnte ich dir meine Kindheit nicht mehr beschreiben, meine erste Liebe, meine Enttäuschungen und Zukunftspläne.

Auf der einen Seite wäre es schön. Man fühlt sich richtig umfasst, verstanden; alles ist schon geschildert, keine Umwege mehr. Auf der anderen Seite aber... Worüber würden wir dann reden, wenn ich nichts mehr mitzuteilen hätte? Es verhält sich wahrscheinlich folgendermaßen (und daran glaube ich gerne): Mein Erzählen kann doch

etwas bewirken. Ich brauche dir natürlich nicht alles von Anfang an zu erzählen, denn du bist ja überall, aber durch mein Erzählen kannst du alles besser begreifen. Ich streue die wichtigsten Abschnitte ein, oder was mir einfällt, und du freust dich bestimmt, dass wenigstens einmal ein Mensch mit dir spricht und nicht nur Gebete aus Büchern vor sich hin murmelt.
So einfach ist es nicht, wie ich es mir am Anfang gedacht hatte. Wenn ich dir wirklich etwas begreiflicher machen wollte, dann müsste ich nach einem bestimmten Muster vorgehen. Und ich möchte gerade das Gegenteil: Keinem Konzept folgen, ein spontanes Fließenlassen von Gedanken und Gefühlen. Die Hauptschwierigkeit ist natürlich, dass ich deinen Geschmack nicht kenne, nicht weiß, wofür du dich interessieren wirst, und dass ich keine Antwort von dir erhalten werde.

Warum zeugten meine Eltern so viele Kinder, obwohl sie wussten, dass die Gefahr der Blindheit in unserer Familie sehr groß war? Von uns sieben hatten vier etwas an den Augen. Es scheint, dass wir, die Mädchen, die Sehbehinderung unserer Großmutter und beider Elternteile geerbt haben. Die Söhne haben sie nicht, nur wir. Ah, vergiftetes Blut! Wir lieben euch, unsere Eltern. Aber ihr habt unverantwortlich gehandelt. Warum diesen Baum der Schwäche und der chronischen Probleme weiter fortpflanzen?
Unser Vater leidet noch dazu an einer Sprachbehinderung und an Asthma und er hat noch nie gearbeitet. Angela und Stefanie können noch etwas sehen, quälen sich ständig mit Operationen, Brillen, Akupunktur und Heilpraktikern. Paula und ich, wir sind schon ohne Sehrest aus dem Mutterleib gekommen.
Ja, mein Schöpfer, mein Vater konnte schwer atmen und sprach meistens sehr undeutlich. Er war stolz darauf,

dass er wenigstens Kinder in die Welt setzen konnte. Als eine Art ausgleichende Gerechtigkeit hast du ihm wahrscheinlich dieses Eine erlaubt.

Die Söhne waren stark und schön, zur Überraschung aller, die uns besuchten, aber so ganz gesund waren sie auch nicht. Heinrich, der ältere, sonst sehr intelligent und attraktiv, hat eine Sprachstörung und sein Verhalten ist beunruhigend: Er will nämlich alle nur denkbaren Berufe ausprobieren, er ist unbeständig, und noch schlimmer als das, er hat keine innere Wärme, verachtet uns wegen unserer Handicaps.

Mark, der mittlere, ist musikbegabt, weinerlich, sehr schüchtern und unausgeglichen; er tut einem richtig leid deswegen. Seit einiger Zeit wissen wir von seinen homosexuellen Neigungen. Er ist so nervös und übersensibel, dass er an Tagen besonderer Spannung - bei Klausuren oder wichtigen Erlebnissen - noch ins Bett macht, obwohl er schon über zwanzig ist.

Ludwig, der jüngere, ist der faulste und dümmste der Familie. Er ist sehr stark lernbehindert. Er leidet manchmal an Wutanfällen oder an Lustlosigkeit und Lieblosigkeit uns allen gegenüber. Es war nicht seine eigene Schuld, dass er so zur Welt kam. Unsere Mutter war schon fast fünfzig, als er geboren wurde.

Mein Gott, weißt du jetzt, woran ich denken muss? Wenn die Neonazis kämen, würden sie uns alle auslöschen, töten. Vielleicht würden sie nur Heinrich noch am Leben lassen. Ich weiß nicht, inwieweit Stottern in dieser Vollkommenheit der reinrassigen Helden noch gestattet oder auch grauenhaft bestraft wurde.

Dear God, wie die Zeiten sich vermischen! Ich bin nicht ganz sicher, von welcher Zeit ich dir erzählen möchte. Ich möchte flexibel bleiben, Zugang zu mehreren Zeiten haben und dann wieder zurück in die Vorstufe jenes

Zeitabschnitts gelangen können. Ja, als Mark über zwanzig war, damit könnte man beginnen. Aber diese Zeit ist auch schon vorbei. Er ist jetzt über dreißig, lebt mit einem Mann zusammen, nicht mehr mit uns, und wir können nicht genau wissen, wann er ins Bett macht.

Zwei von uns sieben sind tot - du weißt schon, was mit ihnen passiert ist - besser als alle anderen. Angela ist schon verheiratet, Stefanie wartet noch auf einen Freund, Paula will unbedingt in ein Kloster und hat keine Geduld mehr mit Geschwistern, Psychologen und Fremden.

Unsere Mutter ist jetzt so alt wie unsere Oma, als wir klein waren. Sie möchte nie neue und schöne Wäsche anziehen, genauso wie sie, badet äußerst selten und nimmt nie den Aufzug, genauso wie sie. Sie hat aufgehört, Punktschrift zu lesen und Kassetten zu hören. Sie geht nur hin und wieder mit ihrer Schwiegertochter in die Stadt, um Sonderangebote für die ganze Familie zu kaufen.

Die Schwiegertochter ist Heinrichs Frau, denn unser jüngerer Bruder starb, bevor er eine Freundin haben konnte, und Mark würde nie eine haben wollen. Sie ist eine fröhliche, gutherzige Person mit drei Kindern aus erster Ehe. Ich wundere mich manchmal, dass sie so viel Kontakt mit uns hat. Vielleicht hast du sie uns geschickt, damit die Eltern etwas Freude an jemandem haben.

Mein Vater und Angelas Mann verstehen sich nicht sonderlich gut, sie streiten immer. Angelas Mann sagt, dass in einer Wohnung mit so vielen blinden Menschen unmögliche Verhältnisse herrschen. Dann kommt er lange Zeit nicht mehr zu uns und Angela auch nicht.

Ich will aber zurück in die Zeit, als wir sieben noch „ganze sieben" waren. Ich weiß, damit töte ich ein wenig unsere gute Schwägerin, weil sie damals noch nicht lebte, und genauso Angelas Mann, die Novizinnen in Paulas Kloster oder Marks Freund, der so gut für ihn sorgt und mir

immer Bilder beschreiben will. Aber die Erinnerung bedeutet keinen Tötungsakt gegen die Gegenwart, das ist auch eine deiner vielen Wohltaten.
Außerdem möchte ich eine besondere, surrealistische Erinnerung, die alles vermischt: Das heutige Ich mit gestern und morgen und mit allen Figuren, welche ich in meinem Leben kennen gelernt habe. Ja, alles so chaotisch verschmolzen wie im Traum, die Ich-Kombinationen vermischt mit den anderen Menschen, mit Christus und mit Maria, deiner Mutter.
Wie ist das mit Maria überhaupt? Unsere Großmutter hat meistens mit ihr gesprochen und öfters den Rosenkranz geküsst. Mit dir hat sie nicht gesprochen. Hat sie es nicht gewagt oder keine Freude daran gehabt? Sie war zu feministisch, um einen Mann anzusprechen. Was ist der Unterschied zwischen einem Gott und einer Göttin? Ich habe das beruhigende Gefühl, dass du alles enthältst, dass in dir alles ist, nicht nur die Dreifaltigkeit, sondern dass Maria auch in dir einbegriffen ist; das macht das Gespräch noch leichter.

Wir sind keine asoziale Familie, auch wenn die Eltern nie gearbeitet haben und nur behinderte Kinder aus ihrer Ehe entstanden sind. Es war zwar ihr gutes Recht, und die Religionen behaupten, dass wir alle verpflichtet sind, uns zu vermehren, aber ich hätte schon bei der ersten Tochter aufgehört. Nicht dass ich nicht gerne lebe; das weißt du, dass ich gerne lebe... ich bin nur grundsätzlich dagegen, dass unsere Mutter so träge war und nie über die Folgen nachdachte.
Ich mag keine oberflächlichen Menschen, und sie ist der oberflächlichste Mensch, den ich je gekannt habe; sie ist unempfindlich, unbedacht, nicht nur körperlich, sondern auch innerlich blind.

Wir leben ghettoartig, immer unter uns, obwohl wir auch Besuch von Verwandten und Nachbarn bekommen. Wir machen unvermeidlich die typischen Bewegungen der Blinden, diese wiederholen sich stereo überall rechts und links, weil wir ja mehrere sind. Die Oma tastet nach dem Suppenteller, jetzt hat sie ihn gefunden, jetzt sucht sie nach dem Löffel. Ich betaste den Tisch, um zu sehen, ob alles schon aufgeräumt ist. Paula stolpert über den unerwarteten Stuhl und schimpft über den zerstreuten Bruder Heinrich, der immer alles umstellt. Die Oma betastet die Glühbirne im Korridor, um festzustellen, ob das Licht noch brennt. Ich finde meine Schuhe nicht mehr, bin verzweifelt und frage Angela, ob sie mir bei der Suche helfen kann.

Die Mutter orientiert sich am besten von uns allen, kreist immer selbständig und aggressiv herum, geht stundenlang allein spazieren. Das ist ihr Stolz, dass sie allein laufen kann. Das ist tatsächlich ihre Hauptleistung, was sie am besten kann. Sie ist oberflächlich und denkt nicht viel, aber ihre Wanderseele erfordert ständig freie Räume und sportliche Betätigung. Sie rennt wie ein Pfeil. Im Vergleich mit ihr bin ich sehr unbeholfen, und der Stock hilft mir wenig. Ich fühle mich sehr unwohl, wenn ich alleine laufen muss. Ich mache es nur, wenn es unbedingt sein muss, um eine wichtige Besorgung zu erledigen, aber nie als Freizeitbeschäftigung wie sie.

Ja, mein Schöpfer, du hast uns so unterschiedlich gemacht! Ein Blinder ist so ungleich einem anderen Blinden! Aber die gemeinsamen stereotypischen Züge sind auch da, wie in einem Blindenheim. Stefanie führt mich durch die Straßen, sie hat mich in ein interessantes Gespräch verwickelt, ich bin wie immer in ihre jugendhafte, anmutige Stimme verliebt. Dann plötzlich erschrecken wir beide ein wenig, sie hat den kleinen Hund auch nicht gesehen, den wir jetzt beide hören.

Stefanie, Angela und der Vater strengen sich an, eine Hausnummer zu erkennen, am Ende müssen sie es aufgeben, sie sind zu klein, der Sehrest zu gering, die Hausnummer zu hoch und zu weit; am Ende müssen sie einen Passanten fragen.

Dear God, das sind unsere Einschränkungen. Ansonsten ist unsere Wohnung nicht schmutzig, nicht dass ich wüsste. Und ich würde es schon merken, denn ich rieche es sofort, wenn etwas schmutzig ist. Nur die Flecken sind mir ein Rätsel, auf der Wäsche und in den Gläsern, wenn ich diese nicht richtig abgetrocknet habe, so sagen die Leute, dass diese nicht richtig abgetrocknet sind oder dass etwas Spülmittel sich darin festgesetzt hat.

Angela hat der Mutter immer viel geholfen, sie ist sehr begabt als Hausfrau. Wenn sie irgendwann weggeht, dann wird es bei uns nicht so sauber aussehen, denn wir anderen sind nicht so ordentlich und häuslich wie sie.

Unsere Bildung ist im Allgemeinen nicht schlecht. Vater hatte Jura studiert, obwohl er es nicht zu Ende geführt hat. Warum hat er das nicht zu Ende geführt? Na ja, du weißt schon, er war meistens krank, und bei seinen sprachlichen Schwierigkeiten hätte er es trotz seiner sehr guten Argumentation nicht sehr weit gebracht. Unsere Mutter ist nicht besonders gebildet. Sie hört immer Kassettenbücher, meistens Krimis, sie läuft, telefoniert ständig mit Bekannten und spricht laut mit sich selbst, wenn sie aufgeregt ist. Damals, als wir klein waren, hatte sie noch die Gewohnheit, schwanger zu sein, um verwöhnt zu werden. Mark und Paula sind musikbegabt, Stefanie und ich sind ziemlich gut in Fremdsprachen. Heinrich kann alles Mögliche lernen, hat schon als Fotograf, Detektiv und in einer Druckerei gearbeitet. Ludwig, der jüngere, ist der einzige, der etwas zurückgeblieben ist.

Trotzdem fällt es mir immer wieder auf, dass die meisten Fremden denken, wir alle seien etwas zurückgeblieben. Das ärgert mich sehr, bloß weil wir nicht gut sehen! Warum können die Leute nicht unterscheiden, ob die Behinderungen vom Gehirn oder von dem Nicht-Sehen kommen? Das ist das eigentliche Drama unserer Situation, der zweite Schicksalsschlag für unsere Familie. Paula kann sehr schön Klavier spielen und ich Spanisch, Englisch und Russisch sprechen. Trotzdem bleiben wir immer nur „die Blinden".

Ich möchte einen Traum, ich möchte sie alle in einem Traum erleben...
Heute ist Sonntag. Meine Schwester Angela und ich sitzen alleine zuhause. Alle Läden haben zu. Es gibt keine Marmelade für den Besuch.

„Wer hat die Marmelade aufgegessen?"
„Ich nicht. Die anderen sind alle weg und wir können sie nicht fragen. Aber das Fragen würde nichts mehr ändern, wenn die Marmelade nicht mehr da ist."
„Gestern war noch die Hälfte da."
„Ist es denn überhaupt so wichtig?"
„Ich wollte die Marmelade für meine Freundin, ich wollte sie zum Frühstück einladen und sie isst ja nur Marmelade zum Frühstück."
„Man lädt ja Leute nicht zum Frühstück ein. Es gehört sich nicht, ich habe noch nie davon gehört."
„Doch, doch, gerade das Frühstück ist heutzutage in großer Mode. Wenn ich heirate, werde ich auch ein Frühstück für die Gäste veranstalten."
„Das würde nur als Geiz verstanden werden. Alle würden denken, dass du dir bloß das Mittagessen sparen wolltest."

„Meine Freunde hätten keine so schlechte Meinung von mir. Außerdem wäre es ja ein Superfrühstück, ein Frühstück ohne Ende mit allerlei Gerichten. In Russland isst man Kartoffeln zum Frühstück und in England..."
„Aber du selber sagst, dass deine Freundin nur Marmelade zum Frühstück isst. Die Leute sind verschlafen und haben nicht so viel Hunger morgens."
Mein Schöpfer, was meinst du, wer hat Recht, Angela oder ich? Das ist die Parabel des Frühstücks. Ich kann meine Freundin nicht dazu zwingen, auf ihre Marmelade zu verzichten. Aber ich habe keine im Haus, die Läden sind zu, und sie würde auch nicht gerne in einem Café frühstücken. Ich habe sie ausdrücklich nach Hause eingeladen, aber zu Hause gibt es nie das, was man braucht.

„Warum magst du Männer statt Frauen, Mark? Sind deine Schwestern nicht schön genug? Und seit wann? Wann hast du es entdeckt?"
„Doch, ihr seid sehr schön, gerade deshalb, ich bin eine von euch. Ich habe meine Tage nicht, aber ich kann so viel weinen wie ihr, sogar mehr. Als die Oma starb, habe ich mehr als ihr geweint. Ich liebe meinen Lehrer schon seit einiger Zeit."
„Solange es platonisch bleibt, ist die Gefahr nicht sehr groß. Aber was wird geschehen, wenn du erwachsen wirst? Wie komisch, so einen Bruder zu haben, der sich nicht für Frauen interessiert! Heinrich wird dich totschlagen, wenn er davon erfährt; wir müssen es vor ihm verheimlichen!"
„Ich bin schon erwachsen. Ich habe einen Liebhaber, den italienischen Maler. Wir werden zusammenziehen, wahrscheinlich nach Weihnachten. Ich muss nur den richtigen Zeitpunkt abwarten, wenn wir genug Geld

zusammen haben und wenn Heinrich auf Reisen ist. Dann kann ich ungestört und ohne Fragen flüchten."
„Keiner versteht dich. AIDS, AIDS... sei vorsichtig."
„Ich bin nicht so atypisch in der Familie, wie ihr denkt. Unser Onkel Johannes ist auch schwul, und er hat es mir beigebracht, als ich bei ihm in Urlaub war. Er ist zwar verheiratet und hat Kinder; ich dagegen, ich bin ehrlich und bekenne mich dazu."
„Ja, wenn dein Liebhaber kein AIDS hat, dann ist es wirklich nicht so schlimm. Aber wie kann der Liebesakt zwischen euch aussehen? Ich habe nur von dem anderen gelesen."

Die Mutter spricht laut mit sich selbst, aufgeregt. Ich verschwinde aus dem Zimmer, ich will nicht hören, was sie sagt. Aber letzten Endes höre ich es doch.
„Mein Mann ist unermüdlich. Jetzt will er noch ein Kind mit einer anderen Frau haben. Diese Witwe von dem Blindenverein verfolgt uns schon seit Tagen. Ich hätte mich gestern beinahe mit ihr verkracht. Ich werde ihr bald meine Meinung sagen müssen, sonst ersticke ich. Diese junge Witwe könnte noch Kinder gebären und mein Mann hat Kinder immer noch so gern. ‚Entweder Enkel oder sonst eigene, Uneheliche', hat er gestern gesagt, so frech wie er manchmal sein kann. Unsere eigenen haben keine Lust auf Nachkommenschaft, und es sind gewiss noch lange keine Enkel zu erwarten."
Constanze, die Witwe, ist tatsächlich schwanger, hoffentlich nicht von unserem Vater, hoffentlich hat das Kind nichts an den Augen.

Sexualität, warum wird Sexualität bei manchen Menschen so groß geschrieben und bei anderen kaum ausgesprochen? Ich habe noch keine Sexualität und andere dagegen haben so viel! Meine Lust, jemanden zu lieben, ist immer vergeistigt, platonisch und sehr weit weg von dieser aggressiven, überkochenden Zeugungslust, die manche Menschen ergreift.

„Ludwig, hast du schon zusammengerechnet, wie viele Leute zur Beerdigung von Onkel Johannes kommen werden? Ein bisschen arbeiten musst du schon, sonst hast du nur Langeweile. Seine Frau weiß gar nicht, dass er damals Kinder verführt hat. Die arme Frau!"
Mein Schöpfer, bitte, ich möchte alles über Herrn Schreiber wissen, wenn ich ihn überhaupt heirate. Ich möchte nicht so hintergangen werden und dann später so eine furchtbare Wahrheit erfahren; ich könnte sowieso den Schock nicht überwinden, dass mein Mann mir nicht nur fremd geht, sondern Kinder verführt hätte. So etwas Ekelhaftes! Nein, Herr Schreiber tut so etwas nicht.

Der Neonazi ist da ...
Voller Entsetzen höre ich seine Schritte und habe große Angst. Ich bin die einzige, die Angst hat, denn die anderen haben ihn nicht bemerkt, wahrscheinlich, weil sie noch nie von ihm geträumt haben. Es ist an einem Sonntagabend und wir sitzen alleine zu Hause, der Chor der blinden Frauen mit dem Vater, der im Kofferradio Fußball hört und manchmal asthmatische Worte der Begeisterung als Kommentar zum Spiel fallen lässt. Die drei Brüder sind nicht da, um uns zu verteidigen.
Plötzlich hören wir ein Geräusch in der Küche. Ich stehe auf, taste mich durch die Räume hindurch, dem unheimlichen Geräusch entgegen. Paula folgt mir und betastet die Wand, geistesabwesend, ohne richtig daran zu glauben, dass ein Fremder in unsere Ruhe einbrechen könnte. Stefanie und Angela nähern sich auch, versuchen sich den Fremden anzuschauen, so viel sie noch imstande sind, ihn wahrzunehmen.

Auschwitz und die Geschichte wiederholen sich. Er wird uns auslöschen, töten. Am praktischsten wäre es, wenn er das Haus in Brand stecken würde, dann brauchte er nur aufzupassen, dass wir nicht flüchten.
„Bist du nur einer? Bestimmt sind noch andere draußen, die auf dich warten."
Wenn ich feige wäre, würde ich sagen: „Wir sind keine Juden, nur Behinderte, verschone uns, hab Mitleid mit uns!"
Ich erreiche den Fremden, berühre seinen Arm und frage ihn, verschwitzt, sehr aufgeregt, wie nach einem erschütternden Rennen ohne Atempausen: „Hast du schon viele Häuser von Ausländern in Brand gesteckt?"
„Schon einige. Aber es ist eine schwierige Aufgabe, weil es so viele von dem Rattenpack gibt, und wir wollen alles richtig und gründlich machen."
Ich bin empört, zornig. Ich möchte ihm eine Ohrfeige versetzen, auf ihn spucken.
„Erwartest du noch meine Komplimente? Du Sadist, Monster."
Seine bisher noch süße Stimme verwandelt sich dann in eine wütende, strenge.
„Diesmal kommen wir für euch. Was sollen wir mit so einem Haufen von Behinderten anfangen? Ihr kostet nur Geld und Nerven. Ihr schadet dem Staat und der Lebensqualität der übrigen Mitbürger. Wo kämen wir hin? Sag, was macht ihr hier, so viele Blinde zusammen in einer Wohnung? Eine ganze Familie von Blinden! Das ist ja eine Zumutung für alle die, die euch täglich sehen müssen. Ihr Schwächlinge, unappetitliche und deprimierende Kreaturen. Ihr seid Maulwürfe, kleinwüchsig und idiotisch in meinen Augen. Ihr seid sechs Personen und ich bloß einer, aber mit nur einer Bewegung meiner Hand kann ich euch zerstören."

Angela sagt in mutiger Herausforderung: „Sei dir da nicht so sicher. Ich habe Judo gelernt."
Er lacht spöttisch: „Auch wenn du es schaffen könntest, was ich bezweifle, draußen sind noch viele, die mir helfen werden."
Stefanie beginnt zu zittern und flüstert in mein Ohr: „Dafür sind wir geboren worden, um das hier zu erleben?"
Paula schluchzt und schreit: „Mein Gott, wenn du uns vor diesem ‚Menschen' rettest, dann werde ich ins Kloster gehen. Hier und jetzt verspreche ich es feierlich, ich will ja nur weg von diesem Menschen."
Paula hatte noch nie die richtige Veranlagung, um Nonne zu werden. Deshalb habe ich mich oft gefragt, warum sie es getan hat, ins Kloster zu gehen. Wahrscheinlich war dies der Grund, weil du uns gerettet hast.
Oder besser gesagt, du hast insofern eingegriffen, als dass du nicht erlaubt hast, dass er zu uns kommen konnte. Er ging zwar zu anderen Behinderten und Ausländern, steckte viele Häuser in Brand, aber nicht uns und unsere kleine Welt.

„Warum verhält er sich immer so schwankend, so unvoraussehbar? Meinst du, dass er vielleicht impotent ist?"
Stefanie stellt immer Fragen, die ich nicht beantworten kann, weil ich kaum Erfahrungen mit Männern habe.

Die beiden, Stefanie und der rätselhafte Mann, haben sich in Spanien kennen gelernt, wo sie häufig ihren Urlaub verbringt oder Sprachkurse macht. Er ist Spanier und heißt Manuel.
„Er ist eine Mischung aus Unverbindlichkeit und Erotik, er stellt sich immer als einen keuschen Menschen dar, den alle Frauen verfolgen, und er ist immer von Frauen

umgeben, reizt uns, animiert uns mit seiner spielerischen, männlichen Koketterie und Kameradschaft, aber sobald ich ihm nahe kommen will, fühlt er sich bedroht, und dann bricht er den Kontakt ab.

Manchmal gehen wir zusammen aus und bleiben bis ganz spät in der Nacht auf der Straße. Aber meistens ist es nur Luft, nur Reden, Kameradschaft oder Schwankungen von halbunterdrückter Männlichkeit. Nur in Ausnahmefällen versucht er, mich zu umarmen und zu küssen. Diese Liebe geht nicht voran, ich muss sie fast für unmöglich erklären. Das vorletzte Mal war er noch einen Augenblick erreichbar und so zärtlich, so entzückend zärtlich! Aber das letzte Mal schien er das zu bereuen, denn er spielte wieder die müde Rolle des Unentschlossenen. Er wich meiner Nähe aus, wurde sehr abstrakt, nur in seine eigenen Themen und Besessenheiten vertieft, am Ende küsste er mich nur beim Abschied auf die Wange. Nicht mehr auf den Mund wie das vorletzte Mal.

Kannst du das verstehen? Ich dachte, dass man sich bei Liebesäußerungen auf die Unwiderruflichkeit gewisser Handlungen verlassen kann. Einmal die Grenze zwischen Kameradschaft und Liebe überschritten wird, dann fußt die Beziehung auf der zweiten Ebene und dann wird die erste automatisch aufgegeben. Aber er pendelt immer hin und her, und das verunsichert mich."

Dear God, wir erzählen immer das gleiche. Die Mühle unserer Erlebnisse dreht sich, und wir erzählen. Ich auch. Sie erzählt es mir, ich erzähle es meinem Schöpfer, ich weiß nicht, ob du es deinem Sohn oder Maria oder den Toten im Himmel weitererzählen wirst.

Ich muss immer wieder lächeln, wenn ich daran denke, wie lustig das mit dem Müllauto war. Ich kann nicht umhin zu lachen, obwohl ich begreife, dass gerade diese Episode deprimierend für meine Schwester gewesen

war. Sonst bin ich besonders rücksichtsvoll und bin nicht zum häufigen Lachen veranlagt. Aber der von ihr erzählte Auftritt kitzelt meine Phantasie und ich verfalle wieder in die alte Lachlust.
Mein Schöpfer, du weißt wahrscheinlich wie das geschehen ist, obgleich es auch sein kann, dass du Liebespaare nicht stören möchtest und dich stellenweise zurückziehst, um gewisse Dinge nicht zu bezeugen. Sicherheitshalber erzähle ich es dir:
Stefanie und Manuel haben sich verabschiedet. Sie reiste nach Deutschland zurück, und sie würden sich lange Zeit nicht sehen, vielleicht sogar nie wieder. Er hat ihr nicht gesagt, dass er ihr schreiben werde, er hat nicht einmal nach ihrer Adresse gefragt. Sie gibt ihm die Adresse, sie ist aber sehr unglücklich, weil die Impulse immer von ihrer Seite aus kommen müssen.
Nach einem vertrödelten Nachmittag der Kameradschaft und der philosophischen Diskussionen warten sie auf ein Taxi, das meine Schwester ins Hotel fahren wird. In diesen letzten Minuten ergreift ihn der Trennungsschmerz plötzlich, er küsst sie auf den Mund und drückt sie an sich in schweigsamer Leidenschaft. Sie freut sich über diese Wärme und unerwartete Nähe und ist glücklich. Aber dann hört sie sein Gemurmel, wie er einige Worte artikuliert, die sie unangenehm entzaubern und erschrecken: „Wie fühlst du dich? Bist du sehr heiß? Mache ich es gut? Gefällt es dir?"
Stefanie erwartet ganz andere Worte wie „Ich werde dich sehr vermissen" oder „Wie schade, dass wir uns trennen müssen. Du bedeutest mir viel."
Diese Befragung nur über ihre Sexualität ernüchtert sie. Und plötzlich mag sie es nicht mehr. Die romantische Sekunde ist vorbei. Die grobe Sprache unseres Jahrhunderts verletzt sie. Auf einmal ist sie nicht mehr verträumt, sie registriert besonders deutlich die

materiellen Einzelheiten ihrer Umgebung: Sie steht vor einem Müllwagen (diese Arbeit wird in Spanien abends verrichtet), sie hört den Krach der Mülleimer, die abgeholt werden... und diese Einzelheiten der nächtlichen Entsorgung stehen in einem harten Kontrast zu der bisherigen romantischen Stimmung.

Die Geräusche und Gerüche des Müllwagens sind nicht angenehm. Sie bleibt am Taxistand vollgepackt mit Büchern in einer ziemlich unbequemen Lage. Der Mann ist kalt, sogar jetzt. Er fragt ja nur nach dem sinnlichen Genuss der Küsse wie ein Schelm, nicht wie ein Verliebter. Macht er sich lustig über sie? Er hat immer die Frauen kritisiert, die sich zu leicht hingeben. Er hat immer über die Unkeuschheit der Frauen in unserer Zeit geschimpft. Und jetzt, was für eine Meinung wird er von ihr haben? Er ist nicht mehr ritterlich und respektvoll ihr gegenüber, er erscheint ihr schlau, doppeldeutig und zynisch.

Sie will weg, ein Taxi kommt und sie flüchtet vor dem Mann. Sie steigt hinein, der Mann hält sie nicht fest, sagt kein schönes Wort, das sie hätte umstimmen können; sie sagen kaum Tschüs zueinander und sie verschwindet, sehr niedergeschlagen, ohne ihn und ihre eigenen Gefühle verstehen zu können.

Diese unerfüllte Liebesgeschichte... Welcher von den ungünstigen Umständen war am meisten schuld? Dass er gerade die letzte Minute gewählt hatte, als es keine Zeit mehr gab, etwas anzufangen? Dass sie vor diesem lächerlichen Müllwagen standen, der hin und wieder vorwärts fuhr und sie zum Zurückweichen zwang? War es sein Zynismus, der den Reiz der Liebesumarmung zu einer Antiklimax brachte? Oder war es, dass das Taxi zu früh kam?

Nach einer langen Trennung sind sie sich wieder begegnet, weil sie nach ihm gesucht hat. Aber es ist

immer das gleiche Problem: Der Zauber wird sofort gebrochen, er wählt immer die letzte Minute, um seiner Liebesexplosion Ausdruck zu geben, und das nächste Mal hat er sich wieder verändert. Ich würde schon gern sehen, dass sie sich verstehen könnten.
Du weißt wahrscheinlich alles: Warum dieser Mann so verbittert und zweideutig ist. Ob ich irgendwann deines Wissens teilhaftig werden darf...
Ja, mein Schöpfer, ich würde gerne immer weiter mit dir sprechen. Wenn man sich einmal für den großen Schritt entschlossen hat, dann nimmt es kein Ende mehr. Ich frage mich, was ich sonst noch tun kann, und was nach so einer Erfahrung noch folgen wird. Mit Gott zu sprechen ist eine Sucht. Zwar bin ich aus dem Grund nicht moralisch besser, ich verstehe Christus und Maria und dich genauso wenig wie sonst. Aber das Gespräch allein macht mich schon frei, mutiger und voller Hoffnung. Ich kann nicht genau beschreiben, was für eine Hoffnung diese ist. Wenn ich Worte für dich finde und fließend mit dir rede, dann bedeutet das für mich, dass du nicht tot bist. Und auch nicht verschollen, dass du irgendwann im Geheimen meine Worte sammelst und sie bald in den ewigen Raum der Unsterblichkeit werfen wirst.

War ich schon auf der Welt als Christus ermordet wurde? Immer schwebt so ein Vorwurf in der Luft, als ob ich dort gewesen wäre. Es ist das gleiche wie mit dem Apfel und dem Paradies. Es tut mir schon leid, Christus, dass du auch ein Opfer der Schöpfung geworden bist wie die Kinder in Jugoslawien oder die Juden in Deutschland. Maria, ich fühle mich nicht schuldig, ich hätte Christus nie gekreuzigt, ich hätte mit ihm gesprochen und ihn lieb behandelt. Zumindest in meiner jetzigen Form hätte ich nicht...

Wer weiß, ob ich schon tausendfach auf die Welt gekommen bin? Aber auch wenn es so wäre, bliebe meine jetzige Unschuld unangetastet. Ich bin nicht verantwortlich für diese schreckliche Kette von Geburten und die ständige Amnesie ohne Ziel. Ich habe die furchtbaren Menschen nicht gemacht, die es damals gab, und die es jetzt immer noch gibt.
Ich rede lieber von meiner Familie und von meinem kleinen Leben. Das kann ich besser als dein Universum und die Konstellation deiner Bestimmungen für uns alle im Laufe der Zeit beurteilen.

Einige Todesfälle und Hochzeiten hat es schon in unserer Familie gegeben. Die Großmutter starb als erste, dann ist Ludwig verstorben, dann kam der dritte Todesfall, von dem ich noch nicht erzählt habe, von dem ich noch vieles zu erzählen habe.
Angelas Hochzeit war schön und feierlich, es gab kein Frühstück, sondern ein Abendessen und viele Gäste, die mich besonders bemitleideten, weil ich noch blinder als meine Mutter bin, die sich noch so gut zurechtfinden kann, und weil ich jetzt keine Schwestern mehr im Hause habe. Die eine ist in Spanien, die andere im Kloster, die dritte verheiratet.
Heinrich und seine Frau, die gute Schwiegertochter und auch meine beste Freundin im Moment, feierten ihre Hochzeit weniger, scheinen aber umso glücklicher zu sein. Sie hat viel Geduld mit uns allen.
Einmal erzählte ich ihr von dem Neonazi, aber sie beruhigte mich und sagte, dass er nicht wiederkommen werde. Manchmal versuche ich, ihr Französisch beizubringen, weil sie besonders von dieser Sprache schwärmt. Sie lernt sehr fleißig, aber sie ist nicht sprachbegabt und wirft meistens die Vokabeln durcheinander. Ich habe den Eindruck, dass sie

manchmal alles absichtlich verwechselt, um mich zum Lachen zu bringen.
Was rede ich da? Das war im vorigen Frühling, jetzt ist es nicht mehr.

Ich muss dir etwas über meine Natur gestehen, was ich noch keinem Menschen bisher offenbart habe: Das schönste Ereignis meines Lebens war die Begegnung mit Idania, einem kubanischen Mädchen. Seitdem ich sie flüchtig ein paar Mal traf, möchte ich auch Idania heißen. Ich traf sie schon vor vielen Jahren, habe sie aber nie vergessen. Baumei5
Seit jener Zeit kann ich auch meinen schwulen Bruder verstehen, dass er mit einem Mann zusammen lebt. Idania ist ein wunderbares Geschöpf, und ich habe die Entdeckung gemacht, dass ich auch potentiell lesbisch bin, dass ich auch Frauen begehren könnte oder möchte, weil sie erreichbarer und dankbarer als die Männer sind, weil Herr Schreiber nie gekommen ist, um sein Schicksal mit meinem zu teilen. Er hat mir keinen einzigen Brief geschrieben, hat nicht nach meinem Geschmack gefragt, hat kein Interesse an mir gezeigt. Er war kalt und unnachgiebig wie Stefanies Partner, war nie vorhanden, wenn ich ihn brauchte, deshalb lief ich in Gedanken zu Idania und verliebte mich in sie.
In meine eigenen Schwestern und in meine Schwägerin war ich schon verliebt, und dann wurde diese neue Frau, die mich so tröstend und so verständnisvoll behandelte, der Höhepunkt der Liebe für mich. Ich nehme mir vor, meinen Urlaub mit ihr zu verbringen und durch meine Arbeit viel Geld zu verdienen, um ihr einen schönen Urlaub zu ermöglichen, denn sie ist Studentin, sie verfügt über kein eigenes Einkommen.
Lesbisch, das ist ein Wort, an das ich mich noch nicht gewöhnen kann. Ich denke an unsere zwei

Nachbarinnen, die unzertrennlich sind, die immer alles gemeinsam tun: Arbeiten, Ausflüge machen, Schlafen, sogar für zwei Minuten zu uns kommen, um zu sehen, ob wir „auch kein heißes Wasser im Bad" haben. Eine Zeit lang haben sie uns vorgetäuscht, dass sie Schwestern seien und mit Männern ausgingen. Aber sie sind zu sehr aufeinander fixiert, als dass man daran glauben könnte. Sie sind sehr eifersüchtig aufeinander und verlieren sich keine Minute aus den Augen.

Mir fällt es schwer, mir vorzustellen, wie es vor sich geht, die Liebe zwischen zwei Frauen. Ich bleibe noch auf der platonischen Ebene, ich schreibe an Idania und spreche mit ihr, aber ich kann mir nicht genau vorstellen, ob ein Kuss ihrer Lippen mein Gehirn zum Stillstand bringen, eine wilde Sinnlichkeit in mir erwecken könnte, wie die kurzen Berührungen und Küsse von Herrn Schreiber es manchmal erreicht haben.

Ich habe mich bisher nur mit Gedanken an Herrn Schreiber beschäftigt und mich zu sehr an ihm und seiner Männlichkeit ergötzt. Soll ich jetzt meine Perspektive ändern? Den Liebesakt umdenken? Wie ist das mit den übrigen erotischen Geheimnissen des intimen Bereiches zwischen zwei Frauen? Sie bleiben mir noch fremd. Aber ich merke ein Wachsen meiner Gefühle in diese Richtung hin, einen Wechsel meines Verhaltens; ich fühle Trockenheit und Zurückhaltung gegenüber Männern und die besondere Anziehungskraft die einige Frauen auf mich ausüben.

Idania gefällt mir immer mehr, und ich leide immer mehr darunter, dass wir so weit auseinander wohnen, dass wir uns nur flüchtig kennen. Ich will ihr Nachhall, ihre Doppelgängerin, ihre Sklavin werden, mich total von ihr beeinflussen lassen. Bin ich denn wirklich allmählich lesbisch geworden mit dem lesbischen Kitsch der einsamen Jungfrauen, die aus Verzweiflung die Liebe

anderswo suchen? Oder ist die Liebe unter den Frauen keine Verzweiflung, sondern ganz im Gegenteil, aus spontaner Schönheit und Fröhlichkeit entstanden?
Maria, das kannst du besser als Christus verstehen, nicht wahr? Zu welchem Geschlecht gehöre ich jetzt eigentlich, wenn ich Idania liebe?
Und ich liebe sie tatsächlich, mehr als alle übrigen Menschen, mehr als mich selbst. Ich weiß, dass es eine unreife Liebe ist, weil ich sie kaum kenne; aber es ist schön, dass es so etwas gibt.

Den Urlaub konnten wir nie zusammen verbringen, doch meine Ersparnisse konnte ich ihr vererben. In meinen Gedanken habe ich ihr Leben gerettet und meins dafür gegeben, jetzt lebt sie irgendwo an meiner Stelle.
Kannst du dieser Geschichte gut folgen, mein Schöpfer? Ja, du weißt es schon, ich bin der dritte Todesfall in der Familie gewesen, ich starb vor einigen Monaten. Sonst hätte ich nie so direkt und ungezwungen mit dir sprechen können, wie ich es jetzt tue.

Zu der Autorin

Pilar Baumeister, 1948 in Barcelona, Spanien, geboren, lebt seit 1975 in Deutschland. Sie studierte deutsche, englische und russische Philologie.
Nach ihren Werken „Estados Interiores" und „El Antro de los Extraños" auf Spanisch schreibt sie seit vielen Jahren auf Deutsch.
Sie hält häufig Vorträge in Schulen und Kulturzentren von Madrid und Segovia in Spanien. In Deutschland tritt sie bei Tagungen des Verbandes Deutscher Schriftsteller, bei Lesungen im Dunkeln und Lesungen mit zweisprachigen, zugewanderten AutorInnen auf. Seit 2006 leitet sie ein NRW-weites Projekt: Lesungen von AutorInnen mit Migrationshintergrund in deutscher Sprache. Hierzu gehört das „Festival der multikulturellen Literatur NRW" in Köln, das vom 31. August bis 2. September 2015 zum ersten Mal stattgefunden hat. Außerdem ist sie seit 1999 Sprecherin der Schriftsteller mit Migrationshintergrund im VS NRW.
Pilar Baumeister schreibt vorwiegend Kurzgeschichten, aber auch Lyrik, Romane und literarische Essays. Thematisch bezieht sie sich oft auf ihre Blindheit und die Reaktionen der Gesellschaft darauf, auf ihre doppelte Heimat (Deutschland und Spanien), auf Zweisprachigkeit, Multikulturalität, Krisensituationen und das Zusammenleben mit Familie, Freunden oder Fremden.

Publikationen (Auswahl):

„Das Zittern der Witwen", Norderstedt, 2016
„Leichte psychische Störungen", Norderstedt, 2016
„Getrübte Beziehungen", Norderstedt, 2015
„Die Gedankenleserin - eine fantastische Novelle", Norderstedt, 2015
„Bis morgen - Geschichten über Wiederholungsrituale", Norderstedt, 2015
„Me escondí, pero gritaba para que me oyesen. Poemas de Minerva y otras voces" (auf Spanisch), Norderstedt, 2015
„A pesar de Franco... Los mejores momentos" (auf Spanisch), Norderstedt, 2015
„Exotische Geschichten: Wo komme ich her?", Norderstedt, 2014
„Das Schiff Pardis für alle, auch für die Blinden", zweisprachiges Märchen (Deutsch-Spanisch), Bonn, 2011
„Wir schreiben Freitod... Schriftstellersuizide in vier Jahrhunderten", Frankfurt am Main, 2010
„Lyrikbrücken, Zehn blinde Dichter aus zehn Ländern Europas", Berlin, 2009
„Zwei Länder, die sich lieben. Geschichten aus Spanien und Deutschland", Bonn, 2006
„Die Erfindung des Erlebten. Geschichten über Behinderung, Erotik, Jenseits", Essen, 2000

www.pbaumeister-andreo.de